Phoenix

Sara Rivers

PHOENIX

Sara Rivers

Impressum

Copyright © 2019 by Sarah Stankewitz
Burgstraße 21
16909 Wittstock

Coverdesign: Sarah Buhr, www.covermanufaktur.de unter Verwendung von Bildmaterial von shutterstock.com
Korrektorat und Lektorat: Sabine Wagner, KoLibri-Lektorat

Herstellung und Verlag:

BoD- Books on Demand, Norderstedt
ISBN: 9783749453153

Für jeden Zerbrochenen.
Und jeden, der nach Heilung sucht.

PLAYLIST

Limp Bizkit - Behind Blue Eyes

Rise Against - Like the angel

Ed Sheeran - Shirtsleeves

Avril Lavigne - Head above water

One Direction - Perfect

Imagine Dragons - Bad Liar

Sleeping Wolf - Demons at the door

Walking on Cars - Speeding Cars

Linkin Park - Final Masquerade

3 Doors Down - When I'm gone

3 Doors Down - Landing in London

3 Doors Down - Kryptonite

Blue October - The Feel Again (Stay)

Highly Suspect - Chicago

The Script - Breakeven

5 Jahre zuvor

»Joseph, du bringst ihn noch um.« Ich weiß nicht, welche Tatsache mich mehr erschreckt. Dass dieses Monster mit einem simplen „Na und" antwortet, oder dass meine Mutter völlig entspannt neben uns am Tisch sitzt, während er mich mit seinem vollen Gewicht gegen die Wand drückt. Seine Hand befindet sich direkt an meiner Kehle. Er müsste nur zudrücken und ich würde zusammenklappen wie ein nasser Sack. Er ist nicht stärker als ich, aber ich gebe mir keine Mühe, mich zu wehren. Heute lasse ich es einfach zu. »Meinst du, dieser Bastard hat etwas anderes verdient, Hannah?« Sein Blick haftet weiterhin an mir. Ich sehe ihm in die braunen Augen, die mich schlucken lassen, weil sie so viele Erinnerungen in mir wecken, dass mir schlecht wird. Der Geruch in unserer Bruchbude tut sein Übriges und so würde ich Joseph gerne auf die Füße kotzen, die wie seit Jahren in den grässlichen braunen Boots stecken. Die Übelkeit kommt jedes Mal hoch, wenn ich höre, wie er damit über unseren Dielenboden geht und das Holz quietscht.

»Ich weiß nicht.« Die Antwort meiner Mutter lässt meinen Blick von ihm weg und zu ihr wandern. Sie trägt ihren weinroten Morgenmantel aus Satin, der dringend gewaschen werden müsste, weil er nach Rauch und Kotze stinkt.

In der linken Hand hält sie ein Glas mit Whiskey, den sie sich mittlerweile sogar pur gibt. Kein Wunder, dass ihr alles egal ist, sie ist auf dem besten Weg zur Bewusstlosigkeit. Es wäre nicht der erste Abend, an dem sie sich fast ins Koma säuft.

»Siehst du. Wenn du es schon nicht weißt, du Schlampe«, giftet er sie an, und in diesem Moment brennen bei mir alle Sicherungen durch.

Ich sollte sie nicht verteidigen, wenn ihr mein Leben am Arsch vorbeigeht, aber ich kann nicht anders. Mit einem Tritt habe ich Joseph von mir gestoßen und wir haben die Rollen getauscht. Jetzt ist es meine Hand, die ihn gegen die Wand drückt. Sein Kopf läuft in Sekundenschnelle rot an, als hätte er zu lange im Solarium gelegen oder auf dem Bau in praller Sonne geschuftet. Dabei weiß ich, dass sein Alltag zu neunzig

Prozent daraus besteht, auf der Baustelle Bier zu saufen und jungen Frauen hinterherzurufen, dass er sie geil findet. Wenn ich ihn ansehe, überkommt mich nur Abneigung.

»Nenn sie noch einmal so«, warne ich ihn, werde aber im nächsten Moment von meiner Mutter weggezogen. Sie ist viel schwächer als ich, aber ich gebe ihrer Bitte nach. Was es über sie aussagt, dass sie eingreift, wenn er in Gefahr ist, und bei mir nicht, will ich im Moment nicht wissen. Dabei sollte mir klar sein, dass er ihr wichtiger ist. Er war ihr schon wichtiger, als sie ihn in unser Leben gelassen hat.

»Siehst du? Selbst ihr ist dein Leben egal. Du bist einfach nur ein elendes Stück Scheiße, Phoenix.« Er speit meinen Namen verachtend aus, und ich kann ihn sogar verstehen. Jeden Morgen, wenn ich in den Spiegel sehe, spüre ich dieselbe Verachtung in mir brodeln. Jedes Mal, wenn ich in diese blauen Augen sehe, die vor Reue unter Wasser stehen. Ich kann es niemandem verübeln, mich zu hassen, wenn ich mich selbst hasse. Und dieser Hass wird von Tag zu Tag immer stärker.

»Okay.«

Ich stehe mitten im Raum. Meine Mutter sitzt wieder am Tisch und gönnt sich einen Schluck. Der Fernseher läuft im Hintergrund und die Glühbirne über mir wackelt, weil niemand auf die Idee kommt, sie endlich zu wechseln. Meine Geschwister sind alle in ihren Zimmern und bekommen von dem hier hoffentlich nichts mit. Jedenfalls hat sich noch keiner von ihnen hier blicken lassen. Dieses Haus ist so etwas wie meine persönliche Hölle.

Tausend Erinnerungen lauern an jeder Ecke auf mich. Tausend Möglichkeiten, mich zu hassen. Entschlossen gehe ich zu meiner Mutter, entreiße ihr das Glas, schütte den Inhalt in der -durch das Chicagoer Wasser verkalkten - Spüle aus und schlage es gegen die Kante der Arbeitsplatte.

Meine Mutter protestiert, weil ich ihr den Alkohol weggenommen habe, aber ich bin wie unter Wasser gefangen, selbst dann, als ich Blut in meiner Handfläche spüre. Alles, was ich sehe, ist das kaputte Glas und die Scherben, die jetzt am Boden vor mir liegen. Ich lasse das zerbrochene Glas auf der Platte liegen und hebe eine der spitzen Scherben vom Boden auf.

Entschlossen gehe ich zu Joseph herüber, der mich mit einem Verlangen in den Augen ansieht, das jedem anderen Menschen das Blut gefrieren lassen würde. Ich weiß, was er will. Aber ist der Tod wirklich so viel schlimmer als das hier?

Vielleicht spüre ich dann nichts mehr.

Vielleicht kann ich dann endlich wieder frei sein.

Vielleicht sind wir dann wieder zusammen.

»Ich weiß, was du willst.« Mit diesen Worten stehe ich vor ihm. Er ist kaum größer als ich, sein lichtes Haar in der falschen Farbe verrät mir, dass er mir egal sein kann. Dass er mir rein gar nichts bedeutet, auch wenn er für meine Mutter die Welt ist. Wie kann sie ihr Leben in seine Hände legen, wenn es dieselben Hände sind, die sie nachts schlagen? Die sich an ihr vergreifen, wie es ihm gerade passt?

»Ich weiß, dass du mich tot sehen willst.« Ich drücke ihm die blutverschmierte Scherbe und somit eine Waffe in die Hand, an die er sich direkt festklammert. Das erste Mal seit jenem Tag scheint meine Mutter den Ernst der Lage zu kapieren und steht mit wackeligen Beinen auf.

»Liebling, nicht. Ich … ich -« Ein Blick aus seinen hässlichen Augen bringt Mom zum Schweigen. Als würde er sie mit seinen Blicken allein fernsteuern können, lässt sie jeden Protest fallen. Er hat eine Scherbe in der Hand, mit der er mich in Sekundenschnelle ausschalten könnte, und sie gibt so schnell auf?

»Er hat recht, Hannah.« Im nächsten Moment haben wir wieder die Rollen getauscht, jetzt bin ich der Schwächere. Das Opfer. Dabei muss ich im selben Moment über mich selbst lachen. Nicht *ich* bin das Opfer hier. Ich bin der Täter.

Joseph presst mich auf den Boden und die Scherbe drückt sich seitlich gegen meinen Hals. Ich schlucke schwer und warte darauf, dass der Schmerz einsetzt und mich von hier wegholt, aber es passiert nichts. Das Flimmern der Glühbirne lenkt meine Aufmerksamkeit auf sich, damit ich diesen Kerl nicht mehr ansehen muss. Seine gelben Zähne, seine schrecklichen Falten auf der Stirn. »Ich will, dass du blutest. Für das, was du getan hast. Dafür, dass du mir das einzig Wichtige, was ich je gehabt habe, genommen hast«, brüllt er mich an und ich befürchte, dass Kaleb bereits weinend in seinem Bett liegt.

Er ist zu jung für dieses Leben. Zu jung für diese Art der Gewalt. Er sollte ein Jugendlicher wie jeder andere sein dürfen, dessen einziges Problem es ist, dass er das erste Mal einen Ständer hat, wenn er ein Mädchen sieht. Stattdessen muss er sich mit diesem Mist hier herumschlagen.

»Wieso wehrst du dich nicht?«, will er von mir wissen und drückt die Spitze noch ein Stück dichter gegen meine Haut. Den Punkt, an dem er meine Haut durchsticht, überschreitet er jedoch nicht. Meine Mutter schluchzt, und ich frage mich, ob sie sich wirklich um mich sorgt oder nur dem Whiskey hinterhertrauert, den ich in die Spüle gegossen habe. Ich liebe meine Mutter, aber sie liebt den Fusel mehr als ihre Kinder. Woran ich selbst schuld bin.

»Weil ich es verdient habe«, krächze ich, und spüre sofort die Tränen in meine Augen schießen. Spüre, wie sich alles wieder an die Oberfläche kämpft. Ich stehe erneut vor dem Spiegel und sehe mein Gesicht an, das ich nicht mehr ertragen kann.

»Los. Brich mir die Knochen. Stich zu! Tu irgendwas, damit es aufhört.« Ich flehe ihn regelrecht an, endlich etwas zu tun, und in seinen Augen kann ich sehen, wie sich ein Schalter umlegt. Aus der Mordlust wird plötzlich etwas anderes. Seine Mundwinkel ziehen sich nach oben und er fängt an, aus voller Kehle zu lachen. Die Scherbe ist immer noch an Ort und Stelle, aber der Druck nimmt ab anstatt zu. Was soll das? Wieso macht er einen Rückzieher? Wieso erlöst er mich nicht, wenn ich ihm mein Leben in die Hand lege?

»So leicht mache ich es dir nicht.« Er zerstreut meine Hoffnung, dass gleich alles vorbei ist. Die Albträume werden weitergehen, Nacht für Nacht. Er wird es nicht beenden, sein dreckiges Grinsen spricht Bände.

»Joseph, nimm die Scherbe weg«, mischt sich meine Mutter jetzt zitternd ein. Im nächsten Augenblick kniet sie neben mir am Boden. Ihre Haare sind ein einziges Chaos, ihr Lippenstift genauso verschmiert wie ihre Mascara. Sie greift nach seinem Arm, aber er stößt sie nur unsanft weg, sodass sie nach hinten fällt und einen kurzen Schrei vor Schmerz von sich gibt.

»Fass mich nicht an.« Sie senkt reuevoll den Blick, starrt auf den fleckigen Teppich, der schon seit Jahren ausgetauscht werden müsste. Er hat zu viel Blut gesehen, zu viele Tränen.

»Du sollst leiden«, wendet er sich wieder an mich. »Du sollst jeden Tag deines Lebens dafür leiden, so wie ich leide.« Das erste Mal sehe ich den Anflug von Tränen in seinen Augen, aber die Wut spült sie sofort wieder fort.

Übrig bleibt nur sein hässliches Gesicht, das schon immer zu viel Wut in sich hatte, auch vor diesem einen Tag. »Jeden Tag, wenn du in den Spiegel siehst und dich dabei ansehen musst.« Er spricht das aus, was mich seit Wochen einnimmt. Er beschreibt mein Leben in seiner ganzen Schwärze.

Ich leide.

Tag für Tag.

Jede Nacht, in der ich schweißgebadet aufwache. Jede Nacht, in der ich Angst davor habe, die Augen zu schließen. Jedes Mal, wenn Kaleb weint, weil ich mich immer weiter verschließe. Jedes Mal, wenn Raven Josephs ganze Wut abbekommt, wenn ich draußen auf den Straßen bin und das Zeug verticke. Ich bringe dieser Familie nur Dunkelheit, dabei bin ich doch der Einzige, der den Schmerz verdient hat.

»Und deshalb werde ich einen Teufel tun und dich erlösen. Hörst du?« Er senkt den Kopf und flüstert mir den nächsten Satz ins Ohr. Sein warmer, stinkender Atem lässt mich würgen.

»Du wirst in der Hölle schmoren, Phoenix.« Und dann spüre ich endlich den Schmerz, den ich verdient habe, als er mir mit der Scherbe ins Gesicht schlägt. Blut dringt aus meiner Stirn und rinnt über mein Gesicht, während meine Mutter nur schreit.

Spätestens jetzt wissen alle im Haus, was gerade passiert. Ich könnte sicher die Sekunden zählen, bis einer von meinen Geschwistern zu Hilfe eilt.

»Joseph!« Sie zerrt ihn von mir weg und dieses Mal lässt er es zu. Er stemmt sich hoch und baut sich vor uns auf. Mit seinem braunen Stiefel tritt er mir seitlich in die Rippen, sodass ich zur Seite kippe. Wieder mehr Blut auf dem Teppich, wieder mehr Tränen. Das Pochen in meiner Schläfe übertönt fast alles, selbst das Schluchzen meiner Mutter.

»Du bist genauso erbärmlich wie er. Du widerst mich an, Hannah.« Joseph sammelt Speichel in seinem Mund und spuckt mir anschließend ins Gesicht. Ich liege immer noch seitlich und gekrümmt vor ihm am Boden, bin nicht in der Lage, mich zu bewegen. Und ich sollte ihn für die Schmerzen hassen, stattdessen bin ich dankbar, dass ich endlich wieder etwas fühle. Mein Körper war wie betäubt. Jetzt spüre ich wieder alles.

»Ihr habt euch verdient. Eure ganze verkorkste Familie soll in der Hölle schmoren. Ich bin raus.« Er feuert die Scherbe in die Spüle und schnappt sich seine Jacke. Sofort ist meine Mutter wieder auf den Beinen, um ihn aufzuhalten, anstatt bei mir zu bleiben. Sie entscheidet sich. Wieder einmal gegen mich.

»Du kannst nicht gehen.«

»Und wie ich das kann. Ich kann keinen von euch mehr ansehen«, knurrt er und wirft den Hausschlüssel ebenfalls in die Spüle. Das Klirren sorgt dafür, dass mein Schädel noch mehr schmerzt. Alles dreht sich viel zu schnell.

»Bitte, Joseph. Wir brauchen dich doch.« Die Worte meiner Mutter schaffen es tatsächlich, dass ich mir noch ein Lachen abringen kann.

Wer braucht ihn? Er ist neben mir der schlechteste Mensch, den ich kenne. Es sieht erbärmlich aus, wie meine Mutter vor ihm auf die wunden Knie fällt, um ihn am Gehen zu hindern. Im nächsten Augenblick knallt die Tür ins Schloss und es herrscht Stille. Stille, die viel zu laut ist. Stille, die mir bewusst macht, dass ich immer noch hier bin und alles spüre.

»Das ist deine Schuld.« Mom rappelt sich auf und kommt auf mich zu. Im nächsten Moment packt sie mich am Kragen meines Shirts und dreht mich auf den Rücken. Sie sitzt auf mir und zerrt an mir, als wäre ich nur eine Puppe und nicht ihr Sohn.

»Deine Schuld! Das alles ist deine Schuld!« Ihre Tränen tropfen auf mein Gesicht und ich hasse mich dafür, dass ich sie zu verantworten habe. Dass ich der Grund für die ganzen Tränen in dem Teppich bin.

»Du hast alles kaputt gemacht!« Sie schreit mich an und ich will ihr sagen, dass sie ihrer Kinder willen leise sein soll, aber ich bin paralysiert. Lasse mich von ihr anschreien und akzeptiere es, als sie mir ihre Hand ins Gesicht feuert. Erst links, dann rechts. Sie schlägt mich und ich verstehe es. Halte sie nicht davon ab. Letztendlich verlässt sie die Kraft und sie sackt über mir zusammen. Ihr nasses Gesicht an meinem Hals vergraben, ihre Hände krallen sich in mein Shirt. Sie zerbricht.

»Es tut so weh, es tut so weh«, wiederholt sie wie ein Mantra und ich spüre, wie stumme Tränen aus meinen Augenwinkeln rollen. »So weh, so weh.« Ihr ganzer Körper bebt über mir und ich würde ihr gern helfen. Aber wie? Wie, wenn ich so machtlos bin?

Eine Weile lang liegen wir so am Boden. Ich leise leidend unter ihr, sie laut weinend über mir. Ich rufe mir seine Worte in Erinnerung. *Er hat mir gewünscht, dass ich in der Hölle schmore* … und das hier, das hier fühlt sich an wie die Hölle. Erst als eine der Türen im Haus geöffnet wird, regen wir uns. Raven betritt den Raum und zerrt Mom von mir herunter. Mein großer Bruder nimmt sie in die Arme, sein Blick kalt wie Stahl. Er muss nicht nachfragen, was hier passiert ist, immerhin weiß er am besten, wie es sich anfühlt.

Mein Bruder sieht auf mich hinab und ich weiß, dass er mich auch hasst. Für alles, was er durchmachen musste, weil ich unsere Familie zerstört habe. Seine Augen sind auch blau wie meine, aber seine gehen ein Stück ins Grün über. Sonst ist er das ältere Ebenbild von mir. Raven sagt kein Wort, als er meine Mutter von hier wegbringt. Vermutlich, um sie ins Bett zu legen. Und so bleibe ich allein am Boden liegen und wünsche mir, Joseph hätte einfach alles beendet.

AMBER

»Du willst jetzt also einfach abhauen?« Ich erinnere mich an viele Male, an denen meine Mutter mich angeschrien hat. Meistens grundlos, nur manchmal habe ich Scheiße gebaut und ihre Wut verdient. Aber nicht heute. Heute habe ich nur getan, was längst überfällig war. Nur, dass sie das ganz anders sieht, immerhin schlägt mir ihre Wut wie ein Faustschlag entgegen.

»AMBER!« Sie klang noch nie so hysterisch wie in dem Moment, als ich mir meinen Hund schnappe und die Treppe hinauf in mein Zimmer renne. Mein Herz schlägt schnell und laut in meiner Brust, Tränen brennen in meinen Augen und Noah auf meinem Arm zittert am ganzen Körper, weil er spürt, dass gerade etwas Schlimmes passiert ist. *Ich* spüre, dass gerade etwas Schlimmes passiert ist.

»Alles gut, Kumpel. Das wird schon wieder.« Ich stoße die Zimmertür mit dem Fuß auf, setze Noah auf dem Bett ab und beginne mit dem, was längst hätte passieren müssen: Ich packe. Mit einem Ruck ziehe ich meinen orangefarbenen Jack Wolfskin Rucksack unter dem Bett hervor, reiße den Verschluss auf und packe das ein, was ich zu greifen kriege und von dem ich ausgehe, dass ich es heute Nacht und in den nächsten Tagen gebrauchen könnte.

Unterwäsche, eine Ersatzjeans, meinen Geldbeutel, der ohnehin leer ist, Noahs Lieblingsspielzeug, Futter, das ich hier oben für ihn bunkere, und ein Paar Ersatzschuhe. Schließlich weiß ich nicht, wo es mich hintreibt, wenn ich dieses Haus erst einmal verlassen habe. Meine Mutter wird mich nie wieder einen Fuß hier reinsetzen lassen, wenn ich einmal gegangen bin. Aber das hindert mich nicht daran, zu gehen.

Noah sitzt unruhig auf dem Bett und sieht mich an. Seine nasse Nase glänzt im Licht der Straßenlaternen, die immer direkt in mein Zimmer geschienen haben. Mehr als einmal habe ich mir vorgestellt, dass das Licht vom Mond und nicht von den Laternen kommt, als ich noch ein kleines Mädchen war.

Damals war meine größte Sorge, dass es den Weihnachtsmann nicht gibt, heute wünsche ich mir diese Probleme zurück. Während ich den Rucksack zuziehe und schultere, höre ich weiter meine Mutter unten schreien. Sie weint. Und ich versuche vehement, kein Mitleid mit ihr zu haben. Aber ... sie ist immer noch meine Mutter. Es gab eine Zeit, in der wir ein Herz und eine Seele waren, in der uns nichts hätte entzweien können, aber diese Zeit ist jetzt endgültig vorbei.

Ich habe mehr als einmal versucht, uns zu retten, unsere kleine Familie, die immer nur aus uns beiden bestanden hat. Jetzt ist der Zeitpunkt gekommen, an dem ich mein Scheitern eingestehen muss. Es hätte keinen Sinn mehr, in einer Schlacht zu kämpfen, die schon entschieden ist.

Draußen regnet es in Strömen und die Panik, wie diese Nacht für mich enden könnte, wird immer größer. Was denke ich mir hierbei? Ich habe weder Geld noch sonst welche Mittel, mit denen ich die Nacht sicher überleben könnte. Aber eines steht fest: Sollte ich hierbleiben, wird das kein gutes Ende für mich nehmen. Ein Jaulen reißt mich aus meinen Gedanken und erst dann bemerke ich, dass ich wie erstarrt aus dem Fenster in den Regen gesehen habe, ohne mich vom Fleck zu rühren. Dabei weiß ich, dass mir die Zeit aus den Händen rinnt.

»Na komm.« Ich nehme eilig Noahs Leine vom Nachttisch und lege ihm ein Geschirr an, das ich als Ersatz im Schrank neben meinem Bett lagere. Gerade als ich das Zimmer schon verlassen will, führt mein

Blick an der Kommode neben meinem Bett vorbei. Und somit auch an dem einzigen Foto, das mir je etwas bedeutet hat.

Entschlossen gehe ich zurück, schnappe mir den türkisfarbenen Bilderrahmen aus Holz, der an den Seiten schon abblättert, und stopfe ihn zu den anderen Sachen in meinen zerfletterten Rucksack. Bei meinem Glück kann ich die Klamotten eh nicht mehr anziehen, wenn ich eine Sekunde draußen im Regen war. Der Rucksack hat definitiv seine besten Jahre bereits hinter sich.

Noah weicht mir nicht von der Seite, auch nicht, als ich die Treppen nach unten renne und die Haustür ansteuere. Ich kann sie nicht ansehen, bevor ich gehe ... ich kann nicht. Wie feige es von mir ist, weiß ich selbst. Aber ist es wirklich schlimm, den Kampf aufzugeben, wenn das Ende bereits in Sicht ist?

»Amber.«

Ich halte abrupt inne, was Noah als Aufforderung sieht, sich hinzusetzen. Noch immer zittert er in regelmäßigen Abständen und ich zittere mit ihm. Jedes Mal, wenn ich von meinen Gefühlen übermannt werde, scheint er es intuitiv zu spüren. Damit macht es ihn empathischer als die meisten Menschen, die ich in meinem Leben kennenlernen musste.

»Was hast du getan, Amber?« Ihre Stimme wird durch ein Schluchzen unterbrochen, das nicht ihrer Kehle entspringt, sondern meiner. Ich balle meine

Hände zu Fäusten und schließe die Augen. Atme die Tränen einfach weg, so wie ich es all die Jahre über getan habe, in denen ich hier gefangen war. Man könnte meinen, dass ich ein Profi darin bin, Sachen zu verdrängen. Eines Tages wird alles über mich einbrechen. Ein kleiner Anstoß und das Kartenhaus fällt in sich zusammen. Und es wird meine eigene Mutter sein, die diesen Anstoß gibt.

»Ich … ich muss gehen.« Kopfschüttelnd greife ich nach der Türklinke und riskiere einen letzten Blick zurück. Doch als ich meine Mutter sehe – in der schlimmsten Verfassung, in der sie je war –, bereue ich es sofort. Kann ich wirklich gehen? Ich sollte bleiben, sollte mich allem stellen und auf das Beste hoffen, aber ich weiß, dass es keinen Sinn hat, hierzubleiben.

Dieser Abend hat nicht nur meine Mutter und mich gebrochen, sondern auch den letzten Funken Liebe zwischen uns. Ich sehe in ihre blauen Augen, die wie ein Abbild meiner eigenen aussehen, und beiße die Lippen zusammen. Sonst war immer noch eine Spur von Verbundenheit zwischen uns in ihren Augen zu sehen, aber jetzt ist da nur Leere. Leere, die sich ganz schnell in puren Hass entwickeln kann. Bis jetzt war mir gar nicht klar, wie nah wir uns schon am Abgrund befunden haben.

»Es tut mir leid.« Und dann öffne ich die Haustür, die in genau drei Sekunden ein Knarzen von sich geben wird, weil sie an diesem Punkt immer gegen den alten

Dielenboden stößt. Ich werde das Haus vermissen, werde das Knarzen vermissen und die Geräusche, die es bei stürmischem Wetter von sich gibt.

»Amber.« Mein Name stumpft völlig ab. Ich weiß nicht mehr, ob sie wirklich mit mir redet oder nicht. Noah sieht den prasselnden Regen und weigert sich, von der Veranda zu steigen, aber wir müssen jetzt gehen.

»Tut mir leid, Kumpel. Aber da müssen wir jetzt durch.« Ich ziehe ihn mit mir und lasse die Tür ins Schloss fallen. Und mit ihr lasse ich alle schlechten und guten Erinnerungen an das Haus zurück. Wobei die guten schon in zu weiter Ferne liegen, als dass ich mich noch daran erinnern könnte.

Und dann laufe ich los. Mit einem Rucksack, der wie erwartet innerhalb von Sekunden durchnässt ist, meinem Hund, der mir tapsend durch die Pfützen folgt, und einem gebrochenen Herzen, das vermutlich nie wieder heilen wird. Nicht nach diesem Abend.

»Komm, wir gehen hier rein.« Erleichtert schlüpfe ich in die erste überdachte Bushaltestelle, die ich entdecke, und ziehe mir die Kapuze vom Kopf. Noah schüttelt sich, sobald er im Trockenen ist, und sieht mich fragend an. Ich bin mir sicher, dass ihm einiges auf der Zunge brennt, was er mich fragen würde, wenn er doch nur sprechen könnte. Ich lege den Rucksack am Boden neben der Sitzbank aus Holz ab und reibe die Hände aneinander. Wie kann es nur so unfassbar kalt sein?

Noahs Leine befestige ich an der Bank, sodass er nicht wegrennen kann. Dabei weiß ich, dass er ohnehin an meiner Seite bleiben würde, immerhin ist er der treuste Freund, den ich je hatte. Zugegebenermaßen ist seine Konkurrenz nicht sonderlich groß, ich bin schließlich ein Einzelgänger. Es gab immer nur Mom und mich. Jetzt … nur noch mich.

Ich hole den Geldbeutel aus meinem Rucksack und sehe voller Hoffnung hinein. Hoffnung, die erlischt, als ich sehe, dass ich außer ein paar Dollar nichts in der Tasche habe. Das Geld reicht weder für ein Motel noch für ein Taxi, das mich irgendwohin bringen würde.

Aber wohin auch? Die Liste der Menschen, die mich nachts um zwei Uhr mit meinem nassen Hund bei sich aufnehmen würden, geht gegen null. Meine Grandma wohnt viel zu weit weg, Geschwister habe ich keine und meine Freunde haben mich schon längst im Stich gelassen, weil ich mit meinen Problemen nicht in ihre ach so heile Welt gepasst habe.

Ich lege den Kopf zurück und versuche, mir einen Plan auszudenken, aber ich komme zu keinem Ergebnis, weil der Regen so laut auf das Blechdach prasselt, dass ich nicht klar denken kann. Ich drücke das

Portemonnaie gegen meine Brust, damit ich es dicht an meinem Körper habe, sollte jemand hier reinkommen, und klopfe auf die Holzbank.

»Hopp.« Sofort springt Noah neben mich. Ich ziehe ihn an mich und streichle sein nasses, orangefarbenes Fell, das ihn wie einen Fuchs aussehen lässt. Schon mehr als einmal wurde ich beim Spazierengehen gefragt, ob ich ihn aus dem Wald geholt habe. Und jedes Mal musste ich über diese Annahme schmunzeln, vor allem, wenn sie von Erwachsenen kam.

»Hast du Hunger?« Ich greife in meine Jackentasche, in der ich immer Notfall-Leckerchen habe, und halte ihm die Hand auf. Sofort inhaliert er sie ein wie ein Staubsauger und sieht mich aus seinen treuen Knopfaugen an. In einer Welt voller falscher Menschen und Lügen weißt du die Nähe und Loyalität eines Tieres noch mehr zu schätzen.

Ich lege mich auf die Seite, ziehe die Beine auf die Bank und warte, bis Noah sich zu mir legt. Es dauert keine fünf Sekunden, bis er sich wie eine Schnecke zusammenrollt und an mich kuschelt, weil er die körperliche Nähe genau wie ich liebt. Mit einer Hand kralle ich mich am Geldbeutel fest, die andere streichelt über seinen Rücken.

»Morgen finde ich etwas Wärmeres für uns. Versprochen.« Und dann schließe ich die Augen und wünsche mich in eine Welt, in der dieser Abend nicht real ist.

»Hallo?« Eine Männerstimme lässt mich sofort senkrecht auf der Bank sitzen. Im nächsten Moment beginnt Noah, lauthals zu bellen, und als ich die Umrisse des Kerls sehe, der mit mir spricht, will ich am liebsten direkt wegrennen. Was, wenn er mich ausrauben will? Es ist schließlich mitten in der Nacht und es fahren kaum noch Autos durch dieses Viertel. Eine Gegend, die nicht gerade für ihre friedlichen Bewohner bekannt ist. Aber welcher Räuber begrüßt dich schon, bevor er dir ein Messer an den Hals drückt?

»Beißt der?«, will er mit einer Geste in Noahs Richtung wissen. »Kommt drauf an.« Ich zucke mit den Schultern und lasse den Geldbeutel langsam unter meine Jacke wandern. Auch wenn ich blank bin, habe ich keine Lust, dass ich all meine Dokumente neu beantragen muss, weil mir irgendein Vollidiot die Geldbörse klaut. Ich habe ja nicht mal das Geld für das Ausstellen eines neuen Ausweises.

»Und worauf?« Der Kerl steht mir gegenüber. Doch erst als er einen Schritt zur Seite macht, kann ich einen Teil seines Gesichtes sehen. Kurze, braune Haare, ein freundliches Lächeln auf den Lippen. Er sieht definitiv nicht wie jemand aus, der mich ausrauben oder vergewaltigen will, aber ich bin auch nicht völlig naiv. Man sieht Mördern schließlich auch nicht jede Leiche an, die sie im Keller haben. Und Psychopathen nicht jede kranke Vorliebe. »Darauf, ob du es verdient hättest oder nicht.« Insgeheim weiß ich, dass mein Hund keiner Fliege etwas zuleide tun würde, aber er gibt mir eine gewisse Sicherheit. Sein Fell steht am Kragen hoch und er fixiert den Mann wie seine Beute, die er jeden Moment reißen will. Das Einzige, was Noah je verletzt hat, waren meine alten Kuscheltiere.

»Ich bin nicht hier, um dir was anzutun.« Er sieht mich fragend an. »Was zur Hölle machst du hier?« Seine Stimme klingt wirklich nett und ich will nicht so voreingenommen sein, aber wie vertrauensvoll kann ein Kerl schon sein, der nachts um diese Uhrzeit schlafende Frauen in Bushaltestellen anspricht? Er hätte mich auch einfach ignorieren und in Ruhe lassen können.

»Schlafen?« Mittlerweile ist mir so kalt dank der nassen Kleidung, dass ich meine Füße kaum noch spüre. Vermutlich waren diese Sneakers nicht unbedingt die beste Wahl für eine Flucht bei diesem Sauwetter.

»Und du? Was willst *du* hier?«, stelle ich die Gegenfrage. Ich muss einfach sicher sein, dass der Kerl hier keine Show mit mir abzieht und nur mein Vertrauen erschleichen will. Noah hat sich mittlerweile beruhigt, es scheint, als würde er merken, dass keine Gefahr von ihm ausgeht. Insgeheim vertraue ich auf sein Gefühl und entspanne mich, aber das muss der Mann vor mir ja nicht wissen.

27

»War gerade auf einer Party. Du hast geschnarcht, als ich vorbeigekommen bin. Und du siehst nicht aus wie eine typische Obdachlose.« Sein breites Grinsen ist wirklich sympathisch. »Gar nicht! Ich schnarche nicht.«

»Das klang aber gerade ganz anders. Eher so, als würdest du einen ganzen Wald mit einer Kettensäge abholzen wollen. Und da ich sehr umweltbewusst bin, musste ich einfach eingreifen.«

»Das war mein Hund.« Ich werfe Noah einen Blick zu, der *Sorry* sagt, aber er hat sich mittlerweile wieder hingelegt und beachtet mich gar nicht. Na wunderbar, soviel zum Thema Wachhund.

»Schon klar. Also … du willst doch nicht die Nacht hier bleiben, oder?« Seine direkte Frage macht mich wütend. »Wenn ich eine andere Möglichkeit hätte, wäre ich wohl nicht hier. Oder glaubst du, dass ich ein Faible für Bushaltestellen habe? Und jetzt wäre ich dir sehr verbunden, wenn du einfach weitergehst und uns schlafen lässt.«

Wieso ich plötzlich so unfreundlich bin, weiß ich nicht. Vermutlich, weil der Fremde mir vor Augen führt, in welcher Scheiße ich eigentlich bis zum Halse stecke.

Ich war noch nie obdachlos, und das stand sicher auch nicht auf meiner Bucket List. Nach China reisen, um die Chinesische Mauer zu sehen, einmal Nordlichter fotografieren … solche Dinge, aber nicht das hier.

»Du hast dir nicht gerade das sicherste Viertel ausgesucht, um draußen zu schlafen«, erinnert er mich an das Ghetto, in dem ich schon mein ganzes Leben verbringe. Doch wenn du dich nachts von den Straßen fernhältst, ist es eigentlich gar nicht so gefährlich. Jedenfalls nicht viel gefährlicher als in anderen Gegenden des Landes.

»Danke für die Info«, murmle ich und spüre, wie die Taubheit in meinen Füßen schwindet und durch Schmerzen ersetzt wird. Es ist gar nicht so kalt draußen, aber wenn man von oben bis unten durchnässt ist, kommen einem auch fünf Grad vor wie minus fünfzehn.

»Ich meine es ernst. Wenn du willst, kann ich dich mitnehmen.«

»Und wohin? In deine Wohnung, in der du mich dann vergewaltigen kannst? Nein danke, da erfriere ich doch lieber.« Ich könnte mir selbst eine Ohrfeige verpassen, schließlich kann der Arme nichts für mein Drama. Ich hasse diese Version meiner selbst, die nur zum Vorschein kommt, wenn ich verzweifelt bin. Meine Verzweiflung hat gerade die Spitze des Mount Everest erklommen und drückt sich durch Unfreundlichkeit an die Oberfläche.

Der Kerl setzt sich neben mich und ich zucke nicht mal zurück. Mein Körper sagt mir, dass ich keine Angst vor ihm habe, und ich glaube ihm auch.

»Hm. Näh.« Er verzieht das Gesicht, als würde man ihm Gemüsestangen statt Pommes vor die Nase stellen. Jeder richtig tickende Amerikaner würde eher zu den Pommes greifen.

»Du bist wirklich hübsch, selbst in der Verfassung. Aber ich stehe eher auf das andere Geschlecht. Wenn du also nichts zwischen deinen Beinen baumeln hast, bist du sicher vor mir.« Sofort will ich alles, was ich bis jetzt gesagt habe, zurücknehmen.

»Oh … okay?«

»So sprachlos auf einmal?« Er grinst mich an und ich beginne immer mehr, ihn zu mögen. Er ist der wohl netteste Mensch, dem ich seit Langem begegnet bin. Und das kann ich schon nach wenigen gewechselten Worten mit ihm behaupten, was ziemlich traurig ist und eindeutig zu viel über meine menschlichen Kontakte aussagt. Meine nicht vorhandenen menschlichen Kontakte zur Außenwelt.

»Quatsch. Ich wollte dich nur nicht als Vergewaltiger darstellen. Aber man soll ja bekanntlich keinen Fremden trauen.« Meine Hand wandert zu Noah, den ich sanft kraule.

Er gibt ein zufriedenes Schnaufen von sich und ich liebe, was dieses wohlige Seufzen mit meinem Herzen anstellt.

Es ist ihm egal, in welcher Scheiße wir stecken und dass ich ihn mitten in der Nacht durch das halbe Viertel schleife, solange er bei mir ist.

»Deinem Hund muss doch auch furchtbar kalt sein. Komm schon. Ich kann dich mit zu mir und meinen Brüdern nehmen. Du kannst dir ja immer noch was einfallen lassen, wenn du erst einmal in einem warmen Bett liegst.«

Sein Angebot klingt eindeutig zu verlockend. Was würde ich für eine Decke und trockene Kleidung geben? Oder für eine heiße Dusche? Oder für etwas, das meine rasenden Gedanken stoppt?

»Ich habe aber kein Geld, was ich dir geben könnte. Ich bin quasi ein leeres Konto auf zwei Beinen und vier Pfoten.« Er winkt mit der Hand ab.

»Ich bin doch kein Hotel! Ich will dir einfach nur einen Gefallen tun, ohne dich dafür ausnehmen zu wollen.«

»Verrätst du mir wenigstens deinen Namen?« Unmöglich kann ich ihm einfach blind folgen, ohne zu wissen, wie er heißt. Dabei sind diese Gedanken albern. Seinen Namen zu wissen, wird ihn nicht weniger fremd machen. Und meine Situation nicht weniger aussichtslos.

»Kade. Und du?«

»Amber«, stelle ich mich vor. »Und das ist mein Hund Noah.« Er gehört zu mir wie meine rechte Arschbacke, also stelle ich ihn immer unaufgefordert mit vor. Wer meinen Hund nicht akzeptiert und respektiert, hat bei mir von Vornherein schlechte Karten.

»Also, Amber und Noah. Wollen wir dann? Mein Auto steht direkt nebenan auf dem Parkplatz vom Supermarkt. Wir brauchen nur fünf Minuten bis nach Hause.« Noch immer weigert sich ein Teil in mir, ihm zu vertrauen, aber er hätte mich auch schon längst überfallen können, wenn er gewollt hätte. Welcher Killer oder Vergewaltiger führt erst minutenlang mit dir Small Talk, bevor er sich an dir vergeht?

Außerdem bleibt mir kaum etwas anderes übrig, wenn ich nicht erfrieren will. »Bist du betrunken?« Schließlich kommt er von einer Party und ich steige sicher nicht in einen Wagen, der von einem Betrunkenen gefahren wird.

»Nein? Wirke ich etwa so?« Kade sieht mich verdutzt an. »Ich trinke keinen Alkohol … hab da so eine Art Phobie.« Sofort verdunkelt sich seine helle Miene und ich würde mir am liebsten den Mund zukleben, bevor ich meine einzige Chance auf ein warmes Bett verscheuche. »Gut. Dann lass uns fahren. Ich bin wirklich am Erfrieren.«

AMBER

»Wie viele Brüder hast du denn?« Noah hat es sich auf der Rückbank von Kades Ford bequem gemacht, während ich dankbar für die heiße Luft bin, die jetzt meine kalten Füße wärmt. Hätte mir mal jemand gesagt, dass ich einen alten, klapperigen Ford so lieben könnte, hätte ich diesem Jemand einen Vogel gezeigt. Nach einigem Zögern antwortet mein Retter.

»Drei. Und eine Schwester.« Mir klappt die Kinnlade herunter. »Ich habe mir immer so eine große Familie gewünscht. Tja, und dann bin ich ein Einzelkind geblieben.« Was, in Anbetracht der letzten Jahre, wohl auch besser ist. Obwohl … vielleicht wäre auch alles anders gelaufen, wenn ich noch ein Geschwisterchen gehabt hätte. Womöglich hätten wir aus dem Haus ausziehen müssen, da es für drei Leute etwas zu eng gewesen wäre. Und dann … ich darf nicht mehr weiter darüber nachdenken. Dieses ›Was wäre wenn‹-Denken bringt niemandem was. Man trauert nur etwas nach, was es nie gegeben hat. Und ich sehe lieber der hässlichen Realität ins Auge.

»Glaub mir, es hat auch Nachteile. Ich bin quasi das Mittelkind. Mittelkinder sind irgendwie da und irgendwie auch nicht. Man kriegt immer nur die abgetragenen Klamotten der größeren Geschwister und bekommt alle Aufgaben aufgehalst, auf die die älteren keine Lust haben.«

»Und wie alt seid ihr alle?« Ich will so viele Informationen wie möglich über die Leute haben, bei denen ich die Nacht verbringen werde. Am besten noch, bevor wir da sind und ich mich bei völlig Fremden einniste. Vielleicht sind sie alle so nett wie Kade, aber das glaube ich kaum. So viele so gute Menschen gibt es nämlich gar nicht auf der Welt.

»Raven ist fünfundzwanzig, Phoenix dreiundzwanzig, ich zwanzig, Kaleb siebzehn und Summer vier.« Beim Namen seiner Schwester muss ich grinsen. Er klingt süß und nach Freiheit. Er klingt, wie sich mein Leben damals noch angefühlt hat.

»Und alle wohnen mit dir zusammen?«

»Alle bis auf Raven. Er wohnt seit einigen Jahren alleine und auch nicht mehr in Chicago.« Kade sieht mich mit hochgezogenen Brauen an. »Du bist nicht der Typ Mensch, der die Sachen einfach auf sich

34

zukommen lässt, oder?« Sofort schüttle ich den Kopf. Sachen, die ungeplant auf dich zukommen, können dich zerstören, wenn du nicht vorsichtig bist. Kontrolle ist eben besser als Vertrauen.

»Absolut nicht. Und deshalb ist es ein Wunder, dass ich heute wirklich meine Tasche gepackt und von zu Hause verschwunden bin.« Ich habe immer noch das Gefühl, zu träumen. Ob dieser Traum gut oder schlecht ist, mag ich noch nicht beurteilen, das kann ich vermutlich erst, wenn ich in einem Bett liege und trockene Sachen trage.

»Wieso bist du denn abgehauen?« Kade spricht schonungslos das an, worüber ich am liebsten niemals reden würde, aber ich bin es ihm schuldig, oder? Schließlich nimmt er mich einfach mit nach Hause, ohne dafür etwas zu verlangen. Es ist das Mindeste, ihm wenigstens ein paar Brotkrumen hinzuwerfen.

»Es gab einen … Streit.« Mehr sage ich nicht und ich bin froh, dass Kade nicht weiter nachbohrt, um mich zum Sprechen zu bringen. Wir biegen in eine nicht gerade einladende Wohngegend ein und sofort fühle ich mich heimisch.

Auch unser Haus stand nicht auf der Sonnenseite Chicagos und somit ist das hier weder eine Verbesserung noch eine Verschlechterung. Es ist wie eine kleine Konstante, die ich gerade dringender denn je gebrauchen kann.

Die Straße hat unfassbar viele Schlaglöcher und so wird Noah durch das ständige Ruckeln um seinen Schlaf gebracht. Er hat die Augen zu Schlitzen verengt.

»Da wären wir.« Kade parkt vor einem Haus mit grauer Fassade. Im Inneren brennt fast überall Licht, was mich in Anbetracht der Uhrzeit wundert. Aber vermutlich ist das bei Großfamilien üblicher als bei meiner Mom und mir.

»Hübsch«, lüge ich schamlos, was Kade mit Skepsis im Blick kommentiert. »Ich weiß, dass es von außen aussieht wie ein deutsches Haus zu Kriegszeiten. Von innen ist es … zumindest etwas besser.« Und ich glaube ihm. Mit einem Satz habe ich meinen Rucksack an mich gerissen und bin aus dem Auto gehüpft, auch wenn ich gern noch etwas länger die Fußheizung genossen hätte. Kade hat mir eine Dusche und ein warmes Bett versprochen, das toppt eine Fußheizung in einem Wagen, der so alt riecht, bei Weitem.

»Muss ich irgendetwas wissen? Über deine Geschwister, meine ich?«, frage ich ihn über das Autodach hinweg, während ich die Hintertür öffne und Noah herausspringen lasse. Sofort schüttelt er sich.

»Nicht wirklich, nein.« Gemeinsam gehen wir durch den verwelkten Vorgarten und Noah nutzt die Gelegenheit direkt aus, um gegen einen vertrockneten Busch zu pinkeln. Am Klingelschild erhasche ich kurz einen Blick auf ihren Nachnamen. Nolan. Als wir das Haus betreten, entspanne ich sofort meine Glieder.

Auch mein Hund scheint sich in der Wärme direkt wohler zu fühlen. Kade nimmt mir die Sachen ab und ich folge ihm in einen offenen Wohn- und Essbereich. Die Einrichtung hat sicher schon bessere Tage hinter sich und wirkt ziemlich zusammengewürfelt, aber alles ist besser als die Bushaltestelle mit der Geräuschkulisse von Kanonenhagel auf dem Dach. Die Küchenzeile ist altbacken und in dunklem Braun gehalten, nur der Esstisch sieht im Vergleich zum Rest neu aus.

»Leute? Phoe, Kaleb?« Kade trommelt alle zusammen und es dauert nicht lange, bis zwei Leute den Raum betreten. Ein Jugendlicher, den ich als den Siebzehnjährigen vermute, und ein älter wirkender.

Das muss Phoenix sein.

Auf dem Arm hat er ein kleines Mädchen, das in ihrem Pyjama unglaublich süß und noch verschlafen aussicht. Er hat rote Punkte und sie sieht mit der Schleife im Haar ein wenig aus wie Minnie Mouse. Ihre Augen sind gerötet, als hätte sie gerade erst geweint, was erklärt, wieso sie um diese Uhrzeit noch wach ist.

»Ein Hund! Ein Hund!« Sofort will sie heruntergelassen werden, aber Kades Bruder hält sie weiterhin auf dem Arm und denkt nicht daran, sie in Noahs Nähe zu lassen. »Was wird das?«, will der jüngere von beiden wissen und guckt desinteressiert auf sein Smartphone. Der ältere von beiden sagt nichts, mustert mich nur mit ausdrucksloser Miene.

»Setzt euch.« Kade entreißt seinem Bruder das Handy, was er mit einem *Fick Dich* kommentiert. »Kaleb.« Das scharfe Knurren seines großen Bruders, der das erste Mal spricht, lässt selbst mir das Blut in den Adern gefrieren. Da ist mir das Desinteresse des jüngeren eindeutig lieber. Ich lebe nach dem Motto: Leben und leben lassen. Wenn sich die Leute nicht in meinen Mist einmischen, halte ich mich aus ihrem Leben fern.

»Sorry, Sum«, entschuldigt er sich bei der Minnie Mouse für den Kraftausdruck, die immer noch ganz dringend zu Noah will. Diese Wirkung hat mein Vierbeiner auf alle Kinder und wer kann es ihm verübeln? Er ist purer Zucker.

»Das ist Amber.« Kade tritt an meine Seite und legt mir den Arm beruhigend auf die Schulter. »Ich hab sie in einer Bushaltestelle aufgegabelt. Sie brauchte dringend einen Platz zum Pennen, also hab ich ihr angeboten, heute hier zu schlafen.« Kaleb hat sich mittlerweile auf das graue Sofa gesetzt und zuckt mit den Schultern. Er hat genauso kurze Haare wie Kade und ebenfalls blaue Augen. Er ist schlaksiger als seine großen Brüder und sein Gesicht wirkt weicher. Wie das eines Teenies halt. Dabei ist er ja gar nicht so viel jünger als ich, wenn ich mich richtig an sein Alter erinnere.

»Mir doch egal.« Seine Antwort kommt mir gerade gelegen, immerhin bin ich nicht hier, um mit jemandem Freundschaft zu schließen und dreimal erklären zu müssen, wieso ich hier und von zu Hause abgehauen bin. Kade war ich Antworten schuldig, aber sonst niemandem. »Phoe, den Hund dreicheln«, sagt Summer, die noch nicht richtig sprechen kann. Sofort würde ich sie gern in den Arm nehmen und nie wieder loslassen. Doch anstatt seiner Schwester den Wunsch zu erfüllen, setzt er sie auf Kalebs Schoß. Sein Körper steht unter Strom.

»Bring sie ins Bett.« Sofort steht Kaleb auf, als hätte Gott persönlich den Befehl gegeben, und verschwindet mit der Kleinen aus dem Raum. Phoenix sieht angewidert zwischen dem Hund und mir hin und her, bevor er Kade mit Blicken maßregelt. *Okay, er hat mir definitiv verschwiegen, dass sein Bruder hier eine Art Herrschaft besitzt.* In Sekundenschnelle ist die Wärme hier drin in Kälte umgeschlagen, weil er sich benimmt wie ein verdammter Diktator.

»Was soll das?« Das ist alles, was er seinen Bruder fragt. Phoenix ist mit Abstand der attraktivste von allen, leider aber auch der unfreundlichste. Er trägt ein schwarzes Shirt, das seine muskulösen Arme betont. Die Tattoos an ihnen sind mir als Erstes an ihm aufgefallen. Seine braunen Haare, die fast ins Schwarz übergehen, sind länger als die seiner Brüder.

»Habe ich doch schon gesagt. Das ist Amber und sie wird hier erstmal schlafen.« Kade scheint nicht so ein Schoßhündchen zu sein wie sein kleiner Bruder.

Phoenix kramt ein paar Sachen zusammen und beachtet mich gar nicht.

»Seit wann sind wir ein Waisenhaus, hm?« Sein Blick wandert zu Noah, der sich ebenfalls unwohl in seiner Gegenwart fühlt. Sofort streichle ich seinen Kopf, um ihm ein besseres Gefühl zu geben. Fehlt nur noch jemand, der meinen Kopf streichelt und mir ein gutes Gefühl beschert.

»Oder ein Tierheim«, setzt er noch angewidert hinterher. Wut brodelt in mir auf, die ich nicht zügeln kann, auch wenn ich mir dringend auf die Zunge beißen sollte. Aber seine Art geht mir mächtig gegen den Strich, vor allem, wenn er meinen Hund so abwertend anstarrt.

»Waisenhaus? Woher willst du wissen, dass ich nicht volljährig bin?« Ich werde zwar erst in einigen Monaten einundzwanzig, aber das muss er ja nicht wissen. Ich bin nicht hier, um mich so von diesem Typen behandeln zu lassen. Phoenix lässt die Decke, die er in der Hand hält, aufs Sofa fallen, und kommt auf uns zu. Sofort weicht Noah zurück und versteckt sich hinter mir. Sein Blick wandert über mich.

»Keine Ahnung. Vielleicht, weil du kaum Titten unter deiner Jacke hast.« Meine Hand ist schon bereit, auf ihn einzuschlagen, als Kade mich festhält und mich davor bewahrt, einen riesigen Fehler zu begehen und meinen Schlafplatz heute Nacht zu verlieren.

»Sorry, aber das muss ich mir nicht geben. Ich finde schon etwas. Danke für das Angebot.« Ich will Kade den Rucksack abnehmen, aber er hält ihn von mir fern.

»Vergiss es. Du bleibst hier. Ich habe doch vergessen, dir etwas über meine Brüder zu sagen: Einer von ihnen ist ein Arschloch. Ignorier ihn einfach.« Kades Worte bringen mich tatsächlich zum Lächeln, während mich die Blicke seines Bruders erstarren lassen. Seine Augen sind ebenfalls blau, aber auf andere Art und Weise. Irgendwie … dunkler. Bei genauerem Hinsehen kann ich eine Narbe sehen, die rechts an seiner Schläfe bis hin zu seiner Wange verläuft. Sie lässt ihn gefährlich wirken, obwohl er mit seiner kleinen Schwester auf dem Arm so zahm aussah.

»Kade hat recht.« Er kommt mir noch näher und sein Atem streicht über meine Wange. Sofort zittere ich wieder, aber nicht vor Kälte. »Ich bin ein Arschloch. Also halte dich einfach von mir fern.« Mit diesen Worten drängt er sich an mir vorbei und verschwindet wortlos in einem Nebenraum. Noah schenkt er keinerlei Beachtung. Vollidiot. Tausend Worte brennen mir auf der Zunge, die ich Kade stellen will, als ich ihn ansehe.

»Frag nicht.«

Mein Mund klappt automatisch wieder zu.

»Er ist einfach sehr unzufrieden. Aber er wird damit klarkommen.« Kade führt mich in ein freies Zimmer, das genauso altmodisch und zusammengewürfelt eingerichtet ist wie der Rest. Aber das Bett lässt mich alles vergessen, ich bin ohnehin niemand, der hohe Ansprüche stellt.

»Hier kannst du schlafen. Die Heizung sollte gleich warm werden. Das Bad ist eine Tür weiter. Handtücher liegen unter dem Waschbecken.« Er klopft mir auf die Schulter und streichelt im Vorbeigehen Noah. »Ich bringe ihm noch eine Schüssel mit Wasser.«

»Kade?« Ich halte ihn auf. »Wieso bist du so nett zu mir?« Eine Frage, die ich mir schon stelle, seit er mir das Angebot gemacht hat. Er sieht mich freundlich an und kurz vergesse ich, was gerade passiert ist und wie gedemütigt ich mich fühle.

»Weil ich nicht wie mein Bruder bin.«

PHOENIX

»Was denkst du dir eigentlich bei dieser Scheiße, Kade?«
Nachdem ich sichergegangen bin, dass Summer in
ihrem Bett liegt und schläft, platze ich in das Zimmer
meines Bruders. Noch immer kann ich nicht fassen,
dass er tatsächlich irgendein fremdes Gör aufgegabelt
und hergebracht hat. In unser Haus! In das Haus, in
dem wir schon genug eigenen Mist handeln müssen.
Keiner von uns hat da auch noch die Zeit, sich um
fremde Probleme zu kümmern. Aber Kade ist der
gutmütigste in unserer Familie und das wird uns jetzt
zum Verhängnis.

»Ich weiß wirklich nicht, was du meinst.« Mein
Bruder sitzt auf seinem Bett und denkt nicht mal daran,
mich anzusehen. »Was ich meine?«

Dieser Vollidiot bringt mich absichtlich zum Kochen. »Dass du einfach wildfremde Menschen ins Haus holst, in dem deine kleine Schwester wohnt. Und dann auch noch mit einem Hund?« Ich habe nichts gegen Hunde, aber ich brauche definitiv keine in der Nähe meiner Schwester, die, ohne zu zögern, auf jedes Tier zurennen würde. Allein der Gedanke, dass ihr etwas passieren könnte, killt mich.

»Du tust ja gerade so, als wäre Amber eine Terroristin, die unter ihren Klamotten einen Sprengstoffgürtel trägt.« Kade sieht zu mir auf und ich weiß, was er sagen will. Dass ich paranoid bin und wieder runterkommen sollte. Aber ich kann nicht. Nicht, wenn die Bilder in meinem Kopf so blutig sind.

»Du kennst die Kleine nicht. Woher willst du wissen, dass sie keine Betrügerin ist, die uns ausraubt, wenn wir pennen?« Nicht, dass hier viel Wertvolles herumliegen würde, aber Taschendiebe geben sich auch mit Kleinkram zufrieden. Wenn sie wüsste, was sich im Kofferraum meines Wagens und unter den Dielenbrettern meines Schlafzimmers befindet, wäre ich jedoch am Arsch. Und sie um einiges reicher, vorausgesetzt, die Kleine wüsste, wie man das Zeug unter die Leute bringt.

»Alter, Phoenix. Sie lag zitternd und halb erfroren in einer Bushaltestelle im schlimmsten Viertel der Stadt. Hätte ich sie dagelassen, wäre sie vermutlich abgestochen worden. Entspann dich!« Mein Bruder steht auf und stellt sich vor mich. Als er mich an der Schulter berührt, schüttle ich ihn ab. Ich würde alles für meine Familie tun, für jeden einzelnen von ihnen, aber auf diese Gefühlsduselei habe ich keine Lust. Nicht mehr.

»Ich sag dir nur eins: Sollte die Kleine irgendwas im Schilde führen oder hier für Ärger sorgen, fliegt sie noch heute Nacht raus. Mir egal, was dann mit ihr passiert.« Ohne auf Kades Antwort zu warten, lasse ich ihn im Zimmer zurück und gehe auf den Flur. Doch sobald ich an Summers Zimmer vorbeikomme, das sie sich mit Kaleb teilt, höre ich ein Schluchzen. Sofort bin ich bei ihr am Bett. In den letzten Wochen wurden ihre Albträume wieder schlimmer.

»Hey, Sum. Alles gut?« Dicke Tränen kullern über ihr unschuldiges Gesicht. Ich liebe die Sommersprossen auf ihrer Nase und die Art und Weise, wie sie mich aus ihren grünen Augen ansieht. Sie ist die Einzige in unserer Familie mit dieser Augenfarbe und somit etwas Besonderes.

»Hab von dem Hund geträumt, Phoenix«, schluchzt sie und weitere Tränen rinnen über ihre Haut. Sofort würde ich Kade am liebsten sagen, dass er seine neue Bekanntschaft wegschicken soll, weil Summer wegen des Hundes weint.

»Und ich will ihn dreicheln.« Sie schiebt ihre Unterlippe schmollend nach vorne, was mir das Herz bricht. Wieso habe ich ihr vorhin nicht einfach erlaubt, ihn zu streicheln? Dann würde sie jetzt schlafen und mich nicht mit diesem schlechten Gewissen bestrafen. »Morgen, okay? Morgen darfst du.« So schnell wie ihre Tränen immer kommen, sind sie auch schon wieder verschwunden.

»Verbrochen?« Ihre noch holperige Sprache bringt mich jedes Mal zum grinsen, egal, wie scheiße manche Tage sind. Und der heute gehört definitiv nicht zu meinen liebsten Tagen diese Woche.

Der Deal, der schon seit Wochen geplant ist, ist heute geplatzt. Und als ich nach Hause kam, hatte Sum die ganzen Wände mit Marmelade beschmiert, weil Kaleb nicht aufgepasst hat. Zur Krönung dann auch noch die Sache mit Amber.

»Versprochen. Aber nur, wenn du jetzt wieder schläfst, okay?« Sie nickt, zeigt dann aber auf das Bett gegenüber, auf dem Kaleb sitzt und mit Kopfhörern Musik hört.

»Er ist zu laut«, jammert sie. Sofort bin ich bei meinem Bruder, reiße ihm die Kopfhörer herunter und werfe sie aufs Bett. »Hey!«

»Sum kann nicht schlafen, wenn du deinen Death-Metal-Scheiß so laut hörst.« Er greift nach den Kopfhörern, aber ich halte ihn auf. »Echt jetzt? Gott, dieses Haus macht mich irre!« Er stemmt sich hoch und schlurft in Richtung Flur. »Wohin willst du, Kaleb?« Ich habe eigentlich keinen Bock, den Aufpasser zu spielen, aber da ich sozusagen die Vaterrolle einnehme, seit

Raven weg ist, gehört das zu meinem Job. Und der ist in vielen Situationen ziemlich undankbar. »Keine Ahnung, Phoe, irgendwohin halt.« Und dann ist er verschwunden. Ich kann mir an einem Finger abzählen, wo er hingeht, und am liebsten würde ich ihn aufhalten, aber ich kann unmöglich weg, wenn diese Fremde hier ist.

»Kaleb böse auf mich?« Summer sitzt in ihrem Bett unter der kleinen rosanen Blumenlampe und krallt sich an ihren Teddybären, der so sehr gelitten hat, dass er nur noch ein Auge besitzt.

Wir haben ihr mehr als einen neuen gekauft, aber sie wollte immer nur diesen kaputten. Vermutlich, weil er sie an Mom erinnert. Die Mom, die mit jedem Tag weiter verschwindet. Ich gehe zu ihr herüber, drücke ihr einen Kuss auf die Stirn und decke sie zu. »Nein, auf mich. Alles gut, Sum. Schlaf jetzt.« Sie schließt glücklich die Augen und rollt sich wie eine Schnecke ein, während ich das Zimmer verlasse.

Bevor ich die Tür schließen kann, höre ich ihre leise Stimme und all die Aufregung des Tages gerät in Vergessenheit.

»Hab dich lieb, Phoenix.«

Ich dich auch, Sum.

Und ich werde immer auf dich aufpassen, komme, was wolle.

»Wem gehören diese hässlichen Schuhe denn?« Meine Mutter verlässt gerade zum ersten Mal an diesem Tag ihr Schlafzimmer, obwohl normale Menschen jetzt eigentlich ins Bett gehen. An ihrem Outfit kann ich sehen, dass sie in den Club geht und den ganzen Tag gepennt haben muss, um sich auf die Nacht vorzubereiten. Jedes Mal, wenn ich sie ansehe, denke ich daran, dass ich sie vor Jahren ebenfalls verloren habe. Dass sie mir einmal wirklich was bedeutet hat. Bevor das alles passiert ist und sich mein Leben in diesen Scheißhaufen verwandelt hat.

»Kade hat so ein Mädel unterwegs aufgegabelt und ihr einen Schlafplatz angeboten.« Meine Mutter reißt die Augen auf, die sie wieder einmal viel zu stark geschminkt hat. Jeder Blinde sieht ihr an, in welcher Kaschemme sie arbeitet.

Ihr Make-up ist nicht elegant, sondern schlampig, und man sieht ihr an, dass sie beim Schminken keine ruhige Hand hatte. Ob sie heute schon einen Drink hatte? Vermutlich wartet sie damit bis zu ihrer Schicht, lässt sich dafür aber dann richtig gehen.

»Kade? Ein Mädel? So richtig mit Titten?« Sie packt sich an die eigenen, die sie jeden Abend mit hautengen Kleidern nach oben drückt, damit die Kerle im Club nicht sehen, dass sie schon so viele Kinder hat und die Dinger eigentlich hängen.

»Nicht so, Mom. Er ist immer noch schwul.«

»Oh … schade.« Schade? Ist das ihr verdammter Ernst? »Kannst du ihn immer noch nicht akzeptieren, wie er ist?« Sie hatte von Anfang an Probleme damit, dass Kade auf Männer steht. Sie greift in den Schuhschrank und holt Riemchenpumps heraus. Ihr Kleid ist viel zu kurz und sie wird sich draußen den Tod holen, aber das ist ihr egal. Ihr ist alles egal, wenn sie dieses Haus verlässt. Der Job erlaubt es ihr, aus dem Trott hier auszubrechen, der sich ihre Familie nennt.

»Ich akzeptiere ihn doch.« Dass sie lügt, weiß sie selbst. »Wie auch immer. Ich muss zur Arbeit. Sorg dafür, dass der Laden läuft, Phoe. Und dass das Mädel uns das Essen nicht wegfrisst. Der nächste Scheck kommt erst in zwei Wochen und die Kasse sieht knapp aus.« Sie kommt auf mich zu und drückt mir einen Kuss auf die Wange. Wir versuchen, miteinander klarzukommen, dabei wissen wir beide, dass uns fast nur noch Hass verbindet. Dass wir für den Rest der Familie eine Show spielen, damit alles in seinen Bahnen läuft.

»Vergiss deine Jacke nicht.« Meine Erinnerung lässt sie ihren Mantel vom Haken schnappen. Sie wirft mir ein Grinsen zu, das mich nur verbissen zurücklächeln lässt.

»Immer so besorgt um alle.« Den Zynismus in ihrer Stimme kann ich nicht überhören. Und dann verschwindet sie durch die Tür, um sich vor wildfremden Kerlen im *Temptation* zu räkeln.

Genervt steuere ich das Bad an, weil ich den Schmutz des Tages von mir waschen will, und da das Schild draußen auf Frei steht, öffne ich die Tür. Sofort schlägt mir Wasserdampf ins Gesicht, der den ganzen Raum vernebelt.

Das Wasser in der Dusche läuft und durch die durchsichtige Glasscheibe kann ich sie sehen. Amber steht vor mir und duscht sich, als würde ich nicht direkt vor ihr stehen. Ihre braunen Haare kleben an ihrem Körper, das Wasser rinnt über ihre Titten, die gar nicht so übel sind, wie ich dachte, hinunter zu ihrem Schritt.

Wie festgewachsen bleibe ich mitten im Raum stehen und sehe der Kleinen zu, wie sie sich den Rest des Shampoos aus den Haaren spült und anschließend selbstbewusst aus der Dusche tritt. Ihr Körper ist schlank, an den richtigen Stellen jedoch kurvig genug für eine Frau nach meinem Geschmack. Sie wringt ihre Haare über der Dusche aus und steht dann splitterfasernackt vor mir. Ihre blauen Augen stechen aus ihrem blassen Gesicht heraus. Anfangs denke ich, dass sie mich einfach noch nicht gesehen hat, aber dann spricht sie mich an.

»Ich konnte nicht abschließen«, erklärt sie sich und dreht sich anschließend zum Spiegel, sodass ich sie von der Seite ansehen kann. Ihre Titten sollten perfekt in meine Hände passen … Ich spüre, dass sie mir gefällt, aber in meiner Hose regt sich nichts.

Nicht hier.

Nicht in diesem Haus.

Ich ficke niemanden hier, außer mich selbst.

Dafür fickt mich das Leben hier jeden Tag.

»Für diesen Zweck ist das Schild an der Tür da. Wir schließen hier nicht ab.« Der Gedanke, dass jemandem etwas hier drin passieren könnte und wir nicht reinkönnen, hat diese Regel hervorgerufen.

»Wie auch immer. Willst du jetzt noch weiter gaffen oder darf ich mich alleine anziehen?« Sie schnappt sich unter dem Waschbecken ein weinrotes Handtuch, und beginnt, sich die schneeweiße Haut abzutrocknen. Die Farbe steht ihr.

»Ich gaffe nicht, ich muss pissen«, antworte ich ungeduldig. Als Amber sich umdreht und mir ihren nackten Arsch zeigt, nehme ich alles wieder zurück.

Mein Schwanz drückt sich von innen gegen meine Shorts, als sie sich vorbeugt, um ihre Beine zu trocknen. Amber wickelt sich das Handtuch um den Körper und marschiert anschließend an mir vorbei. Ihre nackten Füße schmatzen, als sie über die Fliesen geht.

»Gute Nacht, Phoenix.« Und dann ist sie mit einem süffisanten Grinsen verschwunden. Hier drin ist immer noch alles vom Wasserdampf neblig, der Spiegel ist komplett beschlagen.

Ich gehe zur Tür, drehe das Schild um und ziehe sie ran. Es dauert nicht lange, bis ich mich ausgezogen und unter die Dusche gestellt habe.

Mein Schwanz tut weh, weil er so hart ist, und das warme Wasser gibt mir den Rest. Ich lehne mich gegen die Fliesen, schließe die Augen, und lasse meine Hand nach unten wandern.

Wart's ab, Amber.

Dieses Spiel gewinne ich.

Immer.

AMBER

Am nächsten Morgen spüre ich immer noch seine Blicke auf mir. Die Art und Weise, wie er meinen nackten Körper gescannt hat, hat Bände gesprochen. Ich habe ihm gefallen, auch wenn er das vermutlich vor Stolz und seinem gigantischen Ego nie zugeben würde. Der Kerl ist mir zwar fremd, aber ich bin gut darin, Menschen zu lesen. Und Phoenix dachte, dass er mich demütigt, wenn er bleibt, aber da hat er sich geschnitten. Ich kenne meinen Körper und weiß, wie ich ihn einsetzen muss.

Mein Handy klingelt zum dritten Mal innerhalb weniger Minuten, und endlich bewege ich mich dazu, es vom Nachttisch zu fischen. Es ist erst sechs Uhr morgens und die Anrufe sind allesamt von meiner Mutter.

Wer hätte das gedacht? Ich bin davon ausgegangen, dass sie nicht nach mir suchen würde, nicht nach gestern Abend. Ich drücke ihren Anruf weg und werfe mich zurück in die Kissen.

Gewissensbisse machen sich in mir breit, aber ich konzentriere mich voll und ganz auf alles, nur nicht auf sie. Das Bett hat definitiv schon bessere Tage hinter sich, aber alles ist besser als eine morsche Holzbank. Die vergangenen Stunden stecken mir immer noch in den Knochen und ich würde am liebsten einfach weiterschlafen. Wer sagt auch, dass ich aufstehen muss? Es gibt nichts, das mich antreibt. Nichts, was ich in dieser Sekunde erledigen muss und keinen Ort, an dem ich sein müsste.

Noah liegt unter meiner Decke eingerollt an meinem Bauch und denkt nicht einmal daran, aufzustehen. Ich streichle über seinen Kopf, seine weichen Ohren, und höre dann lautes Geplapper von draußen, gepaart mit dem Geräusch von Geschirr, das nicht gerade zögerlich aus Schränken geholt wird.

Wieso sind denn alle schon so früh wach?

Als der Lärm nicht besser wird, entscheide ich, Noah schlafen zu lassen, und schlurfe in den Flur. Das Treiben kommt wie erwartet aus der Küche, in der sich alle zum Frühstück versammelt haben. Fast hat man das

Gefühl, in einem Werbespot zu sein, in dem eine amerikanische Familie frühstückt.

Kaleb sitzt mit Summer am Tisch, die das ganze Gesicht voller Marmelade hat, Kade schmiert Brote und Phoenix steht auf der Terrasse, die ich jetzt zum ersten Mal dank des morgendlichen Lichts sehe, und raucht.

»Guten Morgen.« Alle sehen zu mir auf, nur Phoenix dreht sich nicht um, obwohl ich mir sicher bin, dass er mich auch gehört hat. Stattdessen starrt er nach draußen in das kleine Stück Garten, das ich von meinem Zimmer aus sehen kann.

»Hey, Sonnenschein.« Kade drückt mir eine Tasse Kaffee in die Hand, die ich dankbar annehme und mich damit neben Kaleb setze. Er murmelt ein Morgen und verliert sich dann wieder in seinem Smartphone, als wäre es an seiner Hand festgewachsen. Am liebsten würde ich es ihm wegnehmen und ihn zwingen, sich mit mir zu unterhalten, aber dazu habe ich kein Recht. Leben und leben lassen …

»Wo ist der Hund?«, will Summer aufgeregt wissen. Ihre Zahnlücke gepaart mit den zwei Zöpfen sieht einfach zuckersüß aus. »Der schläft noch. Er ist supermüde.« Ihre Augen strahlen, wie die Augen eines Kindes immer strahlen sollten. Ja, auf dem Foto, das ich in meinen Rucksack gestopft habe, strahlen meine genauso. Ich war mal wie Summer. Aufgeweckt, fröhlich, immer auf der Suche, etwas Neues zu entdecken.

»Phoenix hat mir erlaubt, ihn heute zu dreicheln«, sagt sie triumphierend und im selben Moment erscheint Besagter in der Küche. Er trägt wieder ein schwarzes Shirt und seine Haare sind vermutlich vom Duschen feucht. Sein Blick begegnet meinem und das gehässige Grinsen auf seinem Gesicht spricht Bände. Er will, dass ich mich wegen der Begegnung im Bad schäme, aber da täuscht er sich in mir.

Ich weiß, welche Wirkung ich auf Männer habe und Phoenix ist sicher nicht so hart, wie er es vorgibt. Seine Worte können Desinteresse ausspeien, aber sein Körper verrät ihn. Seine Augen sind dunkler geworden, als er mich nackt gesehen hat. Und ich hätte schwören können, dass er mir auf den Arsch gegafft hat, als ich mich abgetrocknet habe.

»Da freut Noah sich sicher«, antworte ich Summer, die genüsslich auf ihrem Toast herumkaut. Phoenix stellt sich gegen die Arbeitsplatte. Direkt in mein Sichtfeld, sodass meine Augen automatisch in seine wandern. Ob absichtlich oder nicht – sein Anblick nervt mich innerhalb von Sekunden.

»Wie lange bleibst du hier?« Dass er mit mir spricht, ist klar. Aber es ist Kade, der für mich antwortet. »So lange, bis sie was hat. Nerv nicht und lass deine morgendliche schlechte Laune nicht an ihr aus, Phoe.«

»Morgendlich? Hat Phoe nicht immer schlechte Laune?« Es ist das erste Mal, dass Kaleb sich freiwillig an einer Unterhaltung beteiligt und ich muss lachen. Irgendwie mag ich ihn, obwohl er noch keinen ganzen Satz mit mir gesprochen hat.

Meine Sympathie für ihn liegt sicher daran, dass er sich gerade gegen seinen Arschlochbruder gestellt hat. »Also, wenn du hierbleiben willst, solltest du Geld rüberwachsen lassen«, ignoriert er die Anspielung seines Bruders. Seine blauen Augen sehen direkt in meine und keiner von uns denkt daran, wegzusehen. Ich will ihm zeigen, dass ich kein Gör bin, mit dem er umgehen kann, wie er es will. Keine Ahnung, ob die anderen Frauen in seinem Leben nach seiner Nase tanzen, aber ich reihe mich sicher nicht in diese Schlange ein.

»Ich habe keine Kohle. Aber ich kümmere mich drum.« Ich habe zwar noch keine Ahnung, wo ich Geld auftreiben soll, aber mir wird schon was einfallen. Bis jetzt habe ich immer Lösungen für meine Probleme gefunden. *Aber bis jetzt war ich auch noch nie ohne festen Wohnsitz*, erinnert mich der Teufel auf meiner Schulter mit der Stimme meiner Mutter.

»Mach ihr nicht so viel Druck.« Kade versichert mir mit einem sanften Tritt unter dem Tisch, dass ich mir keinen Stress machen muss. Aber ich hasse es selbst, jemandem auf der Tasche zu liegen. Phoenix ballt die Hände zu Fäusten.

»Du solltest dir einen Job suchen.«

»Werde ich«, halte ich dagegen. Der Kerl kriegt mich nicht klein, dafür werde ich sorgen. Phoenix kommt um den Tisch herum und beugt sich über mich. Sein Atem streift wieder über meine Haut. Mein Top ist heruntergerutscht und so liegen meine Schlüsselbeine frei, die er hemmungslos angafft. Von seiner Position aus kann er mir hervorragend in den Ausschnitt sehen, und dass er sich diese Gelegenheit nicht nehmen lässt, sagt mehr über ihn aus, als er denkt.

»Zieh dich doch für Kohle aus. Du bist ja scheinbar gern in Gegenwart von Männern nackt.« Seine Worte sorgen dafür, dass ich ihm am liebsten meine Faust ins Gesicht rammen würde, aber da Summer am Tisch sitzt und ich hier immer noch fremd bin, stehe ich bloß auf und drehe mich zu ihm um. Er sieht auch morgens eindeutig zu gut aus. Sein Dreitagebart verleiht ihm etwas Verwegenes und seine dichten Wimpern sind eindeutig zu schön für einen Arsch wie ihn. Wenn sein Aussehen seinen Charakter widerspiegeln würde, hätte er echte Probleme.

»Weißt du was? Gar keine so schlechte Idee.« Meine Worte lassen seinen Mundwinkel nur leicht nach oben zucken, aber er sagt nichts mehr. Anschließend lässt er von mir ab und verlässt das Haus, ohne noch etwas zu sagen. Volltreffer … ich habe ihn sprachlos gemacht. Und das hier ist erst der Anfang.

Es ist immer noch früh am Vormittag. Kaleb ist in der Schule, Kade kümmert sich um Summer und ich liege mit Noah auf der Couch, um nach Stellenanzeigen zu suchen, die mir schnelles Geld versprechen, mit dem ich mich von hier verdrücken kann. Phoenix hat sich seit seinem stillen Abgang nicht mehr blicken lassen und ich frage mich, ob er einen Job hat, dem er nachgeht. Wer stellt bitte so einen Miesepeter ein? Sicher sitzt er in irgendeinem Kämmerchen, in dem er keine sozialen Kontakte pflegen muss. Die Tür wird polternd geöffnet und das Klackern hoher Absätze ertönt.

»Ich bin zu Hause, Kinder.« Die rauchige Stimme einer Frau ertönt, bevor sie schließlich vor mir steht. In dem kürzesten Kleid, das ich je an einer Frau ihres Alters gesehen habe. Insgeheim bin ich davon ausgegangen, dass die Jungs hier alleine mit Summer wohnen, weil Kade seine Mutter mit keiner Silbe erwähnt hat. Dabei weiß ich doch am allerbesten, dass man manche Dinge gern verschweigt. Ich habe auch immer verschwiegen, was bei uns zu Hause abgegangen ist, weil ich nicht wollte, dass etwas davon nach außen dringt.

»Du bist dann wohl das Mädel, das mein süßer Kade hergebracht hat.« Sie trägt einen schwarzen Mantel über dem hautengen Kleid, ihre Haare sind dunkelrot gefärbt. Das Make-up in ihrem Gesicht muss schon seit einigen Stunden da drauf sein, denn es sieht alles andere als frisch aus. Ihr Anblick erweckt den Wunsch in mir, schnell unter die Dusche zu springen.

»Amber.«

Ich stehe auf und reiche ihr meine Hand, aber sie umarmt mich stattdessen. Sie stinkt nach Rauch und Alkohol, nur leicht riecht man einen Hauch von Parfüm. »Hannah.« Sie tätschelt meine Wange. »Du könntest meinem Großen gefallen.« Musternd sieht sie mich in meinen Shorts und dem Top an, den fast einzigen Sachen, die ich eingepackt habe.

»Phoenix?«, hake ich missmutig nach. Sie nickt und dreht mich einmal im Kreis, um mich wie eine Statue zu begaffen. Was genau das hier wird, kann ich nicht einordnen, aber ich wünschte, ich hätte mir längere Sachen gegriffen.

»Auf jeden Fall. Schöner Arsch, süße Titten. Genau sein Geschmack.« Sie sieht an mir vorbei und entdeckt Noah. Anschließend wirft sie sich auf das Sofa und streichelt ihn. Wenigstens das macht sie einigermaßen sympathisch.

»Es tut mir leid, dass ich mich hier einniste. Ich bin gerade auf der Suche nach einem Job, damit ich mir schnell was eigenes leisten kann.« Wieder wandert ihr

Blick über meinen Körper und kurz glaube ich, dass sie auf mich stehen könnte, so wie sie mich scannt.

»Du könntest bei mir arbeiten. Wir suchen immer wieder hübsche junge Dinger, die tolle Körper haben.« In ihren Augen funkelt es und ich schüttle nur den Kopf. Was sie mit diesem Job meint, kann ich mir allzu gut denken.

»Nettes Angebot, aber nein danke.« Sie legt den Kopf schief, zieht eine Packung Kippen aus dem Mantel und zündet sich eine an. Raucht sie etwa auch in der Gegenwart ihrer kleinen Tochter? Noah springt sofort vom Sofa und sucht sich eine Ecke ohne Qualm, er hasst es, wenn man in seiner Nähe raucht. So wie ich.

»Sicher? Die Frauen im *Temptation* verdienen viel Geld. Und sie müssen eigentlich nur ein bisschen mit dem Arsch wackeln und gelegentlich ihre Nippel zeigen.« Phoenix' Worte kommen mir wieder in den Sinn, er hat mir schließlich etwas Ähnliches vorgeschlagen. Bei ihm bin ich mir jedoch sicher, dass er mich damit nur demütigen wollte. Ich schüttle wieder den Kopf, auch wenn ich das Geld wirklich gebrauchen könnte.

»Wie gesagt, danke für das Angebot, aber ich finde sicher schnell einen Job.« Hannah murmelt etwas vor sich hin und legt sich anschließend aufs Sofa. Die Kippe hat sie vorher am Boden ausgedrückt und einfach da liegen lassen, sodass ich sie schnell aufsammle, bevor Noah sie frisst. Es dauert nicht lange, bis mir ihr gleichmäßiger Atem verdeutlicht, dass sie einfach eingeschlafen ist.

»Los, renn!« Ich werfe Noahs orangefarbenen Ball durch den Garten und mein Kleiner flitzt sofort hinterher. Das Ganze machen wir schon seit einer halben Stunde so, weil ich die Suche nach ordentlich bezahlten Jobs für heute auf Eis gelegt habe. Entweder sind die Stellen zu weit weg und ich müsste eine andere Bleibe suchen, oder man verdient viel zu wenig für viel zu viel Arbeit. Da ich nicht sonderlich viel Zeit habe, fielen die meisten davon also weg.

Noah rennt auf mich zu und wirft mir den Ball vor die Füße, damit ich ihn wieder werfen kann. »Hey, na.« Kade taucht hinter mir auf und setzt sich neben mich auf das morsche Holz der Terrasse.

»Hey.« Ich sehe ihn an und bin immer noch dankbar, dass er mich gestern nicht im Stich gelassen hat. Er deutet auf das Innere des Hauses, und beim Gedanken an seine Mutter wird mir irgendwie schlecht. Ich mag mir gar nicht ausmalen, wie es sein muss, die eigene Mutter in dieser Verfassung zu sehen. Vor allem für Summer.

»Du hast Mom also kennengelernt?«

»Jop.«

»Und dann direkt von ihrer besten Seite«, lacht er verbittert. Noah hat mittlerweile das Interesse an dem Spiel verloren und schnüffelt sich wild durch die Gegend, als hätte er eine Fährte gefunden.

»Ich wusste nicht, dass eure Mutter hier mit euch wohnt. Du hast sie nicht erwähnt.« Kade zuckt mit den Schultern. »Du siehst ja, wie sie ist. Wer hausiert schon gern damit, dass seine Mutter eine alkoholabhängige Gogo-Tänzerin Mitte fünfzig ist?« Ich verschlucke mich an meiner Spucke, fange mich aber schnell wieder. Ich wusste, dass sie eine Fahne hatte, aber dass Kade es so unverfroren ausspricht, überrascht mich doch. Die meisten Menschen versuchen, so etwas zu verschleiern.

»Verstehe. Sie hat mir sogar einen Job angeboten.« Der mir, wenn ich ehrlich bin, leider gar nicht mehr so realitätsfern vorkommt wie vor ein paar Stunden noch.

»Unfassbar.« Er schüttelt über sie den Kopf. »Hab sie mal ins Bett gebracht, damit Sum sie nicht sieht, wenn sie von ihrem Mittagsschlaf aufwacht. Sie versteht es noch nicht.« Eine Weile sitzen wir nur schweigend nebeneinander, bis Kade mich anstupst.

»Wie alt ist Noah?« Meine Fellnase liegt mittlerweile im Gras und rollt sich von links nach rechts, vermutlich suhlt er sich in Scheiße.

»Zweieinhalb. Er ist mein bester Freund. Ich weiß, das klingt total dumm, aber er ist loyaler als jeder Mensch, den ich kennengelernt habe.«

»Das klingt nicht dumm. Er ist süß.« Kade scheint mich auf einer Ebene zu verstehen, auf die mich sonst kaum jemand versteht. Wieso habe ich ihn nicht früher getroffen? Mein Leben hätte wirklich einen Kade gebrauchen können.

»Was hältst du von meinen Geschwistern?« Sein plötzlicher Themenwechsel lässt meine Gedanken von meiner Misere wegwandern.

»Summer ist das süßeste Mädchen, das ich je gesehen habe, Kaleb ist meiner Meinung nach zu sehr mit seinem Handy verwachsen und Phoenix …«

»… ist ein Vollidiot«, vollendet er meinen Satz.

»Genau.« Wir sehen einander an und grinsen breit. »Er war nicht immer so. Im Grunde genommen war er früher sogar der lockerste, den ich kannte. Aber … die Zeiten sind vorbei.«

»Was ist passiert?« Es liegt nicht in meiner Macht, mich in sein Drama einzumischen, aber irgendwie muss ich es einfach wissen. Auch wenn es feige ist, es über Kade zu versuchen. Der Gedanke, Phoenix selbst danach zu fragen, gefällt mir nicht.

»Das sollte er dir selbst sagen. Aber mach dir nicht zu große Hoffnungen. Er redet eigentlich mit niemandem darüber.« Ich sollte seine Worte ernst nehmen und es darauf einfach beruhen lassen. Aber ein Teil in mir will wissen, was passiert ist. Vielleicht gibt es ja wirklich einen plausiblen Grund dafür, dass er sich wie ein Monster verhält. Ja, vielleicht … sind wir uns gar nicht so unähnlich.

Kade klopft mir auf die Schulter und steht auf. »Aber lass dir einen Rat geben, Amber. Versuche nicht, Phoenix zu irgendwas zu drängen. Das endet nie gut.« Und mit dieser Warnung lässt er mich im Garten zurück. Während ich mich frage, ob ich das Risiko eingehen sollte.

PHOENIX

»Wie viel ist das?« Der Kerl vor mir ist einer meiner Stammkunden, und das, obwohl er schon mehrere Male kurz davorstand, den Absprung zu schaffen. Damit wäre mir zwar eines meiner Hauptstandbeine weggebrochen, aber ich hätte ihm wenigstens nicht mehr dabei zusehen müssen, wie er von Deal zu Deal scheußlicher aussieht. Normalerweise lasse ich diese Sachen nicht sonderlich nah an mich herankommen, aber manchmal erwische ich mich dabei, wie ich meine Prinzipien breche. Wie ich mir die Menschen unter den Kapuzen ansehe und mich frage, wie lange sie noch durchhalten, wenn sie in diesen Abständen bei mir einkaufen.

Sein Gesicht ist dunkel, weil er die Kapuze so weit nach unten gezogen hat und so kann ich die offenen

Stellen an seiner Haut nicht sehen. Vielleicht denkt er, dass ihn so niemand erkennen würde. Aber ich erkenne ihn. An seinem Gang, der bei jedem zweiten Schritt leicht abknickt, an seiner dünnen Stimme und den immer kalten Fingern, die jetzt wieder meine streifen, als ich ihm das Tütchen reiche.

»So viel, wie abgesprochen.« Er nickt, stopft sich die Tüte zitternd in die Tasche seines Hoodies und lässt die Scheine rüberwachsen. Die zweihundert Dollar werden reichen, um unseren Kühlschrank für die nächsten zwei Wochen zu füllen. Vorausgesetzt, Amber hat sich bis dahin dazu bequemt, zu verschwinden. Ihr Blick, als sie am Esstisch vor mir gestanden hat, hat mich kalt erwischt.

Ich dachte, es wäre leichter, sie in die Ecke zu drängen, und dass sie schon längst ihre Sachen gepackt hätte, aber die Kleine ist doch zäher, als ich dachte. Die meisten wären nach gestern Abend freiwillig gegangen.

»Danke, Phoe«, murmelt mein Kunde und verschwindet dann in der Gasse neben uns, um sich in dem Haus, in dem er mit ein paar anderen Junkies lebt, etwas von dem Zeug zu gönnen. Ich straffe die Schultern, sehe ihm noch einen Moment hinterher und mache mich dann auf den Weg nach Hause. Es ist schon dunkel draußen, und es kommt mir vor, als wäre ich schon seit Tagen wieder auf den Beinen.

Die Gegend, in der wir wohnen, ist alles andere als vertrauenswürdig, und ich kann irgendwie verstehen, dass mein Bruder Amber nicht hier draußen sich selbst überlassen wollte. Aber sie ist das Letzte, was unsere Familie gebrauchen kann. Jetzt, wo langsam aber sicher Normalität einkehrt.

Ich könnte mir selbst die Zähne bei meinen Gedanken ausschlagen. Welche Normalität denn bitte? Es wird nie mehr normal sein. Wie könnte es auch?

Je näher ich unserem Zuhause komme, desto uneinladender wird auch die Gegend, und gerade, als ich mir Kopfhörer in die Ohren stecken und meine Gedanken mit Musik betäuben will, höre ich die Stimme von zwei Kerlen in der Gasse neben mir.

»Du lutscht also gern Schwänze, richtig?« Sofort bleibe ich stehen, nähere mich der Gasse und entdecke drei Gestalten links im Schatten des Gebäudes. Eine, die an der Wand steht und zwei, die sich vor ihr aufbauen. Am Boden liegt eine Einkaufstüte, deren Inhalt sich auf dem Asphalt verteilt hat. Jeder Blinde würde schnallen, was da gerade vor sich geht, immerhin gehört dieses Bild zu dem Alltag der Leute hier.

»Ich würde dich ja meinen blasen lassen«, seufzt der andere, dessen Stimme mich noch mehr anwidert. Seit sich mein Bruder geoutet hat, reagiere ich noch allergischer auf so homophobe Spasten wie die beiden vor mir. »Aber dafür sind mir deine Zähne noch zu spitz. Vielleicht sollten wir sie erst entfernen.« Im nächsten Moment holt er aus und ein Schrei erfüllt die Gasse. Ich zögere nicht, stattdessen gehe ich mit schnellen Schritten zu diesen Vollidioten und schubse sie weg. Als ich sehe, welche Augen mich ansehen, als ich mich zum Opfer umdrehe, stülpt sich mein Magen über. »Kade?« Mein Bruder presst sich gegen die Wand, Blut läuft aus seinem Mund hinunter zu seinem Kinn. »Ihr Wichser!« Im nächsten Moment habe ich dem, der meinem Bruder seine Faust ins Gesicht gerammt hat, meine geschenkt. Ein Knacken ertönt. Gefolgt von einem Keuchen.

Ich habe meinem Bruder heute morgen gesagt, dass er einkaufen gehen soll. Wieso, um Himmels willen, habe ich mich nicht einfach selbst darum gekümmert? Es ist schließlich nicht das erste Mal, dass mein Bruder in so eine Situation geraten ist.

»Fuck, wer bist du denn? Kümmer dich um deinen Scheiß. Oder bist du auch so eine Schwuchtel?« Der noch Unversehrte sieht zwischen Kade und mir hin und her, und auch wenn wir keine Zwillinge sind, sieht man uns an, dass wir zur selben Familie gehören. *Unsere Augen tragen dieselbe Geschichte in sich.* Und ich verteidige meine Familie bis aufs Blut, auch wenn ich dafür in den Knast wandern sollte. An die Konsequenzen denke ich nicht.

»Wer hat dir eigentlich in den Kopf geschissen, hm?« Ich gehe auf den Kerl mit der hässlichen Glatze zu, und auch wenn er bullig ist, ist er in diesem Moment so klein … Das passiert oft bei diesen Vollidioten. Sie fühlen sich nur in Gegenwart von Schwachen stark. Aber ich bin nicht schwach.

»Hat dir deine Mama nicht beigebracht, dass man für Dummheit bestraft wird?« Seine Zähne blitzen auf, und als sich der Zweite wieder an Kade vergehen will, wehrt er sich dieses Mal selbst, indem er ihm gegen das Knie tritt. Sofort geht er zu Boden und krümmt sich zusammen.

»Sag deiner Schwuchtel, dass er aufhören soll, fremde Kerle anzugaffen, dann lässt man ihn vielleicht in Ruhe«, höhnt der Kerl vor mir und im nächsten Moment prallt sein Schädel gegen die Backsteine, als ich ihn dagegen drücke.

Mit einem Handgriff habe ich das Messer aus meinem Stiefel gezückt, das ich immer bei mir trage, seit ich mit dem Dealen begonnen habe. Ich habe es mehr als einmal gebraucht. Mehr als einmal wollten mir die Leute am Anfang das Zeug klauen und verschwinden, ohne mir die Kohle zu geben. Aber nicht mit mir. Das Geld, was ich verdiene, ist im wahrsten Sinne voller Blut, aber solange es meine Geschwister ernährt, ist mir das egal.

»Du kannst froh sein, dass dir überhaupt jemand Beachtung schenkt. Hast du mal in den Spiegel gesehen?« Sein Blick huscht panisch zu dem Messer an seiner Kehle. Einen Moment lang schleudert es mich zurück in die Vergangenheit. Zurück an den Abend, an dem ich Joseph beinahe angefleht habe, mir den

Schmerz zu nehmen. Und er sollte recht behalten: Ich leide viel mehr, weil ich noch am Leben bin. Er wusste, dass er mir einen Gefallen tun würde, wenn er es beendet. Und dann ist er gegangen und ich bin zurückgeblieben. »Du kranker Freak!«

Ich drücke das Messer als Antwort noch dichter an seine Kehle, in der sein Adamsapfel ekelhaft auf und ab hüpft. Sein Kumpel liegt immer noch wimmernd am Boden, von seiner Stärke ist nichts mehr übrig.

»Sollte ich dich noch einmal sehen oder mitbekommen, dass du jemandem drohst, steche ich zu.« Mit dieser Drohung lasse ich von dem Wichser ab, stopfe die Lebensmittel in die Tüte und hebe sie auf.

»Komm, Kade.«

Mein Bruder wischt sich das Blut vom Kinn und folgt mir, ohne etwas zu sagen. Erst, als wir die Gasse hinter uns gelassen haben, bricht er sein Schweigen.

»Danke, Phoe.«

Ich atme schwer.

»Immer.«

AMBER

Es ist bereits spät am Abend, als ich aus der Dusche komme. Weil Kade noch Einkäufe erledigen wollte, habe ich mich bereiterklärt, Summer für ihn ins Bett zu bringen. Auch wenn das vermutlich Kalebs Aufgabe ist, glaube ich, dass er mir dankbar ist. Er hat es sich mit einem Laptop auf dem Sofa bequem gemacht und surft im Netz.

Was Phoenix davon halten würde, dass ich an meinem zweiten Tag hier schon Familienaufgaben übernehme? Vermutlich würde er mich direkt vor die Tür setzen, obwohl ich nur helfen will. Außerdem habe ich die Kleine wirklich schon nach einem Tag ins Herz geschlossen. Wie könnte man auch nicht? Summer ist wirklich bezaubernd und ich habe sie gern um mich. Und auch Noah hat sie schon um den Finger gewickelt.

Er liebt Menschen, die ihm den Ball zuwerfen, und Summer wurde gar nicht müde. Wo die Kleine so viel Ausdauer herhat, kann ich mir beim besten Willen nicht erklären.

»Worauf hast du denn Hunger?«, frage ich und versuche, ein Gespräch mit Kaleb aufzubauen, das mehr als zwei Worte umfasst. Er sieht nicht auf, als er antwortet. Ich wüsste in diesem Moment nicht einmal, welche Farbe seine Augen haben.

»Pizza?« Sofort sehe ich unter dem Kühlschrank im Gefrierfach nach, aber da drin herrscht gähnende Leere. »Dann hoffe ich, dass dein Bruder welche mitbringt.« Kaleb murmelt ein „wehe nicht" in seinen nicht vorhandenen Bart und vertieft sich weiter in dem Online-Pokerspiel. Er ist mit Abstand das verschlossenste Familienmitglied, und das, obwohl ich Phoenix kennenlernen durfte. Ich glaube, dass man bei ihm nur die richtigen Knöpfe drücken müsste, um mehr aus ihm herauszuholen. Kaleb hingegen …

Die Haustür wird geöffnet und schwere Schritte ertönen im Flur, gefolgt von einem tiefen Murmeln. »Ich hoffe, du hast Pizza mitgebracht«, rufe ich Kade zu, doch als er im Raum erscheint, gefriert mir das Blut in den Adern.

Phoenix steht neben ihm, seine Miene angespannter als bisher, und feuert die Einkaufstüte, die voller Dreck ist, auf den Tisch. Kades Lippe ist aufgeplatzt und das Blut rinnt über sein Kinn. Und trotzdem grinst er mich breit an, obwohl es unheimlich schmerzen muss, mit dieser Wunde zu lächeln. »Was ist passiert?« In Sekundenschnelle bin ich bei ihm und bugsiere ihn zu einem der Essstühle. »Hey, alles gut. Nur 'ne dicke Lippe riskiert«, beschwichtigt er mich mit geschwollenen Lippen, als ich die Wunde unter die Lupe nehme. Phoenix schnaubt verächtlich.

»Bullshit. Du wurdest verprügelt, weil du schwul bist.« Die Wahrheit haut mir beinahe den Boden unter den Füßen weg. Wie kann es heutzutage immer noch Menschen geben, die damit nicht klarkommen? Ich habe diese Leute nie verstanden und werde es auch nie.

»Ist nicht das erste Mal«, wirft Kaleb ein und ich bin noch fassungsloser. Kade sieht mich schulterzuckend an, während ich nach Worten ringe. »Diese … diese …«

»Beruhige dich, Amber.«

»Beruhigen? Wie kann man menschlich so verkorkst sein?« Wütend laufe ich vor ihm auf und ab. Ich konnte noch nie verstehen, wie man einen Menschen dafür verurteilen kann. Es ist doch völlig egal, ob man auf Männer oder Frauen steht.

»Wir leben in Chicago.« Phoenix spricht immer noch mit mir, als wäre ich genauso schlimm wie diese Monster, die Kade das angetan haben, dabei will ich doch einfach nur helfen, so wie Kade mir gestern Nacht geholfen hat. »Die Menschen hier sind alle verkorkst.« Und mit diesen Worten geht er, aber dieses Mal lasse ich ihn nicht einfach verschwinden. Stattdessen folge ich ihm, auch, als er ins Bad geht und beginnt, sich durch den Verbandskasten zu wühlen. »Wie oft kommt das vor?«, will ich von ihm wissen und verschränke die Arme vor der Brust. Was genau ich von ihm hören will, weiß ich selbst nicht. Schließlich ist er nicht Schuld daran. Phoenix nimmt Desinfektionstücher heraus und sieht mich an. Pures Desinteresse steht in seinen blauen Augen. Sie sagen mir eindeutig, dass er mich nicht hierhaben will. Dass ich verschwinden und diese Familie einfach in Ruhe lassen sollte.

»Zu oft. Und jetzt kümmere dich um deine Angelegenheiten.« Er will schon verschwinden, doch als ich ihn am Ellbogen zurückhalte, erstarrt er.

»Fass. Mich. Nicht. An.« Seine drohende Stimme sorgt dafür, dass ich den Arm sofort sinken lasse, als hätte ich mich an ihm verbrannt. Ich habe früh gelernt, wann wirklich Gefahr droht, und bei Phoenix bin ich mir im Moment nicht sicher. Außerdem erinnere ich mich an Kades Warnung, dass man ihn nie – unter keinen Umständen - zu etwas zwingen sollte …

»Wie gesagt. Kümmere dich um deinen Scheiß.« Er sieht auf mich hinab und ich würde ihn gern fragen, was sein verdammtes Problem mit mir ist. Oder ob er einfach nur ein Arschloch ist, weil es ihm Spaß macht und er keinen anderen Sinn im Leben sieht, als sich wie ein Idiot zu benehmen. Wie armselig so ein Leben sein muss, will ich mir gar nicht vorstellen. Es muss anstrengend sein, in allem immer etwas Negatives zu sehen.

»Zum Beispiel darum, dir einen Job zu suchen.« Er erinnert mich an die erfolglose Suche des Tages, die ich gekonnt verdrängt hatte. »Ich habe heute schon alle Anzeigen durchgesehen. Aber es ist nicht so leicht, etwas in der Nähe zu finden, das gut bezahlt wird.« Anhand seines Blickes sehe ich, dass ihm das schlichtweg egal ist. Ich könnte ihm eine endlose Liste an Gründen auftischen, es würde nichts an seiner festgefahrenen Meinung ändern.

»Ich gebe dir bis morgen Abend Zeit. Wenn du dann nichts hast, verschwindest du. Meine Familie kann niemanden gebrauchen, der nur Kosten verursacht.« Ich antworte nicht mehr, und dann lässt er mich hier zurück, um Kade zu verarzten. Verzweifelt lasse ich mich auf die Toilette fallen und versuche, eine Lösung zu finden. Doch je länger ich hier sitze und die hellbraunen Fliesen ansehe, desto bewusster wird mir, dass ich nur eine Möglichkeit habe. Auch wenn sich mein Magen allein beim Gedanken daran umstülpt. Ich könnte immer noch auf die Anrufe meiner Mutter reagieren und sie bitten, mir zu verzeihen. Aber vorher friert die Hölle zu.

Ich stemme mich hoch, werfe einen Blick in den Spiegel, und gehe anschließend zur Haustür. Kade fragt mich, wohin ich will, aber ich antworte nicht. Stattdessen trete ich nach draußen und laufe los.

Das *Temptation* ist noch grässlicher als auf den Fotos im Netz. Als ich die graue Fassade und die rot leuchtenden Schilder über der Tür sehe, würde ich am liebsten umdrehen und Phoenix sagen, dass er sich mal kreuzweise kann. Aber dann sitze ich ab heute Nacht definitiv auf der Straße und der Gedanke daran, wieder in der Kälte zu frieren, ist nicht sonderlich einladend.

Ob ihre Mutter heute arbeitet, weiß ich nicht. Seit ihrer Vorstellung auf dem Sofa heute Morgen habe ich sie nicht mehr zu Gesicht bekommen. Ich schnaufe, atme ein letztes Mal die halbwegs frische Luft hier draußen ein, und betrete anschließend den Club. Im Internet hat man nicht viele Informationen über ihn gefunden, ich weiß nur, dass es eine Tabledancebar ist und hier angeblich keine Prostitution stattfindet. *Aber ich habe auch schon Pferde kotzen sehen.*

Der Geruch hier drin ist genauso, wie ich ihn mir vorgestellt habe. Schließlich ist mir derselbe entgegengeschlagen, als sie mich heute Morgen umarmt hat. Es riecht nach Rauch und Alkohol, der hier vermutlich in Massen fließt.

Sobald ich den Hauptraum erreiche, fühle ich mich wie in einer schlechten Komödie, in der ein paar Junggesellen es in einem Striplokal ein letztes Mal krachen lassen wollen. Nur, dass ich eine Frau und allein bin. Ich bin weiter von einem Junggesellenabschied entfernt als die Sonne von der Erde.

Die meisten Besucher sind männlichen Geschlechts, nur zwischen ihnen sitzen wie Farbkleckse ein paar Frauen. Im Zentrum des Ladens steht eine große, runde Bar, die auch schon bessere Tage hinter sich hat, und um sie herum vier Plattformen mit Poledancestangen. Jede Plattform ist von einer leicht bekleideten Dame besetzt, die allesamt deutlich beweglicher sind, als ich es je sein könnte. Ich weiß zwar, wie ich mich bewegen muss, aber zum Tanzen bin ich einfach nicht gemacht.

Jemand rempelt mich von hinten an, und als ich mich umdrehe, sehe ich in die stark geschminkten Augen von Kades Mutter. Ihr Outfit ist noch genauso knapp wie heute Morgen. Sie sieht mich an und scheint kurz vergessen zu haben, wer ich bin.

»Moment mal«, murmelt sie. In der einen Hand hält sie eine Fluppe, in der anderen ihre schwarze Handtasche. »Bist du nicht die Kleine, die bei uns haust?« Als ich nicke, strahlt sie mich an, als wären wir seit Ewigkeiten beste Freunde. Hannah zieht mich in die Arme und vertreibt mit ihrem starken Parfum die

Wolke ihrer Zigarette. Immerhin riecht sie noch nicht nach Alkohol.

»Amber«, erinnere ich sie freundlich an meinen Namen. Wie kann sie mich schon so schnell wieder vergessen haben? »Amber, richtig. Was machst du hier? Hast du es dir doch anders überlegt?« Sie schiebt mich an den Schultern zurück. »Ich wollte mir wenigstens das Angebot anhören.«

»Aber, Schätzchen.« Sie sieht an mir hinab. »Du zeigst ja gar nichts!« Mit einem Handgriff hat sie das Top unter meiner Jacke so weit nach unten gezogen, dass man meinen weinroten BH hervorblitzen sieht. »Besser. Mein Boss liebt ein bisschen Titten. Und du hast Glück: Weinrot ist seine Lieblingsfarbe.« Sie packt mich bei der Hand und stolziert mit mir durch den Laden.

»Hey, Hannah!« Ein bulliger Kerl ruft uns von seinem Platz hinter der Bar aus zu. »Bin gleich bei dir, Süßer.« Sie wirft ihm einen Luftkuss zu und ich muss würgen. Diesen Mann würde ich für kein Geld der Welt anfassen, so wie keinen der anderen Gäste.

»Wen hast du denn da im Schlepptau, Hannah?«, brüllt ein anderer, und ich frage mich, wie viel Geld ihr diese Männer schon in den Slip gesteckt haben.

»Neues Personal!« Ich will ihr ins Wort fallen, aber die Kerle brechen beinahe in Jubel aus und ich verschlucke mich an meinem Protest. Auf keinen Fall werde ich tanzen oder mich ausziehen. An der Bar könnte ich eine gute Figur machen, aber das war es auch schon. Da schlafe ich dann doch lieber auf der Straße und lasse mich ausrauben.

»Komm hier rein.« Sie stößt eine Schwingtür auf und dann verstummt die Musik des Clubs. Wir befinden uns in einem erstaunlich hell eingerichteten Büro. Der Mann, der an dem Schreibtisch dahinter sitzt, sticht mir direkt ins Auge. Im negativen Sinne.

»Was wird das, Hannah?« Er steht auf und seine Stimme schüchtert mich ein. »Außerdem bist du zu spät. Wieder einmal. Wenn du dich nicht bald zusammenreißt, war es das.«

»Ich habe als Entschuldigung neues Personal für dich mitgebracht«, sagt sie triumphierend und schiebt mich in seine Richtung wie einen Pokal, mit dem sie angeben will.

Ich pralle mit dem Körper gegen ihn und seine Hände legen sich wie von selbst auf meine Hüften. Er ist sicher in Hannahs Alter, wenn nicht sogar älter. Seine Haare sind weiß und seine Augen von Falten umgeben, seine Hände viel zu warm und feucht.

»Zieh die Jacke aus.« Unter anderen Umständen würde ich dem Kerl mein Knie in die Eier rammen, aber das hier sind keine normalen Umstände, also lasse ich die Jacke über meine Schultern nach unten rutschen. Er betrachtet meinen Ausschnitt wie ein Kunstwerk und dreht mich einmal im Kreis.

»Süße Titten. Netter Arsch. Sie sieht unschuldig aus. Kann sie tanzen?« Er spricht über meinen Kopf hinweg, als wäre ich gar nicht da. Als wäre ich Luft.

»Ich tanze nicht. Ich kann kellnern, aber mehr nicht.« Meine Worte lassen ihn die Augen verengen. »Man kellnert nicht in so biederen Klamotten.«

»Ich kann ihr sicher helfen, etwas Schönes zu finden.« Hannah will mit mir Dessous shoppen? Sicher nicht. Der Kerl schmatzt. »Du würdest an der Stange ohnehin durchbrechen. Zeig mir heute, dass du an der Bar genug Kohle einbringst, und ich finde schon Verwendung für dich. Du hast Glück, dass wir gerade unterbesetzt sind.«

»Wie viel bekomme ich?« Meine forsche Art bringt mich sonst immer weiter, aber bei dem Kerl scheint sie nicht gut anzukommen. Vermutlich kennt er es nicht, dass die Frauen in seiner Gegenwart den Mund ohne seine Erlaubnis aufmachen. Aber ich bin kein Püppchen, das nach den Nasen anderer tanzt.

»Erst die Arbeit, dann der Lohn. Hannah? Geh mit ihr in die Umkleide und zieh ihr etwas anderes an. Etwas, das nicht so sehr nach Klosterschülerin schreit.«

Fünf Stunden, zwei Blasen an meinen Füßen, und zweihundert Dollar später, mache ich mich auf den Weg zurück. Nachdem Hannah mich in eine Korsage gesteckt hat, wurde ich von einer Frau namens Phoebe eingearbeitet. Und ich mag sie wirklich. Nur die Tatsache, dass ihr Name mich an den eines gewissen Mannes erinnert, gefällt mir nicht.

Die Arbeit war okay. Wenn man die Hände ignoriert, die hin und wieder an den falschen Stellen gelandet sind, heißt es. Mehr als einer hat mir auf den Arsch gehauen und mir versaute Sachen ins Ohr geflüstert, die ich mit Stolz ignoriert habe.

An sich würde ich behaupten, dass ich mich gut geschlagen habe. Und wer kann schon mit knapp zweihundert Dollar Trinkgeld nach Hause gehen? Nach einem Abend? Das Geld habe ich in meine Korsage gestopft und so laufe ich mit schnellen Schritten durch die Straßen, immer wieder um mich blickend, um sicherzugehen, dass mich niemand verfolgt. Hannahs Schicht endet erst in der Früh und ich fühle mich unwohl bei dem Gedanken, diesen Weg jetzt drei- oder viermal in der Woche abends allein gehen zu müssen.

Als ich schließlich ankomme, brennen im Haus keine Lichter mehr. Gerädert und mit schmerzenden Füßen schließe ich die Tür hinter mir, steige aus den Schuhen und streife mir die Jacke ab. Als ich am Spiegel vorbeikomme und den schwarzen Fummel sehe, in den sie mich gesteckt haben, muss ich schlucken. Ich sehe billig aus. Sexy, aber trotzdem billig. Die Klamotten schreien geradezu nach Puff.

Leise gehe ich in den Wohnbereich, um niemanden zu wecken, und kriege beinahe einen Herzinfarkt, als mich aus der Dunkelheit eine Stimme trifft.

»Wo warst du?«

Phoenix.

Ich schalte das Licht ein und entdecke ihn auf dem Sofa. Er sitzt dort mit einem Glas in der Hand und sieht mich an, als hätte er mit mir gerechnet. Moment – hat er hier etwa gewartet, bis ich heimkomme? Unmöglich. Obwohl er sich vermutlich keine Gelegenheit entgehen lässt, mich zu nerven und hier rauszuekeln.

»Sitzt du gern im Dunkeln?«

»Das war nicht die Antwort auf meine Frage.« Zwei Sekunden in seiner Gegenwart reichen, um mich rasend zu machen. »Es geht dich ja eigentlich nichts an, was ich treibe und wo ich bin …«

»… aber du hast dich in mein Haus eingenistet, also geht es mich schon etwas an.« Seine bevormundende Art macht sein Aussehen eindeutig wieder wett. Erst jetzt fällt mir auf, dass er kein Shirt trägt. Die Muskeln an seinem Bauch sitzen perfekt, die an seiner Brust sind von weiteren Tattoos bedeckt. Es sind Zeilen, die ich von hier aus nicht lesen kann und sie erinnern mich an die Tattoos an seinen Armen. Bis jetzt hatte ich noch keine Chance, die Worte zu lesen, weil ich in seiner

Gegenwart zu sehr damit beschäftigt war, nicht zu platzen oder ihm meine Faust ins Gesicht zu rammen.

Das, was in seinem Glas ist, könnte Wodka sein. Ich gehe auf ihn zu, ziehe die Scheine aus der Korsage und werfe sie ihm auf den Schoß. Es fühlt sich ausgesprochen gut an, so zu tun, als würde ich Geld scheißen.

»Hier, eine Anzahlung.« Zweihundert Dollar! Damit könnte ich mir vier Nächte in einem Motel ermöglichen, wieso gebe ich sie ihm? Einem Kerl, der mich hier nicht haben will?

Weil mein Stolz verletzt ist. Und ich ihm zeigen will, dass ich in der Lage bin, schnell an viel Geld zu kommen. Phoenix betrachtet die Scheine, rührt sie aber nicht an, als wären sie vergiftet.

»Wo hast du das plötzlich her?« Er klingt angepisst. Wieso, um Himmels willen, ist er angepisst? Er wollte Geld und da liegt es doch!

»Ich habe mir einen Job gesucht, wie du es wolltest.« Das erste Mal wandert seine Aufmerksamkeit zu meinem Outfit und er schnalzt mit der Zunge. Sein Blick könnte kaum angewiderter sein.

»Und ich sehe genau, welchen.« Der Wunsch, ihm eine zu zimmern, wird immer größer. Mit jedem Wort aus seinem Mund wächst er weiter an und ich warte auf den Moment, in dem die Bombe explodiert. Ich kann für Summer und die anderen nur hoffen, dass sie in diesem Moment nicht in meiner Nähe sein werden. Es dauert nicht mehr lang, bis ich ihm den verdammten Kopf mit den Händen abreiße!

»Nimm das Geld und mach damit, was du willst.« Ich beschließe, keine Kraft mehr zu investieren. Phoenix kann mich einfach nicht ausstehen und das ist okay so, ich bin nicht seinetwegen hier, sondern wegen seines Bruders.

»Gute Nacht.« Mit diesen Worten stapfe ich in mein Zimmer, ohne darauf zu warten, ob er mir noch antwortet ...

PHOENIX

Einen Abend, nachdem Amber mir das Geld auf den Schoß geworfen hat, geht mir ihr Outfit immer noch nicht aus dem Kopf. Sie hatte definitiv kein normales Arbeitsoutfit an, und wenn ich mich richtig erinnere, habe ich diesen billigen Fetzen schon einmal gesehen. Und ich weiß auch genau, wo. Und leider auch, an wem.

Es ist ein Samstagabend und eigentlich sollte ich meinen freien Abend anders nutzen, stattdessen erwische ich mich, wie ich das *Temptation* ansteuere. Ich hasse diesen Schuppen, seit ich meine Mutter das erste Mal hier habe arbeiten sehen. Im Grunde genommen ist der Laden nicht weniger anwidernd als alle anderen Striplokale der Stadt, aber die Tatsache, dass es meine eigene Mutter ist, die sich hier verkauft, macht ihn für mich zum schlimmsten. Während ihre Kinder zu Hause dafür sorgen, dass alles läuft, verkauft sie sich hier. Schon von draußen kann man sehen, dass der Laden voll ist und die Kasse an diesem Abend besonders laut klingelt. Widerwillig reiße ich die Tür auf und würde am liebsten direkt wieder verschwinden. Es riecht, wie meine Mutter jeden Morgen stinkt, wenn sie heimkommt und Summer einen Gutenmorgenkuss gibt.

Meine kleine Schwester kommt langsam in das Alter, in dem man Fragen stellt. Und auf die Frage, wo ihre Mutter jede Nacht ist, will ich ihr wirklich keine ehrliche Antwort geben. Aber wie lange kann ich sie schon vor der Wahrheit beschützen? Irgendwann kriegt sie es eh raus.

»Phoenix.« Die Frau hinter der Bar ist die einzige, die ich von den Leuten hier nicht verabscheue. »Phoebe.« Ihre knallroten Haare leuchten unter den Spots der Bar, an der sie arbeitet. Sie gehört zu den wenigen, die nicht an den Stangen tanzen. Ihre grünen Augen erinnern mich an eine Katze und die gefälschten Wimpern machen ihren Augenaufschlag perfekt. Wir haben es einmal miteinander getrieben, aber schnell gemerkt, dass wir einfach nicht harmonieren.

»Was treibt dich denn freiwillig hierher?« Sie weiß, dass ich den Schuppen hasse und nie aus freien Stücken oder des Spaßes wegen hierherkomme. Ich bin nur hier, wenn ich etwas will oder wenn meine Mutter einen Absturz hat.

»Ich muss mit meiner Mutter sprechen. Hat sie ihre Schicht schon angefangen?« Zu Hause war sie jedenfalls nicht mehr, als ich gegangen bin.

Phoebe wirft einen Blick auf den Schichtkalender vor ihrer Nase, nebenbei mixt sie weiter fröhlich Drinks, als hätte sie ihr Leben lang nichts anderes getan. Sie trägt ein Top, das den unteren Teil ihrer Brüste herausgucken lässt, und verdammt kurze Shorts. Kein Wunder, dass die Kerle bei ihr tief in die Taschen greifen, um sie ein bisschen länger angaffen zu können oder für ein Lächeln von ihr töten würden.

»Sie müsste in ein paar Minuten anfangen. Vermutlich ist sie noch hinten und macht sich fertig. Soll ich dich hinbringen oder kennst du den Weg noch?« Bei der Erinnerung an das letzte Mal wird mir übel. Eigentlich bin ich nur hier, wenn meine Mutter aus irgendwelchen Gründen wieder zusammenklappt. Meistens, weil sie zu viel trinkt und viel zu wenig isst.

»Ich finde den Weg, danke.« Sie zwinkert mir zu und ich steuere den Raum an, in dem sich die Frauen vor der Arbeit fertig machen.

Alles, was ich will, ist, so schnell wie möglich wieder hier zu verschwinden. Keine Ahnung, was ich alles mit meinem freien Abend anfangen könnte, aber eines steht fest: Er soll nicht hier stattfinden. Da gehe ich lieber auf die Straßen und deale. Sobald ich den Raum betrete, erschlägt mich der Duft von Parfum. Hier drin stehen mehrere Tische, an denen sich die Frauen für die Arbeit schminken, und Kleiderständer mit Dessous, die beinahe alles Wichtige freilassen, statt es zu verdecken. Zwei Blondinen sehen mich an und unterbrechen ihr Geschnatter. Eine trägt lediglich einen Slip, die andere einen Satinmantel. Vermutlich ist sie darunter noch komplett nackt. Oder schon …

»Na, wen haben wir denn da?« Die in dem Slip kommt auf mich zu und legt mir ihre Hand auf die Brust. »Lange nicht mehr hier gesehen«, säuselt sie.

»Nicht lange genug«, erwidere ich hart, aber meine Abweisung scheint der Kleinen leider zu gefallen. Sie fährt mit den Fingern spielerisch über meine Brust, herunter zu meinem Gürtel. Ich kenne ihren Namen nicht, weiß aber, dass sie mich schon öfter angebaggert hat. Die Frauen hier widern mich an, und dabei weiß ich, dass sie auch nur für etwas kämpfen. Ich deale für meine Familie, sie ziehen sich aus. Im Prinzip sind sie nicht schlimmer als ich, nein. Sie sind sogar besser.

»Du willst sicher zu Mommy, richtig?« Ich schnappe mir ihr Handgelenk und schiebe es diskret von mir weg. »Sag mir einfach, wo sie ist.«

Die Blondine leckt sich über die Lippen und deutet dann nach rechts. »Hinter dem Vorhang da. Macht gerade die Neue fertig.« Als ich mich in Bewegung setze, könnte ich schwören, dass sie mir hinterhergafft. Ihr Kichern ist Beweis genug. Ich ziehe den besagten roten Vorhang zur Seite und erstarre, als ich das sehe, was ich bereits vermutet hatte, als ich hergekommen bin.

Meine Mutter steht mit dem Rücken zu mir gewandt da, vor ihr ein Spiegel. Und in dem Spiegel begegne ich Ambers blauen Augen. Als sie mich entdeckt, zuckt sie kurz zusammen, grinst dann aber breit. Fast könnte man glauben, dass sie sich freut, mich zu sehen, aber ich weiß es besser. Sie freut sich nur, mich weiter zur Weißglut zu treiben.

»Was wird das hier?« Meine Stimme klingt noch wütender, als ich mich fühle. Im Prinzip ist es mir egal, was diese Frau in ihrer Freizeit macht. Aber nicht, wenn sie damit noch mehr Schande in meine Familie bringt.

Meine Mutter dreht sich um und fängt an, zu lächeln. »Phoenix.« Sie nimmt mein Gesicht in ihre Hände und küsst meine Wangen, und ich lasse es nur zu, weil ich mich irgendwie dazu verpflichtet fühle. »Sieh mal, wer jetzt hier arbeitet.«

Sie zieht Amber an sich heran, sodass ich sie in ihrem Hauch von Nichts sehen kann. Sie trägt dieselben Shorts wie Phoebe hinter der Bar, aber anstelle eines Tops sind bloß ihre Nippel abgeklebt.

»Amber hat mir erzählt, dass sie einen Job sucht. Und wir brauchen noch Personal an der Bar. Das war eine schicksalhafte Fügung!«

Innerlich atme ich erleichtert aus, weil sie nicht als Tänzerin hier ist. Moment mal – was zur Hölle stört es mich, ob sie nur billig hinter der Bar steht oder tanzt? Es sollte mir egal sein.

»Was zur Hölle soll das?« Ich spreche mit meiner Mutter und ignoriere Amber, trotzdem ist sie es, die mir antwortet. Sie kommt einen Schritt auf mich zu und mein Blick wandert kurz über ihre Titten. Da ich sie schon unter der Dusche gesehen habe, lässt mich der Anblick erstaunlich kalt.

»Du hast doch gesagt, dass ich mich ausziehen soll. Und dass ich anscheinend gern nackt vor anderen Männern bin.« Ihre blauen Augen funkeln mich herausfordernd an. Ihre braunen Haare fallen in Wellen über ihren nackten Rücken.

»Tja, was soll ich sagen? Du hast recht.« Sie wirft meiner Mutter einen Blick zu. »Ich gehe dann mal an die Arbeit.« Dann ist sie verschwunden, ohne mich eines weiteren Blickes zu würdigen.

»Ist sie nicht bezaubernd?«

Nein.

»Von Kade weiß ich, dass sie erst zwanzig ist. Hast du eine Ahnung, was du da tust?«, knurre ich sie an. Meine Mutter geht zu ihrer Handtasche, kramt darin umher und drückt mir anschließend einen Ausweis in die Hand. Einen gefälschten, der Amber zu einer Volljährigen macht. Ich erkenne sofort, dass der nicht echt ist, und ich frage meine Mutter gar nicht erst, woher sie den besorgt hat. »Das ist strafbar«, erinnere ich sie, aber ihr schallendes Lachen ist alles, was erklingt. »Mein kleiner naiver Phoe … du dealst jeden Abend mit den härtesten Drogen, die es gibt, und willst mir etwas von Moral erzählen?« Sie erinnert mich daran, dass ich der Familie genauso viel Unheil bringe wie sie. Aber im Vergleich zu ihr nutze ich das Geld, um für ein besseres Leben zu kämpfen. Sie versäuft es nur.

»Du hast recht.« Ich balle die Hände zu Fäusten. »Wir zwei bringen der Familie schon genug Schande. Noch eine Gefahr mehr können wir nicht gebrauchen. Denk einmal zur Ausnahme an deine Kinder.« Meine Worte treffen sie wie eine Ohrfeige, die sie mir jetzt als Antwort physisch gibt. Meine Wange brennt, weil sie so viele Ringe an der Hand trägt, dass es sich anfühlt wie ein Schlagring.

»Wag es ja nicht! Ich denke *nur* an meine Kinder. Sonst wäre ich nicht hier. Und jetzt finde dich endlich damit ab!« Sie lässt mich hier einfach stehen? Als ich mich umsehe, bin ich tatsächlich allein.

Genervt ziehe ich den Vorhang zur Seite und durchquere den Raum. Als mich die Blondine ein zweites Mal angafft, ist meine Selbstbeherrschung, mit der ich hergekommen bin, hinüber. Ich packe sie bei der Hand und zerre sie nach draußen, hin zu einer der freien Stangen neben der Bar.

Anschließend setze ich mich auf eines der Sofas und fixiere sie mit meinem Blick. Ihre Augen leuchten triumphierend, weil sie es geschafft hat, mich um den Finger zu wickeln. Dabei bin ich es, der die Fäden in der Hand hält, nur weiß sie das nicht. Ich lasse sie in dem Glauben. »Tanz.« Ohne zu zögern, beginnt sie, sich zu räkeln, aber ich verliere schnell das Interesse an ihrer Show. Stattdessen wandern meine Augen hinter die Bar und zu der Frau, die unter keinen Umständen hier sein sollte …

AMBER

»Er ist heiß, oder?« Phoebe hat mich gestern schon hinter der Bar eingearbeitet und auch heute teilt sie sich mit mir die Schicht. Ihre große Klappe gefällt mir und so vergeht die Zeit erstaunlich gut, auch wenn ich immer noch nicht fassen kann, dass ich tatsächlich hier arbeite. Nur, dass sie mich an seine Anwesenheit erinnern muss, nervt mich. Ich hatte seine Blicke schließlich gerade verdrängt.

»Wer?«, tue ich unwissend, auch wenn mir klar ist, wen sie meint. Und dass dieser jemand schon seit einer Ewigkeit zu mir starrt, obwohl die Frau vor ihm die Beine breit macht. Mehr als einmal wollte ich zu ihm herübergehen und ihn eigenhändig hier rausschmeißen.

»Na Hannahs Sohn. Du wohnst doch bei ihnen, oder?« Genervt verdrehe ich die Augen, um meine

Abneigung ihm gegenüber kenntlich zu machen. »Ja, aber nur, weil sein Bruder so nett war, mich aufzunehmen. Phoenix ist ein Arsch.« Sie verzieht das Gesicht, als hätte ich ihr auf den Zeh getreten.

»Autsch. Du kannst ihn ja echt nicht leiden.«

»Du etwa?« Es kann unmöglich eine Frau in diesem Universum geben, die jemanden wie ihn leiden kann. Ich kann ja verstehen, dass man ihn attraktiv findet, aber das ist noch lange kein Grund für unnötige Sympathien. Sie sieht zu ihm herüber und betrachtet ihn einen Moment nostalgisch.

»Wir hatten mal eine Nacht zusammen. Er ist ein Arsch, ja. Aber ein gut bestückter.« Mir bleiben ihre Worte im Hals stecken. »Danke für die Info. Nicht.«

»Ach komm schon. Du findest ihn gar nicht heiß?« Mittlerweile wünschte ich mir, wir hätten mehr zu tun. Dann könnte sie mich nicht mit so unsinnigen Fragen löchern. Von der angeblichen „Unterbesetzung" merkt man heute jedenfalls nichts.

»Er sieht gut aus, aber das trifft auch auf tausend andere Kerle zu, die im Vergleich zu ihm etwas Anstand haben.« Phoebe hebt abwehrend die Hände, als hätte ich gerade SIE angegriffen. Dass sie mal was mit ihm hatte, schmälert zwar ihre Sympathiepunkte bei mir nicht, aber ich verstehe es trotzdem nicht. Vielleicht ist er ja nur zu mir so unverschämt?

Unsinn. Man sieht manchen Menschen einfach ihren Charakter an, und Phoenix Nolan hat seinen vermutlich in einer Kanalisation gefunden. Seit Beginn meiner Schicht versuche ich vehement, seine Blicke zu ignorieren, was mir einfacher gelungen ist als gedacht.

»Sorry. Wollte dich nicht auf dem falschen Fuß erwischen. Aber er starrt dich die ganze Zeit an.« Damit macht sie sich wieder an die Arbeit und ich riskiere einen Blick. Den ich prompt bereue, als mich seine blauen Augen wie Blitze treffen.

Die Dame, die eigentlich an der Stange tanzen sollte, sitzt jetzt auf seinem Schoß, aber er sieht an ihr vorbei und zu mir herüber, seine Hände liegen lässig auf ihrer nackten Taille. Ein Schein steckt in ihrem Slip und aus irgendwelchen Gründen lässt mich das Gefühl nicht los, dass es das Geld ist, was ich ihm gestern Nacht vor die Nase geschmissen habe.

Was für ein Mistkerl! Ich grinse ihn süß an, drehe mich um und ignoriere ihn wie den Rest des Abends. Mit glühenden Wangen … die er unter keinen Umständen zu Gesicht bekommen sollte, wenn ich nicht will, dass er dieses Spiel gewinnt.

Es ist auf die Minute ₃ ₁ₐch drei, als ich die Haustür hinter mir zuziehe und mit einer Schlüsselumdrehung abschließe. Meine Beine schmerzen wie nach einem Marathon in High Heels und mein Kopf schmerzt von der lauten Musik im Club. Es war, als würde der DJ um Mitternacht die volle Lautstärke brauchen, also hat er aufgedreht, was eindeutig zu Lasten meines Kopfes ging.

Es ist mir erstaunlich gut gelungen, Phoenix weiterhin zu ignorieren, und als ich irgendwann einen Blick in seine Richtung riskiert habe, war er weg. Stattdessen saß einer der anderen Gäste auf seinem Platz und hat seine Augen verwöhnen lassen. Im Vergleich zu Phoenix hat sie diesen Gast jedoch nicht angerührt. Ob er dort so eine Art Sonderstellung unter den Gästen einnimmt, weil er Hannahs Sohn ist? Dabei ist sie auch bloß eine der Tänzerinnen ohne große Sonderstellung im Club, das habe ich schon nach zwei Tagen herausgefunden.

Ich bin extra leise, um keinen der anderen zu wecken, als ich mir in der Küche ein Glas Wasser holen will. Schleichend tapse ich zur Spüle, hole ein sauberes Glas aus dem Schrank über mir und drehe den Hahn auf. Mit der freien Hand massiere ich meinen steifen Nacken, der prompt herumfährt, als ich ein Knistern höre. Ich drehe mich um und entdecke, dass der Kamin an ist und die hintere Ecke des Wohnzimmers in warmes Licht taucht. Wem die dunkle Silhouette davor gehört, erkenne ich sofort.

»Na, gar nicht erschöpft vom ganzen Gaffen?« Phoenix scheint mich bis jetzt tatsächlich nicht bemerkt zu haben, denn als ich ihn anspreche, erschreckt er sich.

Ich kann seine Augen nicht sehen, aber ich spüre, dass er mich ansieht, denn genau so habe ich mich den ganzen Abend über hinter der Bar gefühlt. Als hätte er mich wie ein Sniper durch sein Visier beobachtet.

»Na, gar nicht erschöpft vom Titten in die Gesichter der Gäste halten?« Sein Konter lässt meinen Atem stocken. Hat er das gerade wirklich laut gesagt? Ich donnere das Glas etwas zu laut auf den Tisch und gehe zu ihm herüber, um mich vor ihm aufzubauen. Dabei dringt die Wärme des Kamins gegen meinen Rücken und ich merke, wie erschöpft und müde ich tatsächlich bin. Aber nicht aus dem Grund, den Phoenix vorgibt, sondern, weil der Job hinter der Bar einfach kräftezehrend ist. Das wüsste er, wenn er nicht die ganze Zeit damit beschäftigt wäre, ein Arsch zu sein.

»Was soll das?« In mir brodelt Lava. »Was ist dein Problem damit, dass ich da arbeite?« Und dass es ihm missfällt, kann er wirklich nicht mehr leugnen. Er hätte seine Mutter ja fast angeschrien, weil sie mir den Job im *Temptation* verschafft hat. Phoenix grinst diabolisch und herabfällig, was mich nur noch wütender macht. Es dauert nicht mehr lang, bis ich ihm meine Wut ins Gesicht schlage. Ein Glas würde sich ganz hervorragend an seinem Schädel machen!

»Mein Problem damit, dass du da arbeitest?«, wiederholt er meine Worte, als wären sie völlig absurd. Sind sie das? Phoenix steht auf, und sobald er vor mir steht, halte ich den Atem an. Er soll nicht sehen, wie schnell er geht. Seine Hand greift hinter meinem Kopf nach meinem Zopf, den er einmal um sein Handgelenk wickelt. Dann zieht er ihn mit etwas Spannung nach hinten, sodass ich gezwungen bin, zu ihm aufzusehen.

»Denkst du wirklich, dass ich eifersüchtig bin, weil du deine Titten jedem Kerl da drin zeigst?« Das waren nicht meine Worte, aber ein Teil in mir ist wirklich davon ausgegangen. Wieso sollte er sich sonst so benehmen? Es kann ihm egal sein, was ich tue, und wie ich es tue.

Ich ziehe diese Familie nicht damit in den Dreck. Nicht mehr, als es seine Mutter ohnehin schon tut, wenn sie sich in ihrem Alter an den Stangen räkelt. Wenn sie ihre Söhne vorschickt, anstatt sich selbst um die Erziehung ihre Tochter zu kümmern. Im Gegenteil, ich bin der Familie eher eine Hilfe als eine Last.

»Nein. Weißt du, was ich glaube?« Mein Zopf hat er immer noch um sein Handgelenk gewickelt und diese Berührung stellt mehr in meinem Unterleib an, als sie sollte. Ein Kribbeln zwischen meinen Beinen bahnt sich an, das ich einfach ignoriere, weil es mich schwach macht. Aber er sieht so verdammt gut aus. Seine blauen Augen tragen so viel Geschichte in sich und ich will immer noch wissen, was die Texte an seinem Körper bedeuten. Ich stelle mich auf die Zehenspitzen und sehe ihn herausfordernd an.

»Ich glaube, dass du dich selbst hasst und deinen Hass auf jemanden projizieren musst. Und wer wäre da besser geeignet als das Mädchen, das sich deiner Meinung nach hier einnistet und deiner Familie nur Schaden bringt?« Etwas funkelt im tiefen Blau seiner Augen auf und dann zieht er meinen Kopf noch ein Stück zurück. Phoenix beugt sich leicht herab und sein Atem trifft auf meinen Hals. Ein Gefühl, als würde mich der heiße Wind einer Sommernacht streifen.

»Du denkst, du bist ganz schlau, hm?« Seine Stimme vibriert und mein Unterleib tut es ihm gleich. Ich sollte mich nicht so in seiner Gegenwart fühlen, das weiß ich, aber ich habe keinerlei Einfluss auf meinen Körper.

»Willst du wissen, was mein Problem ist?« Ich nicke, bin nicht fähig, etwas zu erwidern. Mir brennen so viele Worte auf der Zunge, aber heraus bekomme ich keines davon. Dafür ist die Spannung zu groß. Sein Atem geht stockend, meiner bleibt ganz aus.

»Du bist mein Problem. Du gehörst nicht zu uns und tust, als würdest du etwas über mich oder meine Brüder wissen. Du weißt nichts. Nicht das Geringste. Deine albernen Versuche, dich zu integrieren, werden ohnehin alle scheitern. Du bist lediglich ein Parasit in unserem Haus, den ich dulden muss. Aber es dauert eh nicht mehr lange, bis du freiwillig das Weite suchst, richtig? Ich weiß, dass du von Zuhause abgehauen bist. Und ich bin mir sicher, dass es einen guten Grund dafür gibt, nicht wahr?«

Seine Worte treffen mich härter als gedacht und Tränen bilden sich in meinen Augenwinkeln. Er erinnert mich an das, was passiert ist, und somit an das, was ich gemeinsam mit den Anrufen meiner Mutter in die Schatten meiner Erinnerung dränge, so gut es geht. Phoenix lässt von mir ab und plötzlich schmerzt mein Kopf umso mehr, als der Druck nachlässt.

»Also bleib ruhig der Annahme, dass ich eifersüchtig bin. Oder dass du hier irgendwem irgendwann etwas bedeuten könntest.«

Und dann verschwindet er. Ich bleibe wie angewurzelt hier stehen, mit der Wärme des Kamins in meinem Rücken … und der Kälte in mir, die Phoenix langsam gestreut hat, weil er mich an mein Drama erinnert hat, das sich mein Leben nennt.

AMBER

Die nächsten Tage ziehen sich wie Kaugummi und laufen alle nach demselben Schema ab: Morgens gehe ich eine große Runde mit Noah, mittags kümmere ich mich um Summer, und abends, nachdem alle zusammen zu Abend gegessen haben, mache ich mich gemeinsam mit Hannah auf den Weg ins *Temptation*. Die Gemeinsamkeiten zwischen uns beiden beschränken sich aber auch nur auf unseren Job, es gibt sonst nichts, was uns verbindet. Ich teile weder ihre Ansichten zum Leben, noch befürworte ich, was sie ihrer Familie mit ihrem Verhalten antut. Es widerstrebt mir jeden Abend, in den Club zu gehen.

Da das Trinkgeld jedoch so gut ist, muss ich nur noch ein paar Wochen hier durchhalten, bis ich mir ein Polster aufgebaut habe, mit dem ich mir eine Wohnung und deren Kaution leisten kann. Der Gedanke, Summer und Kade zu verlassen, fühlt sich schon nach so kurzer Zeit schrecklich an. Dafür feiert mein Kopf eine Party, wenn ich daran denke, dass ich Phoenix nicht mehr über den Weg laufen muss.

Seit unserer letzten Konfrontation nach meinem zweiten Abend im Club haben wir eigentlich kein Wort mehr miteinander gewechselt. Die meiste Zeit über ignorieren wir uns, wenn er denn mal zu Hause ist. Phoenix ist meistens den ganzen Tag unterwegs und kommt oft erst wieder, wenn ich schon weg bin. Die perfekte und einzige Art und Weise, wie wir zwei unter einem Dach wohnen können, ohne uns die Köpfe einzuschlagen und uns die Polizei von den Nachbarn auf den Hals hetzen zu lassen. Denn eines steht fest: Irgendwann würde es eskalieren, da bin ich mir sicher. Auch wenn ich bis heute keine Ahnung habe, was genau sein Problem mit mir ist. Prinzipiell ist es mir sogar egal, aber ich weiß, dass unsere alberne Fehde auch die ganze Familie belastet und so schnell wird aus einem „Ist mir egal." ein „Wann hört das endlich auf?".

»Du bist in Gedanken.« Phoebe stupst mich an. Ich sehe sie eigentlich nur hier auf der Arbeit, aber es ist toll, wenigstens eine Frau in meinem Alter zu haben, mit der ich reden kann.

Seit ich meine Mom zurückgelassen habe, habe ich schließlich auch meine letzte weibliche Bezugsperson verloren. Den Gedanken an meine Mutter verdränge ich so schnell, wie er gekommen ist. Dieses Verdrängungsritual gehört mittlerweile zu meinem festen Tagesplan.

Neben Phoebe gibt es also nur noch eine Frau in meinem Leben … und Hannah ist nicht die Art Mensch, mit der ich mich sonderlich gern umgebe. Phoebe hingegen ist genau das, was ich brauche. Ein Mensch, der zwar sagt, was er denkt, und trotzdem nie zu weit geht. Sie fragt mich nicht nach meiner Herkunft, nach meinen Eltern oder meiner Vergangenheit, weil ich ihr von Beginn an verständlich gemacht habe, dass ich über solche Themen nicht reden will.

Mit niemandem.

Ein kindlicher, naiver Teil in mir glaubt, dass ich mir eine andere Identität erlügen kann, wenn ich das Thema so lange wie möglich begrabe.

»Sorry. Hatte in der letzten Nacht nicht viel Schlaf.« Was definitiv nicht nur an dem gestrigen Unwetter lag. Beim Gedanken an die verzweifelten Nachrichten meiner Mutter wird mir übel und ich könnte mich ohne Weiteres auf dem Tresen übergeben. Ich weiß, dass ich ihr unrecht tue, und dass ich für sie da sein müsste. Nach allem, was passiert ist.

Aber wie? Ich kann keinen Fuß mehr zurück in dieses Haus setzen. Ihre unzähligen Voicemails sorgen dafür, dass ich sogar mit dem Gedanken spiele, mir einfach eine neue Nummer zuzulegen. Denn die

Annahme, dass sie mich finden könnte, setzt sich wie ein Anker in mir fest. Kaum auszumalen, was passiert, wenn es eines Tages so weit ist … »Wann hast du denn deinen ersten freien Tag?«, will Phoebe wissen und schenkt dem Gast vor ihrer Nase einen dunkelroten Shot ein. Sein Blick haftet an ihrem Dekolleté und fast läuft ihm Sabber aus den Mundwinkeln.

Widerlich.

»Übermorgen.« Meinen ersten komplett freien Tag wollte ich dafür nutzen, mir schon mal einige der Wohnungsangebote im Netz anzuschauen, für den Fall, dass die nächsten Tage finanziell genauso gut laufen wie die letzten.

Das Geld bunkere ich in meinem Zimmer bei den Nolans hinter der Heizung, und ich kann nur hoffen, dass Kaleb es nicht findet. Ich weiß, dass er mich gar nicht so ätzend findet, wie er manchmal behauptet, aber das hält manche Leute nicht davon ab, dich zu beklauen.

Und ich kann unmöglich zulassen, dass mir jemand das letzte nimmt, was ich neben Noah noch besitze. Beim Gedanken an meine Fellnase muss ich lächeln.

»Da habe ich auch frei!« Phoebe macht große Augen. »Wollen wir was zusammen unternehmen? Ich könnte ja vorbeikommen und wir feiern, dass wir freihaben.« Der Gedanke gefällt mir erstaunlich gut, also sage ich ihr zu. Es könnte mir guttun, eine

Freundin zu haben, die ich nicht nur bei der Arbeit sehe, sondern auch in meiner Freizeit um mich habe.

In den Genuss einer richtigen Freundschaft bin ich leider viel zu lange nicht mehr gekommen. »Ich wollte mir an dem Tag aber ein paar Wohnungen ansehen.«

»Willst du echt bei den Nolans ausziehen?«

Ist ihre Frage ernst gemeint?

»Ja. Ich kann ihnen doch nicht zur Last fallen.« Wie hatte Phoenix mich schließlich genannt? Einen Parasiten? Sofort flimmert die Wut in mir wieder auf. Ich habe ihm nichts getan und doch behandelt er mich wie eine Verbrecherin. Ob er weiß, was … nein! Er kann es gar nicht wissen.

Oder?

Zig Szenarien tanzen durch meinen Kopf, eins schlimmer als das andere. Wenn er mich deshalb so behandeln sollte, hätte er wohl wenigstens einen Grund für sein Verhalten. Aber all das sind bloß Strohhalme, an die ich mich klammere, um mir zu erklären, wieso er ist, wie er ist.

»Kein Problem, ich kann auch gern mitkommen, mir die Wohnungen ansehen und dir Tipps geben. Ich bin schon so oft umgezogen, und glaube mir, es gibt mehr als einen Vermieter, der pervers ist und irgendwelche Gefälligkeiten von seinen Mietern verlangt.« Allein die Vorstellung lässt mich schlucken.

»Klar, gern.« Ich sehe sie an und spüre eine Wärme in meiner Brust, die ich schon lange nicht mehr empfunden habe. Die meisten Menschen haben immer nur Kälte in mein Leben gebracht, aber Phoebe gehört in eine andere Kategorie. »Danke.«

»Hey, Amber?« Eine der Frauen, die an den Stangen tanzen, tippt mich von hinten an. Ich kenne ihren Namen nicht, weiß aber, dass sie zu den wenigen Damen hier gehört, die ich leiden kann. Ich weiß, dass sie eine kleine Tochter namens May hat und dass sie mit dem Geld hier gerade so über die Runden kommt. »Du wohnst doch bei Hannah, oder?« Meine Antwort besteht aus einem Nicken.

»Dann komm mal mit.« Die Frau mit den schwarzen Haaren packt mich bei der Hand und führt mich in den hinteren Bereich. Sobald wir die Tür hinter uns geschlossen haben, beschleicht mich ein komisches Gefühl, das sich schnellstens bestätigen soll.

»Sie hatte schon lange keinen so Schlimmen mehr.« Die Worte der Frau ergeben für mich keinen Sinn, aber ich folge ihr durch den Raum. Vorbei an den Schminktischen und Kleiderständern, vorbei an Frauen, die sich für ihre Schicht fertig machen und mit dem Plappern aufhören, als wir an ihnen vorbeigehen.

»Keinen was?«, hake ich mit mulmigem Gefühl nach. Doch als wir das Sofa am Ende des Raumes erreichen, ist ihre Antwort hinfällig. Hannah liegt auf ihm, ihre Arme hängen herunter und ihr Gesicht ist blass und verschwitzt. Ich falle neben ihr auf die Knie und schlage leicht gegen ihr Gesicht, um zu prüfen, ob sie bei Bewusstsein ist. Sie zittert.

»Hey.«

»Amber«, murmelt sie. Ihre Augen sind geschlossen und ihre Lippen so trocken, dass sie verdammt schmerzen müssen. Allein der Anblick tut mir weh. Ich lege die Finger an ihr Handgelenk, checke ihren Puls und bin erleichtert, als ich ein recht ruhiges Pochen vernehme.

»Soll ich einen Krankenwagen rufen?«, frage ich die Frau hinter mir, aber sie nimmt mir direkt den Wind aus den Segeln, indem sie den Kopf schüttelt.

»Glaub mir, hier sollte man weder die Bullen noch Ärzte herholen. Ruf ihren Sohn an, so machen wir das immer, wenn sie mal wieder abstürzt. Er wird sie abholen, damit sie ihren Rausch woanders ausnüchtern kann.« Dass Hannah ein Problem hat, war mir von Anfang an bewusst, aber sie so zu sehen, bereitet mir Sorge.

Wenn ich an Summer denke und daran, dass sie ihre Mutter verlieren könnte, dreht sich alles in mir. Dabei weiß ich, dass Hannah nicht die Mutter ist, die ein Mädchen wie Summer braucht. Sie braucht eine Mutter, die für sie da ist, sowohl am Tag als auch nachts. Aber Hannah schläft tagsüber ihren Rausch aus und geht nachts in den Club, um wieder von vorn anzufangen.

»Okay, ich rufe ihn an.« Eilig hole ich mein Handy heraus und scrolle durch meine Kontakte. Sobald ich

Kades Namen finde, rufe ich ihn an. In diesem Moment bin ich ihm dankbar, dass er mir abends einen Zettel mit seiner Nummer vor die Tür gelegt hat. Es klingelt und klingelt, aber niemand geht ran.

Lediglich seine Mailbox.

Shit.

»Kade?« Ich habe die Hoffnung, dass er noch abnimmt, aber als weiterhin Stille herrscht, sage ich ihm, was passiert ist, und dass er schnellstmöglich herkommen muss. Die Frau tätschelt meine Schulter und macht sich dann wieder an die Arbeit. Während ich mich zu Hannah aufs Sofa setze und warte, dass Kade endlich kommt, um sie von hier wegzubringen.

»*Wo ist sie?*« Diese Stimme durchschneidet den Raum zwanzig Minuten später. Und zu meinem Bedauern ist es nicht Kades Stimme, sondern die seines Bruders. Der mehr als aufgebracht ist, als er mich und seine Mutter auf dem Sofa entdeckt. Mit schnellen und druckvollen Schritten ist er bei uns. Seine Haare sind nass vom Regen und hängen ihm in die Stirn, er trägt lediglich ein Shirt und das ist ebenfalls durchnässt. Friert er denn gar nicht? Dabei sollte er mit seinen nicht vorhandenen

Gefühlen diese Kälte gewohnt sein. Bei ihm herrscht schließlich auch drinnen Eiszeit.

»Was ist passiert?« Seine Frage ist natürlich an mich gerichtet, aber er vermeidet partout jeglichen Blickkontakt zu mir. Ich sehe zu Hannah, die seit einigen Minuten nichts mehr gesagt hat, und halte ihre Hand. Auch wenn ich keine Verbindung zu dieser Frau habe, tut es mir weh, jemanden so am Boden zu sehen. Wir werden sicher keine besten Freundinnen in diesem Leben, aber meine Empathie konnte ich noch nie abstellen.

»*Dich* habe ich nicht angerufen«, sage ich etwas zu barsch an Phoenix gerichtet. Schließlich sollte ich froh sein, dass er hier ist, um mir zu helfen. Seine blauen Augen erdolchen mich mit einer Wucht, die meine Worte verstummen lässt.

»Mir ist egal, wen du gerufen hast. Hilf mir lieber.« Er deutet auf seine Mutter und dann stütze ich sie, während er ihr aufhilft. Wie ein nasser Sack liegt sie auf seinen Armen. Ihre Haare sind das reinste Chaos und ihre Haut glänzt, als hätten wir hier drin vierzig Grad.

»Was machst du jetzt mit ihr? Bringst du sie ins Krankenhaus?«, will ich verunsichert wissen. Phoenix sieht mich einen Moment lang stumm an und das erste Mal habe ich das Gefühl, seine Iriden würden nicht vor Hass mir gegenüber strotzen. Stattdessen ist sein Blick … einfach neutral.

»Ich bringe sie nach Hause, damit sie ihren Rausch ausschlafen kann. Wenn sie so ins Krankenhaus kommt und jemand davon Wind bekommt, dass sie minderjährige Kinder zu Hause hat, tanzt das Jugendamt bei uns an.« Er macht eine Pause und die wenigen Sekunden, in denen keiner etwas sagt, ziehen sich wie Kaugummi. Die Adern an seinen tätowierten Armen zeichnen sich unter dem Körpergewicht seiner Mutter ab. Ich habe mittlerweile den ein oder anderen Blick darauf erhaschen können und bin mir sicher, dass ich einige der Texte aus Liedern kenne. Mir wollen sie aber partout nicht einfallen.

»Ich hoffe, das wird wieder.«

Er nickt.

»Wird es. Ist nicht das erste Mal.« Er sieht sich im Raum um, als würde er nach einer Ablenkung suchen, damit er mich nicht ansehen muss. Ich zittere am ganzen Körper und das Adrenalin fällt langsam von mir ab. Phoenix wendet sich zum Gehen, doch bevor er aus meinem Sichtfeld verschwindet, dreht er sich noch einmal zu mir um. »Danke für deine Hilfe, Amber.« Und dann ist er verschwunden.

PHOENIX

»Lassmichrunder.« Die lallende Stimme meiner Mutter gleicht eher einem Stöhnen. Sie lehnt sich mit ihrem ganzen Gewicht gegen mich und ihr Kopf drückt sich gegen meine Brust. Verdammt, wieso kann sie sich so schwer machen? Ihre Haare sind klitschnass, genau wie meine, weil das Wetter seit heute Mittag völlig verrückt spielt.

»Wozu? Damit du dann abklappen und Summer wecken kannst?« Anstatt ihrem Wunsch nachzugehen, öffne ich die Tür und trage sie ins Haus. Sie riecht nach Alkohol und Kippen, so wie jeden Abend. Aber heute ist es wieder besonders schlimm. Manche Tage hat sie einigermaßen im Griff, andere scheinen sie mit offenen Armen in der Hölle zu empfangen.

Als Kade mir Ambers Nachricht vorgespielt hat, habe ich mich sofort ins Auto gesetzt. Ich habe meine Geschwister immer von diesem Club ferngehalten, auch wenn Kade bei Gott alt genug ist, um selbst über sein Leben zu entscheiden. Aber ich weiß, dass er mir insgeheim dankbar ist, weil ich derjenige bin, der sich um Moms Abstürze kümmert. So kann er dem Club fernbleiben.

»Ich bin nüchtern.«

»Schon klar, Mom.« Ihre Augen sind geschlossen, während ich sie zu ihrem Schlafzimmer trage. Ihre Klamotten sind viel zu knapp und es wäre kein Wunder, wenn sie krank wird, immerhin schüttet es draußen wie aus Eimern.

In ihrem Schlafzimmer wurde schon lange nicht mehr gelüftet, und das Erste, was ich mache, nachdem ich sie auf dem Bett abgelegt habe, ist, das Fenster zu öffnen. Meine Mutter regt sich nicht, und weil ich sehe, dass sie friert, lege ich eine der braunen Decken aus dem Schrank über sie. Sie riechen muffig und müssten dringend gewaschen werden, aber wer sollte sich schon darum kümmern? Ich habe so schon kaum Zeit, einen klaren Gedanken zu fassen.

»Danke, Honey.« Sie weiß, dass ich es hasse, wenn sie mich so nennt. Und ich weiß, dass sie trotzdem nie damit aufhören wird, genau wie mit dem Trinken. Meine Mutter lebt von Ritualen, und mich Honey zu nennen, wenn sie betrunken ist, ist eines davon.

113

Ich setze mich an den Rand ihres Bettes und sehe sie an. Die Frau, die damals so anders war. So voller Energie und Liebe für ihre Kinder. Der Dolch, der seit Jahren in meiner Brust steckt, bohrt sich ein Stück tiefer hinein, jedes Mal, wenn ich sie ansehe. Jedes Mal, wenn ich sehe, was *ich* aus ihr gemacht habe.

»Wieso tust du das immer wieder?« Ich erwarte nicht, dass sie mir noch antwortet, aber sie belehrt mich eines Besseren. Auch wenn ihre Stimme signalisiert, dass sie kurz vorm Einschlafen ist.

»Bin nur krank, Honey. Mach dir keine Sorgen. Morgen geht es mir besser.« Ihre Lider sind geschlossen und man sieht ihr die Anstrengung an. Der Job im Club verlangt viel von ihr ab, aber sie würde ihn nie aufgeben. Immerhin kann sie dort auf Kosten des Ladens saufen und rauchen. In einem normalen Job würde sie vermutlich keine Woche aushalten.

»Nur krank«, wiederhole ich ihre Worte. Im Prinzip stimmen ihre Worte sogar … sie ist krank. Aber auf eine andere Art und Weise, als sie es selbst glaubt. Ihre Krankheit hört nicht nach einigen Tagen Bettruhe oder ein paar Tabletten auf. Viel eher wird sie mit jedem Tag schlimmer.

»Du solltest jetzt schlafen.« Mein Blick haftet noch einen Moment an ihr, und gerade, als ich aufstehen will, streift mich ihre nasskalte Hand. Vermutlich hätte ich sie zuerst unter die Dusche stellen sollen, damit sie sauber ist. Sie umfasst meinen Arm und sieht mich aus flatternden Lidern an. Ihre Schminke, die sie jünger schummeln soll, hängt überall.

»Ich gebe dir nicht die Schuld«, flüstert sie. Der Dolch dreht sich tiefer in die Haut. »Das habe ich nie.« Tränen bilden sich in meinen Augenwinkeln, die ich schnell wieder verdränge.

Sie soll nicht sehen, dass ich noch fühle. Dass mich die Schuldgefühle immer noch so im Griff haben, auch wenn ich immer so tue, als würde ich aus Stein bestehen. Es ist einfacher, alle in dem Glauben zu lassen, anstatt ihnen mein wahres Gesicht zu zeigen. So viel einfacher … und zur selben Zeit ist es unglaublich anstrengend.

»Schlaf jetzt.« Ich ignoriere ihre Worte, auch wenn sie mir viel mehr bedeuten, als sie sollten. Meine Mutter dreht sich stöhnend auf die Seite, ihr Arm hängt leblos vom Bett herunter. Meine Hand drückt die Klinke der Tür herunter, als ich sie noch etwas sagen höre.

»Und, Phoenix?« Ich halte inne, warte darauf, dass sie sagt, was sie mir zu sagen hat. »Behandle Amber nicht so schroff. Sie ist ein gutes Mädchen.« Meine Atmung stockt, als ich mir ihr Bild vor Augen rufe. An die Sorge in ihrem Blick, als ich im Club angekommen bin. Sie ist ein gutes Mädchen … und vielleicht ist genau das mein Problem.

»Ich werde nie eine Wohnung finden!« Theatralisch lasse ich mich auf die Holzbank vor der Haustür der Wohnung fallen, die Phoebe und ich uns gerade angesehen haben. Kaum zu glauben, dass es noch anstrengender ist, sich ein paar Apartments anzusehen, anstatt etliche Stunden hinter einer Bar in Pumps zu schuften.

»Das war doch erst die dritte Wohnung, Amber. Entspann dich. Niemand findet hier auf Anhieb etwas. Nicht, wenn man ein paar Ansprüche hat, so wie du.« Dabei würde ich mich nicht mal in eine Schublade für anspruchsvolle Mieter packen lassen. Viel eher bin ich eine der pflegeleichtesten Frauen, die es gibt.

Die erste Wohnung war okay, aber die Tatsache, dass mich der Vermieter mit seinen Blicken beinahe ausgezogen hat, hat mich absagen lassen. Die zweite war viel zu teuer für ein winziges Loch von dreißig Quadratmetern und die letzte war völlig verschimmelt. Und meine Gesundheit ist mir dann doch mehr wert als der Auszug bei den Nolans.

»Wie du weißt, rennt mir ein wenig die Zeit davon.« Phoebe setzt sich neben mich und schlägt ihr rechtes Bein nach links. Sie sieht toll aus – so in ganz normalen Klamotten. Im Vergleich zu den Outfits im Club ist das hier nahezu prüde. Sie trägt eine dunkle Jeans, die ihren Hintern perfekt betont, und eine schwarze Lederjacke über dem dünnen, grauen Strickpulli. So wenig Haut hat sie in meiner Anwesenheit noch nie gezeigt.

»Wieso denn? Du wohnst doch bei den Nolans und kannst ihnen monatlich was beisteuern.« Hat sie immer noch nicht verstanden, dass ich nicht mit Phoenix zusammenwohnen will? Meine Blicke scheint sie sofort richtig zu deuten.

»Ah, stimmt ja. Du und Phoe – ihr hasst euch ja. Ist es denn immer noch nicht besser geworden?« Ich erinnere mich an die letzten Wochen und zucke mit den Schultern. Der Verkehr tagsüber ist die Hölle und so rauschen zig Autos die Minute an uns vorbei. Ruhig unterhalten kann man sich hier definitiv nicht und wir sollten uns einfach in ein Café verziehen.

»Wir ignorieren uns die meiste Zeit. Aber es fühlt sich einfach falsch an, dortzubleiben, wenn ich weiß, dass er mich so sehr hasst.« Und Hass ist das Einzige, was in seinen Augen liegt, wenn er mich ansieht. Nicht, dass es mir etwas bedeuten würde … Eher im Gegenteil. Es lässt mich kalt, aber ich habe einfach keine Lust mehr auf dieses künstliche, aufgeblasene Drama.

»Er hasst dich doch nicht.« Phoebe boxt mir gegen den Oberschenkel. »Er hasst vielleicht das Leben oder sich selbst, aber doch nicht dich. Er hätte gar keinen Grund – du bist eine Granate!« Ihre Worte entlocken mir ein Lächeln. In den letzten Tagen ist sie mir immer wichtiger geworden. Wiederholend sehe ich mich um aus Angst, jemand könnte mich hier sehen. Meine Mutter zum Beispiel … oder … jemand anderes. Paranoia beschreibt am besten, was ich derzeit durchmache, wenn ich auf den Straßen unterwegs bin.

»Weißt du, wieso er so drauf ist? Ich habe manchmal wirklich das Gefühl, dass er sich selbst hasst. Aber ich weiß nicht, wieso. Sein Bruder wollte mir nichts sagen.« Meine Hoffnung, dass Phoebe mir mehr verraten könnte, zerschlägt sie sofort.

»Sorry, Amber. Aber ich sage gar nichts. Wenn, dann muss er es dir selbst sagen.« Sie deutet auf ihre Lippen. »Diese zwei Kunstwerke hier -« Sie zieht einen imaginären Reißverschluss über ihren Mund. »- bleiben versiegelt.«

»Na gut. Aber könnten wir jetzt vielleicht von hier verschwinden, bevor die alte Dame mir noch ihre schimmeligen Möbel auf den Kopf klatscht, weil ich ihre kostbare Zeit gestohlen habe?« Ein Blick nach oben zeigt, dass sogar die Fenster komplett schwarz sind. Es war die richtige Entscheidung, die Besichtigung direkt zu beenden, ohne mir den Rest der Bude genauer anzusehen.

»Klar. Was hältst du von Shoppen? Und danach machen wir es uns bei den Nolans bequem und bedienen uns an ihrem Alkoholvorrat, bevor du die Biege machst.« Phoebes Vorschlag gefällt mir, also willige ich ein. Und so verbringe ich den ersten Tag seit Langem wie eine ganz normale junge Frau … die nicht auf der Flucht ist.

»Das grüne Kleid steht dir so unglaublich gut! Zieh das an und die Männer liegen dir alle zu Füßen!« Wir betreten gerade das Haus mit vollgepackten Einkaufstüten. Der Nachmittag war schön und ich habe es genossen, einmal alle Gedanken auszuschalten. Der Erste, der uns an der Tür begrüßt, ist Noah, gefolgt von Summer. Mein Hund ist immer der Erste, wenn man zur Tür reinkommt. Allein der Gedanke, dass er eines Tages nicht mehr da sein wird, um mich zu begrüßen, trübt meine Stimmung jedes Mal.

»Hey, mein kleiner Räuber.« Ich küsse seinen Kopf und dann beschnuppert er Phoebe voller Neugierde.

Sein Schwanz wedelt hin und her, weil er sich immer über neuen Besuch freut. Neue Menschen bedeuten schließlich neue Streicheleinheiten und meistens ein Vollstopfen mit Leckerlies.

»Gott, der ist ja noch süßer als auf den Fotos!« Während sie sich um meine Fellnase kümmert, kümmere ich mich um Summer. Sie hat sich sofort in meine Arme geworfen. Heute trägt sie ihre braunen Haare zu einer Palme nach oben gebunden und sieht wie immer nach puren Süßigkeiten aus.

»Habe mit Noah gebielt, Amber!!!« Ich gebe auch ihr einen Kuss, jedoch auf die Nase, und sie kichert als Antwort. »Das freut mich. Ihr seid beste Kumpels, oder?«

Summers Augen strahlen und ich liebe die Reinheit in ihrem Blick. »Beste Kumpels fürs Leben!« Mit diesen Worten rennt sie Noah hinterher, der sich eins seiner Spielzeuge schnappt und mit Summer spielt, als gäbe es kein Morgen mehr. Dass er sie schon ins Herz geschlossen hat, sieht man sofort. Und das, obwohl ihm Kinder mit ihren hektischen Bewegungen sonst eher Angst machen. Summer ist anders und mein Herz hat sie auch im Sturm erobert.

»Na dann wollen wir mal – ich verhungere schon seit Stunden!« Mit meiner Tüte bewaffnet gehe ich in die Küche und entdecke Kade, der gerade summend zum Radio den Abwasch macht.

»Hey, da bist du ja«, begrüßt er mich und wirft einen Blick auf meine Begleitung. »Und du bist?« Als er Phoebe anspricht, ist sie sofort Feuer und Flamme für ihn. Dass er ihr gefällt, ist kaum zu übersehen. Sie streift sich die Jacke ab, zieht ihren Pulli etwas nach unten, um etwas mehr zu zeigen, und geht zu ihm. Vermutlich bereut sie ihr biederes Outfit in diesem Moment.

»Phoebe. Ich arbeite mit Amber an der Bar.«

Er stellt sich ihr freundlich vor, widmet ihrem gerade neu erschaffenen Dekolleté aber keinerlei Beachtung. Ich sollte ihr dringend sagen, dass er schwul ist, bevor sie sich noch blamiert und ihn anfällt.

Phoebe dreht sich zu mir um und formt mit ihren Lippen ein OH MEIN GOTT. Mir liegt die Antwort schon auf der Zunge, aber als jemand die Küche betritt, bleiben mir die Worte im Hals stecken. Diese Wirkung hat in diesem Haus nur einer auf mein Sprachorgan … und ich könnte dankend auf seine Anwesenheit verzichten. Bis jetzt lief der Tag doch so gut – wieso muss er jetzt den Bach hinuntergehen?

»Phoenix.« Es ist Phoebe, die sich ihm um den Hals wirft. Und ich verstehe ihre Sympathie für ihn immer noch nicht. Kein bisschen.

Er beachtet mich nicht wirklich, als er sich eine Flasche Wasser aus dem Kühlschrank holt, aber ich kann nicht verhindern, dass sich meine Blicke wie Anker an seinen breiten Rücken klammern. Er trägt wie immer ein schwarzes Shirt ohne Aufdruck und meine Aufmerksamkeit wandert zu seinen Armen.

»Was machst du denn hier?«, will er von meiner Kollegin wissen, die die Augen immer noch nicht von seinem schwulen Bruder lassen kann. Ich fühle mich wie in einer witzigen Sitcom.

»Amber und ich haben uns heute Wohnungen für sie angesehen und danach waren wir noch shoppen. Gott, wir haben so scharfe Teile gefunden, das glaubst du nicht!« Ich will ihr am liebsten die Hand vor den Mund halten. Phoenix geht es schließlich nichts an, was ich in meiner freien Zeit treibe. Je weniger er über mich weiß, desto besser. Mit jedem Detail werde ich angreifbarer für ihn und darauf habe ich wenig Lust. Er hat ohnehin ständig einen blöden Spruch auf den Lippen, ich will ihm kein Pulver mehr für seine Kanone bieten.

»Wohnungen also …« Sein Blick wandert zu mir und ist eiskalt.

»Du ziehst aus?«, fügt Kade noch erstaunt und leicht enttäuscht hinzu. Ich setze mich an den Tisch und spiele mit der grau melierten Tischdecke. Kade und Summer werde ich wirklich vermissen, wenn ich weg bin. Wenige Wochen haben gereicht, um sie ins Herz zu schließen.

»Noch habe ich nichts gefunden, aber ich kann euch ja nicht ewig zur Last fallen. Ich suche einfach weiter, in einem Monat bin ich spätestens weg. Versprochen.«

Mein Seitenblick geht zu Phoenix. Aber da, wo ich pure Freude erwartet hätte, presst er die Lippen zusammen. Was stimmt nicht mit diesem Kerl? Ich hatte viel erwartet, aber nicht diesen mürrischen Gesichtsausdruck. Viel eher dachte ich, dass er eine Party feiert, weil er mich bald los ist.

»Müsstest du nicht vor Freude nackt im Kreis tanzen?« Dieses Spiel zwischen uns hat er entfacht, jetzt kann ich irgendwie nicht mit den Sticheleien aufhören, auch wenn ich es sollte. Zum Wohle aller. Er nimmt einen Schluck des Wassers und der feuchte Film, der auf seinen Lippen zurückbleibt, sät Gedanken in mir, die ich unter keinen Umständen zulassen sollte. Wieso muss er auch so verboten gut aussehen?

»Das hättest du wohl gern.« Er kommt an mir vorbei und sein Aftershave benebelt mich. »Aber damit warte ich lieber, bis du endlich verschwunden bist.« Und dann ist er wieder weg. Phoebe sieht mich aus großen, grünen Augen an.

»Holy guacamole. Ihr steht so was von aufeinander!« Ich verschlucke mich an meiner Wut auf Phoenix und ihren völlig abstrusen Worten. Hat sie mir in den letzten Tagen, wenn ich mich über ihn ausgelassen habe, nie zugehört?

»Wie bitte?«

Das kann sie unmöglich ernst meinen. In dieser Sekunde frage ich mich, ob diese Frau auch nur einen Funken Intuition besitzt. »Diese Spannung zwischen euch ist ja abartig. Ihr solltet dringend miteinander vögeln, dann könnt ihr vielleicht auch normal miteinander umgehen, ohne euch die Köpfe einzuschlagen.« Kade lacht über ihre Worte und ich fühle mich komplett im falschen Film gefangen.

»Was? Hast du dazu auch etwas zu sagen?«

Er schüttelt grinsend den Kopf über diese Situation.

»Was soll ich sagen, Amber? Sie hat recht.«

Die spinnen doch alle!

Oder?

Eine Stunde später sitzen wir zwei allein auf dem Sofa. Kade hat sich in sein Zimmer verzogen und Phoenix hat das Haus – wie jeden Abend – verlassen. Wo er wohl jedes Mal hingeht? Vermutlich in einen Puff. Phoenix würde ich alles zutrauen. Noch immer komme ich über Phoebes Worte nicht hinweg – wie kann sie wirklich glauben, dass wir miteinander ins Bett steigen sollten? Bei unserer Wut aufeinander würde einer am Ende tot sein. Und ich habe keine Lust, dass bald über meinen Tod in den Medien berichtet wird. *Frau stirbt bei Sex mit ihrem Erzfeind.* Doch noch viel schockierter bin ich, dass Kade ihr auch noch zugestimmt hat. Gerade er bekommt doch ständig mit, wie sein Bruder mich behandelt. »Ich fasse es einfach nicht!« Phoebe ist ganz außer sich.

»Was denn?« Wir haben es uns mit einer Flasche Rotwein und einem Film bequem gemacht, um den Tag so richtig mädchenmäßig ausklingen zu lassen. Fehlen nur noch die rosafarbenen Pyjamas, die wir leider nicht besitzen.

»Na ja ... hast du nicht gesehen, wie ich mich für Kade ins Zeug geworfen habe?« Sie deutet auf ihre Möpse. »Schau dir dieses Dekolleté an und sag mir, dass es einen Kerl kaltlässt. Ich fühle mich wirklich beleidigt.« Ich sehe ihre Brüste an und muss gestehen, dass selbst ich sie schön finde, obwohl ich zu eintausend Prozent hetero bin. Ein Lachen steckt in meiner Kehle, das sie sofort bemerkt und mit einem Schnaufen kommentiert. Ihre Nasenlöcher blähen sich auf und ihre Augen werden ganz klein.

»Was ist daran so lustig? Ich finde ihn echt scharf und er? Er hat nicht zu einem Prozent auf meine Flirtversuche reagiert.«

»Phoebe, entspann dich.« Ich nehme einen Schluck des Weines und verziehe das Gesicht, weil er mir viel zu bitter schmeckt. »Kade würde sich die Finger nach dir lecken, da bin ich mir sicher. Wenn er ... na ja, wenn er nicht auf Penisse stehen würde.« Meine Worte lassen sie erstarren. Sie guckt zur Spüle, wo er vorhin noch gestanden hat, und wieder zu mir. Völliger Unglaube liegt in ihren grünen Augen. Ihr verdutzter Anblick sieht zum Brüllen aus.

»Du meinst … er ist schwul?«

»Zu einhundert Prozent. Er hat es mir selbst gesagt.« Enttäuscht lässt sie die Schultern hängen. »Na toll. Die besten Männer sind immer schwul. Schwul, vergeben, oder in einem anderen Land im Krieg, wo sie dann für ihr Land fallen.« Wie ein trotziges Kind nippt sie an ihrem Glas und packt anschließend ihre Brüste wieder ein. Die beleidigte Leberwurst steht ihr – sie sieht süß aus.

»Tja, Kade. Dann kommen die eben wieder in ihr Gefängnis. Bye, bye, ihr Olsen Zwillinge.« Sie verstaut ihre Brüste, hält das Glas hoch und stößt mit mir an.

»Auf die Nolans, die uns nicht zu schätzen wissen.«

»Auf die Nolans …« Von denen ich immer noch nicht glauben kann, dass einer von ihnen auf mich stehen soll …

AMBER

Drei Tage und sechs erfolglose Wohnungsbesichtigungen später hat sich die Lage im Haus immer noch nicht verändert. Phoenix ignoriert mich, wenn er mir nicht gerade einen dummen Spruch reindrückt, und Kade bittet mich, zu bleiben, weil er meint, dass meine Anwesenheit Summer und ihm guttut. Vielleicht liegt es auch daran, dass ich allen Wohnungen kaum eine Chance gelassen habe. *Ich will einfach nicht gehen.* Manche Apartments waren wirklich okay für ihr Geld, aber im letzten Moment habe ich immer Dinge gefunden, die mich haben absagen lassen.

Das Geld für die ersten zwei Monate Miete habe ich mittlerweile durch mein Gehalt und das mehr als großzügige Trinkgeld locker zusammen, aber davon weiß niemand etwas, weil ich es für mich behalte.

Nur Phoebe kann sich sicher zusammenreimen, was ich verdiene, und dass ich meinen Auszug aus irgendwelchen Gründen bloß hinauszögere. Seit sie bei den Nolans war, kann sie nicht aufhören, von Kade zu schwärmen und sich zu wünschen, sie könnte ihn auf wundersame Weise umkehren. Und immer wieder sage ich ihr, dass ihr Hetero-Kade ganz sicher noch da draußen auf sie wartet.

Hannah hat sich nach ihrem letzten Absturz nur schwer erholt, sie kommt zwar wieder zur Arbeit, ist aber nicht wirklich bei der Sache. Langsam mache ich mir ernste Sorgen darum, wie es mit ihr weitergehen soll. Ich bin mir sicher, man würde ihr Summer und Kaleb wegnehmen, wenn man ihr das Jugendamt auf den Hals hetzt. Sie ist vielleicht eine gute Stripperin, aber keine gute Mutter. Mehr als einmal hat Summer mich abends gefragt, wieso Mommy sie nicht ins Bett bringt. Meine Antwort war immer dieselbe: Weil Mommy arbeiten muss, um den Kühlschrank zu füllen. Dabei weiß ich, dass sie ihr Geld eher versäuft, anstatt es in die Haushaltskasse fließen zu lassen. Phoenix und Kaleb sind neben mir in diesem Haushalt somit die Einzigen, die den Kühlschrank füllen.

Noah scheint es bei den Nolans auch von Tag zu Tag besser zu gefallen. Er schläft bis in die Puppen, tobt dann mit Summer und mir im Garten und verpennt dann den Rest des Tages. Alles in allem wäre es wohl das Beste, ich würde dortbleiben, so lange es geht. Aber ich weiß, dass ich das nicht kann. Phoenix weiß, dass ich auf der Suche nach einer eigenen Bleibe bin, und wenn ich in einigen Wochen immer noch nicht ausgezogen bin, wird er eins und eins zusammenzählen können. Was dann passiert, kann ich mir denken. Er wird sicher nicht vor Freude über mein Bleiben im Kreis tanzen, sondern eher in eine Kreissäge rennen. *Gar keine so schlechte Idee ...*

»Erde an Amber.« Phoebe ist diejenige, die mich aus meiner Trance reißt, indem sie vor meinem Gesicht mit den Fingern schnipst. In den letzten Wochen hatte ich immer wieder diese kleinen Aussetzer, in denen ich nichts um mich herum mitbekomme.

Ich erwische mich dabei, wie ich beinahe manisch den Tresen säubere, obwohl er längst sauber ist. Das Einzige, was ich noch wegschrubbe, ist höchstens der Belag. Es ist schon weit in der Nacht und die Gäste nehmen langsam ab. Dass der Laden bald schließt, erkennt man an der leiser werdenden Musik und den leeren Stangen.

»Hm?« Sie nimmt mir das Handtuch ab und wirft es sich über die Schulter. Dann deutet sie auf ihre Armbanduhr. »Du hast seit zehn Minuten Feierabend und stehst immer noch hier und putzt. Nun verzieh dich schon, den Rest schaffe ich alleine. Deine Augenringe hängen fast tiefer als die Brüste meiner Oma. Und das ist wirklich verdammt tief. Schlaf endlich mal wieder mehr.«

129

Prüfend sehe ich auf mein Handy und stelle erschrocken fest, dass sie recht hat. Der Abend im Club ist wahnsinnig schnell vergangen und der Zeiger schlägt schon zehn nach drei. Normalerweise liege ich jetzt schon im Bett und starre an die Decke, um mir zu überlegen, wie es mit mir weitergehen soll.

»Sorry, war gerade in Gedanken.« Mein Murmeln lässt sie die Stirn runzeln. »Schon klar, das hat man gesehen. Und jetzt schwing dich nach Hause und leg dich ins Bett, Zombie.« Wie aufgetragen räume ich mein Zeug zusammen, gebe ihr einen Kuss zum Abschied auf die Wange, und verlasse den Club.

Anfangs habe ich mich hier in keiner Sekunde wohlgefühlt, habe die Blicke der Männer nur schwer ertragen, mittlerweile laufen mir zumindest keine Schauder mehr über den Rücken, wenn ich ihn betrete oder mir jemand Geld in mein Dekolleté steckt. Als Mensch gewöhnt man sich schließlich schnell an die Karte, die man im Leben gezogen hat. Und meine Karte ist eine Eins-a-Arschkarte. Kein tolles Ass, sondern eine armselige, einsame Eins, mit der man so gut wie nie etwas anfangen kann.

Draußen ist es unfassbar frisch und meine Kleidung ist definitiv zu knapp für dieses Wetter, also ziehe ich mir die Jacke bis zum Hals zu und verstecke meinen Kopf unter der olivfarbenen Kapuze meines Parkas, den ich mir am Wochenende mit Phoebe gekauft habe. Da ich kaum Klamotten mitgebracht habe, als ich zu

Hause abgehauen bin, musste ich mich komplett neu einkleiden. Es nieselt leicht, aber immerhin hat der Dauerregen der letzten Tage aufgehört. Ich hasse dieses nasskalte Wetter und wünsche mir endlich mal wieder ein paar Sonnenstrahlen.

Der Weg bis nach Hause dauert nur zehn Gehminuten, und jedes Mal, wenn ich nachts unterwegs bin, renne ich fast, weil mir die Gegend immer wieder eine Gänsehaut über den Rücken jagt. Kaum zu glauben, dass ich damals tatsächlich einfach in einer Bushaltestelle geschlafen habe, als Kade mich aufgesammelt hat.

Ich laufe gerade in den Park hinein, den ich immer durchquere, um zu den Nolans zu kommen, als ich hinter mir Schritte im Kies höre. Dumpfe, aber schnelle Schritte, die mir eindeutig folgen. Erst denke ich mir nichts dabei, schließlich ist es nicht ungewöhnlich, dass nachts in Chicago Menschen durch den Park gehen, aber mein mulmiges Gefühl bestätigt sich Sekunden später.

»Hey.« Es ist die Stimme eines Mannes. Und da ich mir sicher bin, sie noch nie gehört zu haben, ignoriere ich sie. »Hey, Kleine!«

Mittlerweile bin ich mir sicher, dass er mich meint, immerhin ist weit und breit außer mir und ein paar Vögeln in den Baumkronen niemand hier. Der Wind lässt das Laub der Bäume rascheln und jagt mir eine Gänsehaut über den Körper. Meine Schritte werden schneller, genau wie mein Atem. Es ist das erste Mal, dass mich jemand nachts anspricht, die meisten glotzen immer nur, behalten ihre dummen Sprüche aber wenigstens für sich.

Im nächsten Augenblick packt mich jemand bei der Schulter und dreht mich um. Mein Körper versteift sich, als ich dem Mann ins Gesicht sehe. Er trägt wie ich eine Kapuze, die sein halbes Gesicht bis hin zur Nase in Schatten legt. Nur sein dreckiges Grinsen ist von den Laternen im Park erleuchtet. Und dieses Grinsen ist sicher nicht vertrauenserweckend. Viel eher sorgt es für den Impuls in mir, wegzurennen. Würde er mich denn nicht immer noch festhalten.

»Wohin des Weges?«, will er wissen.

»Nach Hause.« Ich tue, als wäre es keine große Sache, aber er lässt mich immer noch nicht los. »Ich habe dich gerade im *Temptation* gesehen. Du gefällst mir.« Er nimmt die Kapuze herunter und zum Vorschein kommen zwei gierige braune Augen. Der Typ sieht nicht schlecht aus, aber man erkennt sofort, zu welcher Sorte Mann er gehört. Und dieser Sorte will man vor allem nicht nachts in einem Park in Chicago – einer der kriminellsten Gegenden der USA - über den Weg laufen.

»Wie sieht's aus? Hast du vielleicht noch Zeit für mich?« Das Lüsterne in seinem Blick bringt mich fast zum Würgen, und als ich mich diskret von ihm lösen will, packt er meinen Arm fester, was mich kurz zusammenfahren lässt.

»So eilig?« Langsam, aber sicher wird mir der Ernst der Lage bewusst. Der Kerl ist sicher nicht hier, um mit mir zu quatschen. Ob er mir gefolgt ist? Auf dem Weg habe ich nichts von einer Verfolgung mitbekommen, aber ich hatte schließlich auch meinen üblichen Tunnelblick drauf.

Alles andere ausblendend, lege ich einfach nur Wert darauf, schnell von der Straße zu kommen, ohne mir unterwegs Ärger einzufangen. Ärger ist wirklich das Letzte, was ich jetzt gebrauchen kann.

Seine Finger graben sich in meinen Arm und ich spüre einen stechenden Schmerz. Auf einmal flackern Bilder in mir auf. Erinnerungen. Erinnerungen daran, wie *er* mich immer gepackt hat, wenn etwas nicht nach seiner Nase getanzt hat. Wenn ICH nicht nach seiner Nase getanzt habe oder er in seinem Job unzufrieden war.

»Lass mich bitte los«, flehe ich den Kerl an, gegen den ich körperlich keine Chance habe. Hektisch schlägt mein Herz in meiner Brust und in diesem Moment wünschte ich mir das erste Mal, Phoenix wäre bei mir. In seiner Gegenwart hätte mich dieser Kerl sicher nicht mal angesprochen.

»Und was, wenn ich nicht will? Ich bin dir extra hinterhergekommen.« Er wird wütend. Und ich? Ich will am liebsten schreien, weiß aber, dass es das nur schlimmer machen würde, zumal weit und breit niemand sonst zu sehen ist, der mir helfen könnte.

Seine Hand wandert von meinem Arm nach unten, und als er schließlich ohne Vorwarnung in meinen Schritt greift, reagiert mein Körper automatisch. Mit einem festen Tritt habe ich mein Knie in seine Weichteile gerammt.

»Fuck!« Er taumelt ein paar Schritte zurück und ich nutze die Gelegenheit, um zu fliehen. So schnell ich kann, renne ich über den Kiesweg, Tränen versperren mir die Sicht. Meine Lunge brennt höllisch, und als ich seine Stimme höre, kann ich die Magensäure kaum noch in mir behalten. Es fehlt nicht mehr viel, bis ich mich am Wegrand übergebe. Aber ich darf nicht anhalten.

»Na warte ab, du Schlampe! Ich weiß, wo ich dich finde!« Er keucht immer noch vor Schmerzen, während ich nur das Stechen in meinem Zwerchfell spüre. Wie ferngesteuert renne ich durch den Park nach Hause und entspanne mich auch dann nicht, als ich den Vorgarten der Nolans erreiche. Mit Schweiß auf der Stirn und Tränen über meinem ganzen Gesicht, hole ich zitternd den Schlüssel heraus und öffne die Tür, die ich anschließend etwas zu laut hinter mir schließe. Sicher habe ich so alle im Haus geweckt, aber das ist mir im Moment herzlich egal. Alles, was zählt, ist, dass ich entkommen bin.

Ich zittere am ganzen Körper, als ich in den Wohnbereich gehe und mitten im Raum zusammenbreche. Meine Knie schlagen am Boden auf und ich bette das Gesicht in meine Händen, als all der Druck von mir abfällt. Nicht, weil mich dieser Kerl berührt hat. Nicht, weil ich machtlos war.

Sondern, weil ich mich erinnere. An alles. An jeden Schmerz, an jede Beleidigung, und an das … was passiert ist. Ich weine leise, aber hin und wieder überkommt mich ein Schluchzen, das ich nicht unterdrücken kann, auch wenn ich mich wirklich zusammenreiße. Manchmal sind selbst die Starken schwach.

Meinen Atem halte ich erst an, als ich Schritte hinter mir höre. Es ist dunkel hier, aber der Vollmond taucht den Raum in ein silbernes Licht. Ich sehe die Konturen des Sofas, des Kamins und in der Terrassentür sehe ich eine Spiegelung.

»Amber?« Die verschlafene Stimme von Phoenix lässt mich zusammenzucken. Dort, wo ich ihn mir gerade herbeigesehnt habe, wünsche ich mir jetzt, dass er mir einfach fernbleibt und mich allein lässt.

»Geh, Phoenix«, knurre ich ihn immer noch am Boden sitzend an. »Ich kann jetzt wirklich keine Beleidigungen von dir gebrauchen. Spar dir die Sachen für morgen.« Er muss direkt hinter mir stehen, ich spüre ihn beinahe auf meinem Nacken. Er atmet hart und ich mache mich schon auf einen dummen Spruch gefasst.

»Was ist passiert?«, will er – erstaunlich einfühlsam – wissen. Keine Beleidigung? Kein gehässiges „Du hast es ja verdient?". Ich schüttle den Kopf, anfangs noch unfähig, etwas zu sagen. Irgendetwas stimmt hier gewaltig nicht. »Kade. Ich … ich will mit Kade reden.« Er ist der Einzige, den ich gerade sehen und in meiner Nähe wissen will. Kurz stehe ich davor, einfach aufzuspringen und in sein Zimmer zu rennen, aber dann trifft mich eine Hand an meiner Schulter. Phoenix berührt mich … das erste Mal freiwillig. Seine Hand ist warm und der Druck, mit dem er mich anfasst, beruhigt mich, auch wenn mich sonst nichts an ihm beruhigt. Meine Atmung wird wieder gleichmäßiger und ruhiger. Wie kann es sein, dass ausgerechnet *er* mir die Angst nimmt?

»Kade ist nicht da«, sagt er leise. Ich würde ihn gern ansehen, aber ich kann mich nicht rühren, fühle mich wie mit dem Boden verwachsen. Ich hätte nicht gedacht, dass mich ein paar Erinnerungen so im Griff haben könnten.

»Dann irgendwer anders … Kaleb? Deine Mutter?«, greife ich nach dem letzten Strohhalm. Aber er nimmt mir direkt den Wind aus den Segeln, als er um mich herumkommt, sich vor mich kniet und mein Kinn mit der Hand anhebt.

Er sieht noch schöner im Mondlicht aus, als ich es mir ausgemalt habe. Seine Haare sind vom Schlaf wild durcheinander, aber seine Augen genauso klar und wach wie immer. Ob er schon geschlafen hat, als ich reingekommen bin?

»Amber«, stoppt er meine Gedanken. Einen Moment lang ist es still zwischen uns, und als er den folgenden Satz ausspricht, sehe ich, wie schwer er ihm fällt. »Du hast nur mich.«

PHOENIX

Ihr Gesicht ist nass von den Tränen, die sie geweint hat. Ihre Haare sind vom leichten Regen draußen feucht. Sie kniet vor mir am Boden und sieht aus, als hätte sie gerade einen Geist gesehen. Ich konnte schon die ganze Nacht nicht pennen, und als ich das laute Zuschlagen der Tür gehört habe, musste ich einfach nachschauen. Nicht, weil ich scharf darauf war, sie zu sehen … ganz sicher nicht. Aber als ich sie dann am Boden kniend entdeckt habe, wusste ich, dass ich sie nicht allein lassen kann. Nicht in dieser Verfassung.

»Also … was ist passiert?« Meine Frage lässt sie den Blick senken und neue Tränen tropfen auf ihre Hände, die in ihrem Schoß liegen. Sie versinkt fast in der dicken Jacke, also greife ich nach dem Reißverschluss und helfe ihr aus dem Mantel heraus. Darunter trägt sie nur ein dünnes Top, das ziemlich viel ihrer nackten Haut zeigt. Dass sie darin arbeiten war, ist mir klar. »Es war eigentlich nicht so dramatisch«, schluchzt sie, aber ich glaube ihr nicht. Weil ich sehe, dass sie zittert, stehe ich auf und setze mich aufs Sofa.

»Komm her.« Ihre Augen wandern ungläubig zu mir und ich sehe sie das erste Mal bittend an. Sie stemmt sich hoch, kommt zur Couch und setzt sich mit genug Abstand neben mich. Fast so, als hätte ich eine ansteckende Krankheit, wegen der sie mich nicht berühren will. Und wer kann es ihr verübeln, so, wie ich sie behandle?

Mit einem Griff habe ich die Decke über der Lehne geschnappt und ihr gereicht. Sie schlingt die Wolle über ihre Schultern und starrt ins Leere.

»Ich habe gerade Feierabend gemacht und war im Park … als …« Sie schluckt. »Da war so ein Kerl. Anfangs dachte ich, dass er nur einen blöden Spruch loswerden will, so wie die anderen Kerle immer. Aber dann hat er mich angefasst.«

»Wo?« Wut flackert in mir auf, mit der ich die ganze Einrichtung zerstören könnte. Auch wenn ich Amber nicht leiden kann – es gibt nichts Schlimmeres als Kerle, die sich die Macht herausnehmen, Frauen zu belästigen. Wie armselig muss ein Mann sein, seine körperliche Überlegenheit gegenüber einer Frau schamlos auszunutzen?

»Wo, Amber?«, hake ich mit zusammengebissenen Zähnen nach. Sie sieht mich aus dem Augenwinkel an. »Erst hat er nur meine Schulter gepackt und meinen Arm festgehalten, aber dann …« Sie spricht nicht weiter, aber als ihr Blick auf ihre zitternden Oberschenkel wandert, weiß ich es bereits. Ich balle meine Hände zu Fäusten und würde am liebsten auf etwas einschlagen. Auf jemanden. Auf diesen Wichser, der ihr das angetan hat.

»Weißt du, wie er aussah?« Keine Ahnung, was ich mit der Information anfangen sollte, aber ich muss es wissen. Amber versucht, sich zu erinnern, aber man sieht, dass es ihr schwerfällt.

»Nicht wirklich. Braune Augen, kurze Haare. Ich war nicht ganz bei mir. Alles, was ich wollte, war, schnell abzuhauen.« Ihre Schultern beben und kurz habe ich den Drang, sie in den Arm zu nehmen, auch wenn ich keine Ahnung habe, wo dieses Bedürfnis plötzlich herkommt. Sie ist mir egal. Ich kenne sie ja nicht einmal und weiß außer ihrem Namen nicht viel über sie.

»Der Mann sagte, er hat mich im Club gesehen.« Das *Temptation* habe ich schon immer verabscheut, aber jetzt steigt meine Abscheu auf ein neues Level.

»Er ist dir also gefolgt?« Sie nickt und wendet den Blick von mir ab. Anschließend höre ich, dass sie wieder weint. Ohne darüber nachzudenken, was ich hier tue, und wieso ich meine Prinzipien breche, ziehe ich sie an mich. Amber sinkt dankbar gegen mich und legt ihren Kopf anschließend auf meinen Schoß. Ihre Beine zieht sie aufs Sofa und an ihren Bauch heran. Meine Hände fühlen sich an wie Fremdkörper, und dann lege ich eine auf ihren Rücken und die andere an ihren Nacken, an dem ich langsam ihre Haare zur Seite streiche.

Mit sanftem Druck ziehe ich Kreise über ihre Haut, die sich viel zu gut an meiner anfühlt. So gut sollte sich nichts in Bezug auf diese Frau anfühlen. Aber schließlich kann ich sie auch morgen wieder hassen, oder?

»Danke, Phoenix.« Ihre Atmung wird schwerer und gleichmäßiger, ihr Körper sinkt schwer in meinen Schoß. Und dann sehe ich, dass sie innerhalb weniger Sekunden bereits eingeschlafen ist. Was mich nicht daran hindert, weitere Kreise über ihren Rücken zu ziehen.

»Ich werde dich da nicht mehr hinlassen«, sage ich, weil ich weiß, dass sie mich nicht mehr hört. Dieses Mal ist es glimpflich ausgegangen, aber was wäre beim nächsten Mal? Ich lege den Kopf in den Nacken und starre an die Decke. Versuche, meine Wut irgendwie in etwas anderes umzuwandeln und das Kribbeln in meinen Fingerspitzen zu ignorieren. Aber ich kann nicht ignorieren, dass es sich gut anfühlt, jemandem wieder körperlich so nah zu sein.

In den letzten Jahren habe ich beinahe jeden Menschen in meinem Umfeld auf Abstand gehalten. Und jetzt? Sitze ich hier mit dieser fremden Frau auf meinem Schoß und spüre das erste Mal wieder etwas in mir, wenn ich jemanden berühre. Etwas anderes als diese Leere. Ich weiß nicht, wie lange ich hier sitze und an die Decke starre, doch plötzlich höre ich ein Tapsen. Sekunden später springt Ambers Hund zu uns aufs Sofa und legt sich dicht neben uns.

Sein weiches Fell streift meinen Arm und er presst sich eng an uns, als bräuchte er die körperliche Nähe. Ich konnte nie viel mit Hunden anfangen, aber als er über meinen Arm leckt, bin selbst ich machtlos. Meine rechte Hand wandert zu Noah und beginnt, ihn zu streicheln. Und so schlafe ich irgendwann ein. Mit Noah neben mir und Amber auf meinem Schoß. Ich kann sie ja morgen wieder hassen ...

AMBER

Als ich am nächsten Morgen wach wurde, lag ich mit Noah eingerollt auf dem Sofa und Summer sprang bereits putzmunter durch den Raum. Ich war mir sicher, dass ich an Phoenix' Seite eingeschlafen war. Aber er musste irgendwann gegangen sein und ich war zu erschöpft, um es zu bemerken. Dabei hätte ich ihn gern davon abgehalten, zu gehen. Es tat gut, seine Nähe zum ersten Mal ohne diesen Hass zu spüren.

Noch jetzt weiß ich, wie seine Finger Kreise über meine Haut gezogen und wie er mich an sich gedrückt hat, um mir Sicherheit zu geben. Mein Herz klopft wild, als ich an das Gefühl denke. Doch die wichtigste Frage ist doch: Was hat all das zu bedeuten? Er hat seit meinem ersten Tag hier nie verheimlicht, was er von mir hält, und diese Version von ihm hätte mich niemals

143

so gehalten. Sie hätte mich vermutlich höchstpersönlich vor die Tür gesetzt, weil ich ihn mit meinem Drama belaste, obwohl er keine Zeit und keine Nerven dafür hat. Summer schlägt Bauklötze aneinander und mein Kopf erwacht endlich auch pochend zum Leben. Kade betritt das Wohnzimmer und sieht mich lachend an. Er scheint noch nicht zu wissen, was passiert ist, und ich bin froh, dass er mich somit nicht darauf anspricht. Verdrängung - mein neues Lieblingswort.

»Siehst aus, als hättest du den Kater deines Lebens.« Wenn er wüsste. Kurz denke ich darüber nach, ihm von dem Vorfall zu erzählen, aber dann beiße ich mir auf die Zunge. Es hat gutgetan, es Phoenix zu erzählen, jetzt muss ich seinen Bruder nicht auch noch damit belasten.

»So kann man es ausdrücken«, schwindle ich. Er geht zu seiner Schwester, hält ihre kleinen Hände fest und deutet auf mich. »Amber hat ganz fürchterliche Kopfschmerzen. Magst du nicht lieber puzzeln?« Andere Kinder würden jetzt vermutlich einen Heulkrampf kriegen, aber Summer ist das umgänglichste Kind, das ich je gesehen habe, also macht sie kein Drama.

»Puzzeln macht Baß!« Und damit rennt sie in ihr Zimmer, um sich durch ihre Sammlung zu wühlen. »Wieso schläft Kaleb eigentlich in ihrem Zimmer, wenn noch eines freisteht? Also meins?« Diese Frage habe ich mir schon an meinem ersten Tag hier gestellt.

Schließlich hat Kaleb weitaus mehr Anrecht auf das freie Zimmer als ich. Kade macht sich daran, die Bauklötze einzuräumen, als er mir antwortet.

»Summer hat Albträume, wenn sie allein schläft. Und irgendwann musste immer einer bei ihr im Zimmer bleiben. Da Kaleb der jüngste ist, hat Phoenix entschieden, dass er vorerst bei ihr schlafen soll. Wie begeistert er davon ist, weißt du ja selbst.« Was ich, ehrlich gesagt, auch verstehen kann. Kein Teenager findet es toll, sich ein Zimmer mit seiner kleinen Schwester zu teilen. Vor allem nicht, wenn der Altersunterschied so immens ist wie bei den beiden.

»Ich kann auch bei ihr schlafen, das macht mir gar nichts aus.« Kade hält inne und sieht mich an. »Moment mal.« Er lässt die letzten Bausteine in die durchsichtige Box fallen und steht auf. »Heißt das, du bleibst hier?« Seine Augen strahlen und ich vergesse kurz, was gestern passiert ist. Und dass ich eigentlich längst eine Wohnung gefunden haben müsste.

»Sagen wir so: Ich bin sehr anspruchsvoll, was eine eigene Wohnung angeht.« Zwinkernd halte ich meinen Finger vor die Lippen. »Aber sag es keinem. Ich liebe es, bei dir und Summer zu sein.« Und insgeheim … seit letzter Nacht … gefällt mir selbst die Nähe seines Bruders. Auch wenn er mir mehr als einmal das Leben hier schwer gemacht hat. Ich habe immer noch nicht herausgefunden, was ihn so hat werden lassen, aber ich habe noch nicht aufgegeben. Meine Mutter war es, die

145

mir immer eingetrichtert hat, dass man nicht so leicht aufgeben sollte. Kade und Phoebe haben beide diese Anspielungen in Bezug auf Phoenix' Verhalten gemacht, die ich nicht vergessen kann.

»Gott, Amber!« Er stellt sich hinter mich, schlingt die Arme um mich und drückt mir einen Schmatzer auf den Kopf. Er erinnert mich in diesem Moment an die unzähligen Schmatzer meiner Grandma. »Ich freue mich so. Und Summer liebt dich wie eine Schwester.«

»Ich sie auch.« Ich habe mir immer Geschwister gewünscht und jetzt fühlt es sich an, als hätte ich endlich welche. Als wäre ich endlich wieder Teil einer Familie. Einer verdammt großen, verrückten Familie!

»Wie auch immer … sag bitte Phoenix nichts, okay?« Kades Lachen ist Antwort genug. »Spinnst du? Seinen Zorn will wirklich niemand freiwillig hervorrufen. Da würde ich mir lieber die Klöten abschneiden.« Sein Ausdruck bringt mich zum Lachen. Dankbar gebe ich ihm einen Kuss auf den Arm, den er immer noch um mich gelegt hat, und springe etwas zu schnell auf. Mir wird kurz schwarz vor Augen, aber ich fange mich schnell wieder.

»Ich gehe mal duschen.« Und dann spaziere ich ins Bad und stelle das Wasser so heiß, dass es mich fast verbrennt. Doch trotz allem hat meine Haut gestern Nacht noch mehr geglüht. Nur, weil *er* mich berührt hat.

»Wieso, Amber?« Kade klang bis jetzt noch nie so wütend. Er stapft in mein Zimmer, als ich gerade dabei bin, mich für die Schicht fertig zu machen. Vorhin war er so glücklich, dass ich hierbleibe, dass ich diesen plötzlichen Stimmungswechsel nicht einordnen kann.

»Was wieso?« Ich habe keine Ahnung, wovon er spricht! Er stellt sich neben mich und zwingt mich, ihn anzusehen. »Phoenix hat mir erzählt, was gestern Nacht passiert ist.« Mist. Ich verdrehe die Augen – wieso kann er nicht seine Klappe halten?

»Das war gar keine so große Sache. So was passiert doch ständig hier. Du weißt es doch am besten, Kade.« Mein Murmeln kommentiert er mit einem heftigen Kopfschütteln.

»Vergiss es! Wenn du nicht willst, dass ich Phoenix von deinem kleinen Geheimnis erzähle, dann solltest du mir so was sagen. Ich … ich fasse es einfach nicht. Wie kann ein Mann nur so etwas tun?« Plötzlich ist er den Tränen nahe und ich nehme ihn fest in meine Arme. Kade hat mich damals in meiner ersten und einzigen Nacht auf der Straße als Obdachlose gerettet und ich werde ihm auf ewig dafür dankbar sein.

»Hey, mir geht es wirklich gut. Das war sicher nur eine Ausnahme.« Dabei verschweige ich ihm, dass mich Panik beschleicht, als ich an die Schicht denke. Er sagte, er hat mich im *Temptation* gesehen – was, wenn er wieder da ist und auf mich wartet? Die Chancen, dass er mich findet, stehen also ziemlich hoch.

»Das wird auch eine Ausnahme geblieben sein, dafür sorgen wir schon.« Noch nie habe ich so eine Entschlossenheit in seinen Augen gesehen.

»Wie auch immer, ich muss jetzt wirklich los zur Arbeit. Mach dir keine Gedanken, ich passe auf mich auf und vielleicht kann mich ja Phoebe nach Hause fahren. Außerdem hab ich mir vorhin Pfefferspray gekauft.« Wedelnd halte ich die Spraydose vor seine Nase, packe sie in meine Handtasche und will zur Tür marschieren, als er sich mir in den Weg stellt.

»Fehlanzeige.«

»Wie bitte? Kade ich muss echt los, ich bin eh schon spät dran.« Doch immer noch versperrt er mir den Weg und schüttelt den Kopf.

»Phoenix hat mir verboten, dich gehen zu lassen. Du wirst da nicht mehr arbeiten.« Seine Worte sind wie ein Schlag ins Gesicht und ich glaube, mich verhört zu haben.

»Phoenix hat was? Sag mal – spinnt ihr jetzt alle? Seit wann bestimmt er über mein Leben?« So sehr ich mit ihm über gestern Nacht reden will, so wütend bin ich gerade auch auf ihn. Weil er seinen kleinen Bruder vorschickt, anstatt selbst genug Eier in der Hose zu haben. »Nicht nur er … ich finde, er hat recht. Du hast ihm gesagt, dass der Typ dir gefolgt ist. Wenn du da wieder hingehst ... Amber, das ist echt nicht witzig. Mit solchen Leuten sollte man nicht spaßen.«

»Ich spaße mit niemandem: Ich arbeite. Weil ich hier wohne und euch Geld geben muss. Schon vergessen?« Phoenix war schließlich derjenige, der mir gesagt hat, dass ich strippen gehen soll. Jetzt muss er mit den Konsequenzen klarkommen, ob er will oder nicht.

»Du kannst dir immer noch einen anderen Job suchen. Einen, wo du am Tage unterwegs bist. Komm schon, Amber. Wir machen uns nur Sorgen um dich, weil du uns wichtig bist.« Wenn ich ehrlich bin, fällt eine Last von mir ab, wenn ich daran denke, das *Temptation* zu meiden. Aber so einfach, wie sie es sich vorstellen, ist es sicher nicht. Wo sonst sollte ich so gutes Geld so leicht verdienen?

»*Ihr* macht euch Sorgen? Phoenix soll sich um mich sorgen? Er hasst mich.« Gestern Nacht hat er vielleicht eine andere Sprache gesprochen, aber das war sicher nur ein emotionaler Ausrutscher. Kade schüttelt den Kopf.

»Er hasst dich nicht. Oder glaubst du, er liegt sonst fast jede Nacht wach oder wartet im Wohnzimmer, bis du zurück bist?«

Ich falle ein paar Schritte zurück. Schon mehr als einmal hat er im Dunkeln gesessen, als ich heimgekommen bin. Aber das soll meinetwegen gewesen sein? Unmöglich! Phoenix ist kein Mensch, der sich um Leute sorgt, die nicht zu seiner Familie gehören. Bis jetzt dachte ich immer, er ist einfach eine Nachteule. Seine Ausrede, dass er nur wissen will, was unter seinem Dach passiert, habe ich ihm nicht abgekauft. »Das ist Unsinn und das weißt du!« Ich brülle fast.

»Ich kenne meinen Bruder ziemlich gut, Amber. Er wirkt vielleicht wie ein Eisklotz, aber so war er nicht immer und so wird er nicht immer bleiben. Seit du hier wohnst, ist er irgendwie anders. Er gibt es vielleicht nicht zu, aber ich habe ihn oft nachts dort sitzen und warten sehen. Sobald du im Bett warst, ging auch er schlafen. Das soll Zufall sein? Sei doch nicht so unfassbar naiv!«

»Zufall, Schlafprobleme, Paranoia. Keine Ahnung, Kade. Aber das …«

»Ist die Wahrheit. Komm damit klar. Ich lasse dich hier jedenfalls nicht raus.« Die Entschlossenheit in seinen Augen zeigt mir, dass ich keine Chance habe. Er wird mich nicht gehen lassen, auch wenn ich mit den Füßen strample. Seine Worte haben mich vollends im Griff und ich kann nicht verhindern, dass mir der Gedanke, seinem Bruder doch etwas zu bedeuten, gefällt. Was abstrus ist, da ich ihn bis jetzt auch nicht sonderlich gut leiden konnte und es mich trotz allen guten Beweggründen wütend macht, so behandelt zu werden.

»Und was soll ich sonst den ganzen Abend tun? Ich bin hellwach!« Und das, obwohl es bald Mitternacht ist.

»Mach ein paar Mädchendinge. Hau dir eine Maske ins Gesicht und entspann dich.« Sein Vorschlag ist gar nicht mal so übel. »Aber nur, wenn du dir auch eine gönnst!« Ich zwinkere ihm zu und er schüttelt manisch den Kopf. »Vergiss es. Ich bin vielleicht schwul, aber ich hasse Masken!«

Zehn Minuten später ...

»Wie hast du das nur hinbekommen?« Über beide Ohren grinsend beobachte ich Kade, der mit einer quietschpinken Tonerdemaske im Gesicht neben mir auf der Couch sitzt. An einigen Stellen ist sie schon getrocknet und wirkt eher weiß als pink.

»Ich bin einfach eine Überredungskünstlerin.«

»Eindeutig. Und was macht die Maske jetzt mit meinem Gesicht?« Er sieht einfach zum Schießen aus! Seine buschigen Augenbrauen verleihen dem Ganzen einen ganz eigenen Charme und einige Klümpchen der Maske bröckeln schon ab.

»Sie zieht Giftstoffe aus deinen Poren und entspannt dein Gesicht. Wenn sie trocken ist, können wir sie abwaschen.« Er lehnt sich zurück und schließt die Augen.

»Ich mache das echt nur, weil ich dich so liebhabe.«

»Ich dich auch, Kade. Ich dich auch. Deine Poren werden es mir danken!«

Eine Stunde später musste Kade noch mal los, um sich mit einem jungen Mann zu treffen, den er letztens mithilfe einer App kennengelernt hat. Vorher haben wir aber erst einmal etliche Minuten diskutiert, und ich musste ihm hoch und heilig versprechen, hierzubleiben und das Haus nicht zu verlassen. Gesagt, getan. Also hocke ich jetzt auf dem Sofa, während Noah vor dem Kamin liegt und schläft. Da in der Glotze nichts Gescheites läuft und mir die Langeweile in den Knochen steckt, entflieht mir ein langes Gähnen.

Ich will gerade den TV ausschalten und ins Bett gehen, als ein Poltern vor der Tür ertönt. Als niemand hereinkommt, gehe ich zur Tür und linse durch den Spion auf die Veranda.

»Kaleb?« Mit einem Schwung reiße ich die Tür auf und er fällt mir in die Arme, weil seine Beine nachgeben. Sein Gesicht ist weiß und verschwitzt, seine Augen rot unterlaufen. Er hat sie zwar geöffnet, aber ich bin mir nicht sicher, ob er mich wirklich erkennt. Was hier vor sich geht, ist mir klar. Er steht völlig unter Drogen.

»Hey.« Mit Mühe und Not schaffe ich es, ihn ins Innere des Hauses zu schleifen. Er sieht aus, als würde er gleich bewusstlos werden. Mein erster Instinkt will den Krankenwagen rufen, aber irgendwie finden meine Finger stattdessen Phoenix' Nummer, die er mir gegeben hat, nachdem Hannah im Club zusammengebrochen ist. Es dauert nur ein Klingeln, bis er abnimmt.

»Was ist passiert?« Dass er direkt von etwas Schlimmem ausgeht, macht mich traurig. Kaleb hängt immer noch in meinem Arm, er ist am ganzen Körper verschwitzt.

»Kaleb … er stand eben vor der Tür und ist total neben der Spur. Ich … ich muss einen Krankenwagen rufen, aber ich musste dir zuerst Bescheid geben.«

»Keinen Krankenwagen«, herrscht er mich an. »Er ist voller Drogen, wenn du ihn jetzt ins Krankenhaus schickst, kommt er in eine Klinik und das Jugendamt rückt uns auf die Pelle. Und dann kann niemand wissen, was mit Summer passiert. Leg ihn auf die Couch, gib ihm Wasser und warte auf mich. Ich bin sofort da.«

Phoenix hat nicht gelogen und so stürmt er wenige Minuten nach dem Telefonat bereits ins Wohnzimmer, was mich endlich wieder freier atmen lässt. Kaleb liegt halb bewusstlos auf dem Sofa und faselt immer wieder etwas vor sich hin, das niemand verstehen kann. Die Angst in meinem Inneren war selten so groß.

»Hat er sich übergeben?«, will er wissen und kniet sich neben uns. Alles, was ich hervorkriege, ist ein

Kopfschütteln. »Dann hol einen Eimer aus der Küche, er muss den Scheiß loswerden.« Dass Kaleb ein Problem hat, habe ich immer wieder in Gesprächsfetzen mitbekommen, aber wie schlimm es um ihn steht, war mir nicht klar.

Ihn so zu sehen, bindet einen engen Knoten um mein Herz. Wie aufgetragen, besorge ich unter der Spüle einen Eimer und reiche ihn Phoenix. Dieser rollt seinen Bruder auf die Seite und steckt ihm zwei Finger in den Rachen. Sekunden später beginnt das Würgen und Kaleb übergibt sich in den roten Eimer. Ich musste mich zwingen, nicht ebenfalls zu kotzen, und als ich die kleinen Pillen in seinem Erbrochenen sehe, schießen mir Tränen in die Augen. Das sind unfassbar viele! Ich habe keine Ahnung von Drogen, weil ich nie welche genommen habe, aber das sind sicher zu viele für einen normalen Rausch. Wollte er sich etwa …?

»Wird er wieder?«

Die Angst, dass ihm etwas zustoßen könnte, hat mich vollends im Griff. Bis jetzt wusste ich nicht einmal, dass Kaleb mir etwas bedeutet, aber ihn so zu sehen, reißt mich aus der Bahn. Vielleicht, weil ich weiß, wie wichtig er seinen Brüdern und Summer ist.

»Er muss.« Phoenix' Miene ist kalt wie Stahl und von der Fürsorglichkeit von letzter Nacht ist nicht mehr allzu viel übrig. Er hat den Tunnelblick aufgesetzt und in diesem gibt es nur seinen Bruder. Ich habe schon früh gemerkt, dass er für seine Familie alles geben würde. Erschöpft, obwohl ich den ganzen Tag gegammelt habe, setze ich mich mit dem Rücken gegen das Sofa auf den Boden und ziehe die Beine an den Bauch. Phoenix stellt den Eimer zur Seite und legt seinem Bruder einen kalten Lappen auf die Stirn. Ich würde zu gern wissen, wo er wieder gewesen ist und was er jeden Abend treibt, aber im Moment hat das einfach keine Priorität, also behalte ich die Fragen für mich.

»Wieso?« Meine Frage sorgt dafür, dass er mich das erste Mal direkt ansieht. Seine blauen Augen stehen nicht unter Wasser, aber ich könnte schwören, dass nicht viel fehlt. Ich will ihn fragen, wieso er mich letzte Nacht verlassen hat und warum er nachts auf mich wartet, aber darum geht es gerade am allerwenigsten.

»Wieso was?«

»Wieso tut er das? Er ist noch so jung und ... und er hat doch alles.« Oder nicht? In diesem Moment bereue ich, dass ich mir nie die Zeit genommen habe, ihn besser kennenzulernen. Er hat nie den ersten Schritt gemacht und ich auch nicht.

Phoenix presst die Lippen zusammen und scannt mein Gesicht ab. Als würde er in meinen Augen und Lippen nach einer plausiblen Antwort suchen, die er mir geben kann.

Aber ich kenne die Antwort selbst nicht. Jedes Mal, wenn er mich ansieht, fühlt es sich an, als wäre mein Kopf einfach leer von allem außer ihm.

»Wir haben doch alle unsere Dämonen, nicht wahr?« *Ja, Phoenix, die haben wir. Und aus verqueren Gründen will ich deine kennenlernen und dir im Gegenzug meine zeigen.*

»Phoe?« Kaleb hat, seit ich hier bin, kein Wort mit mir gesprochen. Umso mehr schrillen meine Alarmglocken, als ich mit ihm allein bin, weil Amber nach Summer sieht. Sie stand einfach weinend im Wohnzimmer, weil sie wieder einen Albtraum hatte. Und ihr Bruder, der sich eigentlich um sie kümmern sollte, hat sich lieber irgendwo auf der Straße mit Drogen zugepumpt. Dabei kann ich ihm nicht einmal die Schuld an seiner Lage geben, wenn ich es bin, der ihn erst dazu gemacht hat. Kaleb war ein guter Junge, bis er das erste Mal meinen Drogenvorrat mit seinen Kumpels entdeckt und sich daran bedient hat. Er hat schnell gemerkt, dass es leichter ist, zugedröhnt mit dieser Familie klarzukommen. »Brauchst du etwas?« Ich sehe ihn an, aber er hat die Augen geschlossen. Sein Gesicht hat etwas mehr Farbe als vorhin, aber er sieht immer noch aus wie der Tod auf zwei Beinen. Es ist bei Weitem nicht das erste Mal, dass er so nach Hause gekommen ist oder irgendwo im Vorgarten gelegen hat. Es gibt bessere und schlechtere Tage … heute gehört zu den schlechteren.

»Ich brauche … du weißt schon.« Ich unterbreche sein Murmeln sofort, weil ich ahnen kann, worauf er hinauswill. »Vergiss es. Amber dachte, du würdest sterben. Und du willst schon wieder was nehmen?« Was läuft nur falsch bei ihm? Dabei weiß ich es … das, was aus ihm spricht, ist nicht er, sondern seine Sucht.

»Amber ist mir egal«, knurrt er, aber ich weiß, dass er das nicht mal so meint. Kaleb hat mir viele Dinge an den Kopf geworfen, wenn er auf Entzug war, aber er hat nie etwas davon ernst gemeint und sich meistens bei mir entschuldigt, wenn er wieder high war.

»Mir auch«, lüge ich. »Aber es geht hier nicht um sie. Es geht um dich.« Etwas poltert hinter uns, und als ich mich umdrehe, sehe ich sie. Amber steht regungslos am Esstisch, krallt sich an der Stuhllehne fest, an der sie jeden Morgen lehnt, wenn sie glaubt, dass ich sie nicht sehe. Sie fühlt sich jedes Mal unbeobachtet, dabei sehe ich sie. Ich sehe, wie sie ihre Nase krauszieht, wenn jemand schmatzt. Wie sie immer bei denselben Liedern unter dem Tisch mit dem Bein wippt. Wie ihre Lippen sich kräuseln, wenn Summer etwas zu ihr sagt. Ich sehe sie, mehr als ich sie sehen sollte.

Ihre Augen scheinen unter Tränen zu stehen. Etwa wegen dem, was ich gerade gesagt habe? Ehe ich etwas sagen kann, hat sie sich umgedreht und in ihr Zimmer verzogen. Ihre Tür knallt zu, was mir eindeutig zeigt, dass sie angepisst ist und dass sie alles gehört hat.

»Scheiße.« Mein Blick wandert zu Kaleb, dessen Augen mich jetzt das erste Mal an diesem Abend wieder ansehen. Sie sind blutunterlaufen. »Geh schon. Ich schreie, wenn ich was brauche.« Seine Mundwinkel zucken. Ohne etwas zu erwidern, gehe ich zu ihrem Zimmer und öffne die Tür.

»Anstand hast du echt nicht, oder? Du hättest wenigstens anklopfen können.« Sie sitzt auf dem Bett, hat die Beine an den Bauch gezogen und starrt an die Decke. Dass sie meine Worte verletzt haben, ist nicht zu übersehen. Dabei dachte ich, dass sie mich genauso wenig leiden kann wie ich sie. Unsere gegenseitige Abneigung spürt jeder in diesem Haus, also was ist plötzlich das Problem?

»Mein Haus, meine Regeln«, antworte ich und versuche, ihr nicht zu zeigen, dass es sehr wohl etwas in mir anstellt, sie so zu sehen.

»Ich habe verstanden, dass du mich hasst und hier nicht haben willst.« Endlich sieht sie mich an. Ich habe mich mittlerweile auf ihr Bett gesetzt, aber sie ist sofort weggerutscht, damit ich ihr nicht zu nahe komme. Ob sie Angst vor mir hat?

»Ich hasse viele Dinge.« Mein Schulterzucken scheint die Wut in ihr noch größer werden zu lassen. »Aber *du* gehörst nicht dazu.« Wieso ich mich vor ihr so öffne, weiß ich nicht. Verdammt, ich spreche mit niemandem so! Ihre Augen weiten sich, und dann presst sie die Lippen fest zusammen. Ich sollte einfach gehen und sie weiter in dem Glauben lassen, aber ein Teil in mir will das hier klarstellen.

»Wirklich witzig, Phoenix. Gehört das zu deinem grandiosen Plan, mich rauszuekeln? Ich habe gehört, was du gerade zu Kaleb gesagt hast, also spiel jetzt nicht den Helden.« Ich weiß nicht, ob ich an dieser Stelle einfach wieder dichtmachen oder die Wahrheit sagen sollte.

Weil ich nicht antworte, springt Amber vom Bett und läuft zur Tür, doch ehe sie verschwinden kann, habe ich sie aufgehalten. Jetzt steht sie mit dem Rücken an der Wand vor mir und kann nirgends hin. Ich kessle sie ein und dränge sie in die Ecke.

»Dass du mir egal bist, heißt nicht, dass ich dich hasse«, raune ich und spüre, wie sie vor mir zittert. Ich lege meine Hand an ihre Taille und ignoriere die Stromschläge, die dabei durch meine Finger gleiten. Sie fühlt sich gut an. Und das erste Mal, seit sie hier ist, frage ich mich, wie es wäre, in ihr zu sein. Wie es wäre, diese vollen Lippen an meinen zu spüren. Das erste Mal lasse ich zu, dass mein Körper wirklich auf sie reagiert. Schmerzend pocht mein Schwanz gegen den Stoff meiner Unterhose und ich kann nur ihre blasse Haut ansehen. *Wie verdammt zerbrechliches Porzellan.*

»Was soll besser daran sein?«, fragt sie leise. Der Anflug von ihren Tränen ist längst verschwunden, stattdessen brennt ein Feuer in ihren Augen, das mir viel zu sehr gefällt. Sie ist eine Last für uns und doch gefällt mir der Gedanke, dass sie eines Tages weg sein könnte, nicht. Gott, ich bin hinüber.

»Wenn ich dich hassen würde …« Ich lasse den Kopf herunter und verweile über ihrer Schulter. Sie spannt ihren zierlichen Körper unter mir an, weil ich ihr so nah bin. »… wärst du nicht mehr hier.« Meine Worte stocken, und als sie sich dichter an mich schiebt, spürt sie meine Härte. Ein Lächeln umspielt ihre Lippen, als sie mit den Fingern langsam über meinen Bauch gleitet und meinen Schritt passiert, ohne ihn dabei zu berühren. Sie quält mich. Und ich platze fast. Meine Muskeln spannen sich an, um sich dann wieder schmerzend zu lösen.

»Amber«, knurre ich sie an und stehe kurz davor, die Beherrschung, die ich mir all die Jahre antrainiert habe, einfach zu verlieren. Ihre Fingerspitzen wissen genau, was sie tun müssen. Wo sie mich berühren – oder auch nicht berühren müssen –, um mich aus der Reserve zu locken. »Phoenix«, stöhnt sie meinen Namen und klingt viel zu gut dabei. In meinen Gedanken habe ich sie längst auf das Bett geschmissen, aber ich weiß, dass ich bei Kaleb sein muss. Er ist es, der mich jetzt am allermeisten braucht. »Weißt du, was das Witzige hieran ist?«, will sie wissen und ihr Augenaufschlag killt mich. Sie müsste ihn nur einmal in den Mund nehmen und …

»Was?« Mein Herz schlägt schneller.

»Ich weiß jetzt, dass du mich nicht hasst«, murmelt sie. Und etwas in mir ahnt, dass dieses Gespräch anders endet, als ich es mir erhofft hatte.

»Aber das ändert nichts daran, dass dein Körper mich will. Zu dumm nur, dass ich dich nämlich wirklich hasse.« Sie schubst mich von sich und greift nach der Türklinke. Im nächsten Moment stehe ich alleine hier. Alles dreht sich und mein Schwanz tut weh, weil er so hart ist. Dieses kleine Biest … von wegen Porzellan. Amber ist wie verdammter Granit.

»Ich werde dir schon noch zeigen, was du wirklich willst.« Das Spiel hat längst begonnen, jetzt ist nur die Frage, wie es endet.

AMBER

Der Triumph liegt in Form eines Lächelns auf meinen Lippen. Auch dann noch, als Phoenix schnaufend ins Wohnzimmer kommt. Seine Wut hängt wie ein dicker Schleier in der Luft und auch sein Bruder bemerkt ihn. Kaleb sieht zwischen uns hin und her. Er liegt immer noch unverändert auf dem Sofa, aber die Farbe kommt ganz langsam in sein Gesicht zurück, was mich mit Erleichterung erfüllt.

»Ihr habt gevögelt. Dafür ging das aber schnell. Du warst mal besser in deiner Ausdauer, Phoe«, lacht er und bricht anschließend in Husten aus. Ich schnappe mir das Glas mit Wasser und führe es an seine Lippen, damit er seine Kehle befeuchten kann. Zum einen, damit ich ihm etwas Gutes tun kann, zum anderen, damit er keinen Unsinn mehr von sich geben kann.

Phoenix und ich … nein. »Wir haben nicht gevögelt.« Ich bin diejenige, die das klarstellen will. Phoenix denkt nicht mal daran, mir beizupflichten. Mit bösen Blicken will ich ihn dazu bringen, mir recht zu geben, aber er steht nur im Türrahmen und zuckt mit den Schultern. Wenn der Teufel ein typisches Grinsen hätte, würde er das auf seinem Gesicht als Vorlage nutzen.

»Schon klar.« Kalebs Husten hat aufgehört und ich bin fast schon wieder wütend auf ihn, auch wenn ich mir gerade noch tierische Sorgen um ihn gemacht habe. Etwas klingelt, und dann höre ich, wie Phoenix ein Gespräch annimmt. Er wirft einen Blick auf die Armbanduhr an seinem rechten Handgelenk.

»Scheiße, mir kam etwas dazwischen.« Er geht mit druckvollen Schritten an uns vorbei zur Terrassentür, die er mit einem Schwung öffnet und nach draußen tritt. Anscheinend will er nicht, dass wir etwas von seinem Gespräch mitbekommen. Aber er spricht immer noch laut genug, dass wir jedes Wort verstehen können.

»Ich weiß, dass es wichtig ist.« Er sieht zu uns. »Aber ich habe einen privaten Notfall und kann nicht weg. Können wir es auf morgen Abend verlegen?« Sekunden später finde ich mich an der Tür wieder.

Keine Ahnung, welche Hirngespinste mich dazu verleiten, als ich mich Folgendes sagen höre: »Ich kann hier bei ihm bleiben. Geh ruhig.« Phoenix erstarrt und drückt dann das Gespräch weg. Mit zusammengekniffenen Augen sieht er mich an. »Hast du nicht eigene Angelegenheiten, um die du dich kümmern musst?«

»Nein«, antworte ich ehrlich. »Du hast mir sozusagen verboten, wieder arbeiten zu gehen. Also versauere ich ohnehin hier. Ich kann bei ihm bleiben, wenn ich eh nichts anderes tun kann. Geh ruhig und erledige … was auch immer.« Sein Blick wandert zum Sofa, aber man kann Kaleb durch die Lehne nicht sehen. Ich bin mir sicher, dass er mir dankbar wäre, wenn Phoenix ihm keine Vorwürfe mehr macht, wieso er sich dermaßen abgeschossen hat.

»Das ist nicht deine Aufgabe«, erinnert er mich nicht gerade liebevoll daran, dass das hier nicht meine Familie ist. Das hat er mir mehr als einmal zu verstehen gegeben und ich habe es mittlerweile wirklich kapiert.

»Ist es nicht. Aber ich kann deine Nähe heute einfach nicht mehr ertragen. Also tu uns beiden den Gefallen und geh einfach.« Eine Antwort von ihm warte ich gar nicht mehr ab, stattdessen gehe ich wieder rein und setze mich auf den Sessel neben Kaleb. Phoenix folgt mir und verschwindet dann, ohne ein Wort zu verlieren. Die Tür kracht ins Schloss und Kaleb zuckt zusammen.

»Wie zur Hölle hast du es geschafft, ihn zum Gehen zu bringen?« Je länger ich hier bei ihm bin, desto mehr frage ich mich, wie seine Geschichte wohl aussieht. Dass Phoenix etwas im Griff hat, wissen alle … aber

Kaleb sieht genauso gezeichnet aus. Er ist wahnsinnig hübsch, aber eindeutig zu jung für mich. Seine blauen Augen sind blutunterlaufen durch den Stoff, der seine Blutbahnen verseucht, aber sie bringen unter normalen Umständen sicher viele Mädchen um den Verstand. Ich ziehe die Beine auf den Sessel und grinse, der Triumph steckt mir immer noch in jedem einzelnen Knochen.

»Ich musste ihm nur ein bisschen auf den Sack gehen. Mehr nicht. Falls du es noch nicht mitbekommen hast: Ich bin quasi der Erzfeind deines Bruders.«

Er lacht, was ihm durch seine gesundheitliche Lage schwerfällt. »Danke.«

»Wofür? Er sorgt sich doch um dich.« Das war immerhin nicht zu übersehen. Phoenix ist mehr Mutter, als Hannah es ist. Er kümmert sich liebevoll um seine Schwester und würde alles für seine Brüder tun. Etwas – wenn auch das Einzige –, was ich ihm hoch anrechnen muss. Nicht jeder würde sich so für seine Familie ins Zeug legen.

»Ja, aber er nervt mich damit auch. Er übertreibt einfach oft … also, danke. Jetzt tut mein Kopf schon gar nicht mehr so weh.«

»Weißt du, wo er abends immer ist? Ich meine, nicht dass es mich was angeht, aber meine Neugier muss gestillt werden.« Mein Themenwechsel kommt selbst für mich unerwartet.

»Er dealt.« Ich verschlucke mich an meinen Gedanken, die zu rasen beginnen, sobald ich seine Worte verinnerlicht habe. Kaleb lässt die Bombe einfach platzen, ohne dabei mit der Wimper zu zucken?

»Er dealt?« Meine Stimme schnellt leicht in die Höhe, und die Tatsache, dass Kaleb nach einem Drogenabsturz vor mir liegt, sollte mich lieber den Mund halten lassen. Immerhin ist er derjenige, der auf der anderen Seite des Abgrundes steht, gegenüber von seinem Bruder, der das Zeug an den Mann bringt. Ich versuche, mir vorzustellen, wie er sich mit seinen Kunden trifft und sie ein Stück weiter an den Abgrund schiebt. Wie kann er das Zeug verkaufen, wenn sein kleiner Bruder regelmäßig davon abstürzt und ihm Kopfzerbrechen bereitet?

»Klar. Was denkst du, wie ich das erste Mal an das Zeug gekommen bin? Seine Verstecke waren anfangs echt schlecht.« Kalebs Augen funkeln und ich frage mich, wie tief er schon in diesem Sumpf steckt. Ich kenne mich mit Drogen nicht aus, aber das vorhin war schon heftig. Etwas rührt sich in mir. Kaleb erzählt mir freiwillig etwas über sein Leben, obwohl wir bis jetzt kaum zwei Sätze miteinander gewechselt haben. Dass er seine ersten Drogen von Phoenix haben soll, sorgt für eine mir unbekannte Schwere in meiner Brust.

»Das ist ... Wow.«

»Tja, die Nolans sind immer eine gute Anlaufstelle für ein bisschen Drama. Hier wird einem nie langweilig.« Er dreht sich auf die Seite und plötzlich sieht er wieder schlechter aus. Die Schweißperlen stehen auf seiner Stirn und ich lege meine Hand gegen sie.

»Du glühst ja.« Mein Herz schlägt schneller, weil ich Angst bekomme. Ich kenne mich nicht mit drogenbedingten Abstürzen aus! Und ich bin alleine mit einem Teenager, den ich eigentlich nicht kenne. Es war dumm, zu glauben, dass ich das hier alleine und ohne Hilfe hinkriegen würde. Was, wenn Summer plötzlich wieder im Raum steht und wissen will, was mit ihrem Bruder passiert ist? Was sagt man einer Vierjährigen? Ganz sicher nicht die hässliche Wahrheit, sie hat ohnehin schon genug Albträume.

»Normal«, murmelt er.

»Habt ihr etwas gegen Fieber hier?« Vielleicht sollte ich lieber wieder Phoenix anrufen und ihn herbitten, jetzt, da ich weiß, wieso er gehen musste. Es sollte mir egal sein, dass er sich da draußen auf den Straßen in Gefahr begibt, aber das ist es nicht. Wie viele Dealer haben wohl schon auf den Straßen in Chicago ihr Leben gelassen? Man kann sie sicher nicht mehr zählen.

»Wir haben nie Medikamente im Haus, damit Mom sie nicht nimmt.« Hannah hat also nicht nur ein Problem mit Alkohol, sondern auch mit Medikamenten? Da sich Kalebs Zustand zusehends verschlechtert, muss ich etwas unternehmen. Ich kann auf keinen Fall tatenlos hier sitzen bleiben und ihm dabei zusehen, wie ihm immer heißer wird und seine Lider immer schwerer.

»Ich könnte dir etwas aus der Apotheke holen. Die ist doch direkt um die Ecke, ich wäre schnell wieder da.« Kaleb scheint ohnehin alles egal zu sein, also nickt er. Meine Gedanken wandern zu Summer.

Ich weiß, dass sie längst im Traumland ist, und dass ihre Albträume besser geworden sind, seit Noah bei ihr schläft … *außerdem bin ich nur fünf Minuten weg.*

»Klar. Geh. Ich werde schon nicht verrecken.« Seine harte Wortwahl lässt Tränen in meine Augenwinkel schießen. Sollte ich gehen oder einfach bei ihm bleiben und hoffen, dass das Fieber von allein zurückgeht? Aber wie hoch stehen die Chancen?

»Hey, das war ein Witz. Nun geh schon.« Sein Blick ist für seinen Zustand wieder erstaunlich klar auf mich gerichtet. Ich kritzle meine Telefonnummer auf eine alte Zeitung und deute auf sie.

»Falls etwas ist, ruf mich sofort an. Ich beeile mich.« Ich bin schon fast aus dem Raum, als ich ihn etwas sagen höre. »Amber?«

»Hm?« Ich blicke ihn über die Schulter an und sein Anblick bricht mir das Herz. »Du bist echt in Ordnung. Phoenix wird das auch noch schnallen.« Dass seine Worte mir ein Lächeln entlocken, verberge ich nicht. Mit den Lippen forme ich ein *Danke* und verschwinde dann aus dem Haus, obwohl ich Phoenix und Kade versprechen musste, es nicht zu verlassen …

»Ich brauche etwas gegen Fieber. Hohes Fieber.« Die Dame hinter der Glasscheibe der Notfallapotheke sieht mich fragend an. Motiviert sieht sie jedenfalls nicht aus. »Bei Erwachsenen«, füge ich noch hinzu. Sie rollt mit ihrem Stuhl nach hinten und öffnet einen Schrank nach dem anderen, um ein passendes Medikament zu finden, ohne sich dabei von dem Stuhl zu bequemen.

Der Gedanke, an ihrer Stelle mitten in der Nacht hier hinter einer dünnen Glasscheibe zu sitzen, sorgt für Schauder über meinem Rücken. Chicago ist wirklich alles andere als einladend, sobald die Sonne untergeht. *Und Phoenix lebt in der Nacht, um Drogen zu verticken.* Der Gedanke daran geht mir einfach nicht mehr aus dem Kopf. Seit ich das Haus verlassen habe, kann ich nicht aufhören, daran zu denken und mir vorzustellen, wie viele Leben er damit schon ruiniert hat, nur, um das seiner Familie zu retten.

»War's das?« Die Dame hat anscheinend auch nicht sonderlich viel Lust auf ihre Nachtschicht. Freundlichkeit hat sie jedenfalls nicht mit Löffeln gefressen. Ich nicke und pfriemle einige Scheine aus meiner dünnen Jackentasche. »Macht dann siebzehn Dollar.« Erschrocken über den hohen Preis trenne ich zwei Zehner von meinem Geldbündel ab und lege sie in die Luke, die mich von der Frau trennt. Sie hat dunkel gefärbtes Haar. Dass sie von Natur aus schon ergraut ist, verrät ihr Ansatz. Die Frau öffnet ihre Kasse, legt die Scheine hinein und das Medikament gemeinsam mit dem Restgeld in die Luke, um sie wieder zu mir herüberzuschieben.

»Danke. Schönen Abend Ihnen noch.« Beim Gehen höre ich sie dasselbe murmeln, nur weniger freundlich. Es ist kalt draußen und ich sehne mich nach den warmen Temperaturen des Sommers. Das hasse ich an dieser Stadt am meisten: die Kälte. Wie gern würde ich irgendwo wohnen, wo es das ganze Jahr über warm ist. Kälte habe ich auch ohne Schlechtwetter genug in meinem Leben, die leeren Straßen mit den unschönen, grauen Gebäuden schaffen mir da nicht unbedingt Abhilfe.

»Na, wen haben wir denn da?« Die Stimme eines Mannes lässt mich zusammenfahren. Abrupt drehe ich mich um und sehe dem Kerl in die Augen, der mich über die letzten Wochen finanziert hat.

Mein Boss – der Besitzer des *Temptation* – zieht an seiner Zigarre und sieht mich wütend an. Scheiße. Mein Instinkt will mich zur Flucht treiben, aber ich weiß, dass der Kerl mich in der Hand hat.

Er würde durch Hannah ohnehin an mich herankommen, sollte ich bei den Nolans bleiben. Also bleibe ich angewurzelt an Ort und Stelle stehen.

»Meine süße, kleine Amber, die in diesem Moment eigentlich hinter der Bar mit ihren süßen, kleinen Titten Geld verdienen sollte.« Er packt mich am Arm und der Druckschmerz durchzieht mich wie ein roter Faden.

»Ich bin krank geworden«, lüge ich auf die Schnelle und zeige ihm die Medikamente, die ich gerade gekauft habe. Mein Boss schenkt der Verpackung keinerlei Beachtung. Was hatte ich auch erwartet? Dass er mich mit einem *Gute Besserung* abspeist und gehen lässt? Dieser Mann kennt nur sein Geschäft, und wenn ich nicht hinter der Bar stehe, macht er Miese.

»Du hast unter deiner Jacke kaum was an. Verarsch jemand anderen, Kleine.« Er drückt fester zu und schiebt mich in Richtung eines schwarzen Wagens, der am Wegesrand mit laufendem Motor steht. Mist, was hat er vor?

»Ich muss jetzt wirklich nach Hause.« Kaleb braucht mich! Und Phoenix wird mich umbringen, wenn er heimkommt, und ich weg bin.

Ganz davon abgesehen, dass ich Kaleb nicht Bescheid sagen könnte, wo ich stecke, weil ich seine Nummer nicht habe. Er wird denken, dass ich ihn im Stich gelassen habe und alle Fortschritte, die wir gemacht haben, werden zunichtegemacht sein.

»Morgen Abend bin ich wieder fit und im Club, versprochen.« Aber mein Protest scheint ihn noch weniger zu jucken als der prasselnde Regen, der jetzt einsetzt und in Sekundenschnelle unsere Kleidung durchnässt.

»Wir haben heute eine unterbesetzte Bar. Also wirst du auch heute deinen Arsch hinter sie schwingen. Verstanden?« Er öffnet die Tür des Wagens und deutet hinein. Weil ich nicht sofort reagiere, drückt er mich nicht gerade zimperlich auf den Sitz. Sein Atem riecht nach kalter Zigarre und lässt mich würgen. Meine Knie zittern und ich schlucke die Angst herunter.

»Entweder du kommst jetzt mit und machst deinen Job, oder dein Gang zur Apotheke wird dein letzter gewesen sein.« Seine Drohung kommt sofort bei mir an, also nicke ich nur. Die Packung mit den Medikamenten für Kaleb fällt auf den Boden des Wagens und ich lege den Kopf in den Nacken. Wieso habe ich nicht auf die Jungs gehört? Summer ist mit Kaleb allein … und das wird Phoenix mir niemals verzeihen.

»Wer war die Kleine, die ich am Telefon im Hintergrund gehört habe?« Jax, der sich das Viertel mit mir teilt, sieht mich grinsend an. Er will immer, dass ich ihm etwas über mich erzähle, aber da ist er bei mir an der falschen Adresse. Das hier ist nur eine geschäftliche Beziehung, ich lege nicht viel Wert auf eine Freundschaft, die darüber hinausgeht. Bis jetzt sind wir uns noch nie in die Quere gekommen, aber ich bin mir sicher, dass er es insgeheim doch auf meine Kunden abgesehen hat. Aber die Leute wissen auch, dass auf mich mehr Verlass ist als auf ihn. Wenn jemand nachts um drei Stoff braucht, dann liege ich ohnehin meistens wach im Bett, während Jax selbst im Rausch ist und nichts mehr auf die Kette kriegt.

»Niemand.«

174

»Für einen Niemand hat sie aber eine verdammt scharfe Stimme.« Er leckt sich über die Lippen und ich würde ihm diese gern blutig schlagen. Nicht nur, weil er mir ohnehin auf die Eier geht, sondern auch, weil er nicht so über Amber reden soll. Was völlig behindert ist, wenn ich es bin, der sie täglich so behandelt. Ich habe kein Recht dazu, aber ich kann auch nicht damit aufhören.

»Sind wir dann fertig hier?« Er zählt die Scheine und nickt zufrieden. Anschließend öffnet er den Kofferraum seines Wagens und deutet auf den Inhalt. Die Päckchen sind schon abgefüllt, sodass ich damit keine Arbeit mehr habe. Grob zähle ich die Tüten, stopfe sie in meine schwarze Sporttasche, und stelle sie anschließend in meinen eigenen Kofferraum. Immer, wenn Summer mich fragt, was ich da drin habe, wird mir kurz schwarz vor Augen. Mir ist egal, was die Leute von mir halten, nur bei ihr … bei ihr ist es anders. Ich weiß, dass ich weiter davon entfernt bin, ein Held zu sein, als die Menschen vom Mond. Aber in manchen Momenten gibt sie mir das Gefühl, ich sei ihr Held. Und das hat mir in den letzten vier Jahren echt den Arsch gerettet.

»Immer wieder nett, mit dir Geschäfte zu machen, Nolan.« Jax boxt mir gegen die Schulter und geht zur Fahrerseite seines rostigen Fords. Dass er seine Kohle lieber selbst für den Stoff ausgibt und durch seine Nase zieht, sieht man an der Karre.

175

»Ach – und grüß die Kleine von mir.« Mit einem Zwinkern ist er eingestiegen. Einen Moment verharre ich noch, selbst dann, als er den Gang einlegt und den Parkplatz verlässt. Erst als ich im Augenwinkel das Blaulicht eines Streifenwagens sehe, der eindeutig zum festen Bild des Chicagoer Nachtlebens gehört, nehme ich die Beine in die Hand und verschwinde.

Als ich das Haus betrete, stelle ich mich darauf ein, gleich Amber über den Weg zu laufen. Doch als meine kleine Schwester in ihrem Pyjama stattdessen vor mir steht, läuten meine inneren Alarmglocken. Neben ihr sitzt Ambers Hund, der mich schwanzwedelnd begrüßt, aber ich habe nur Augen für meine Schwester, die eigentlich in ihrem Bett liegen und schlafen sollte.

»Hey, meine Süße. Was machst du denn wieder auf?« Summer hüpft von einem Bein aufs andere. »Ich wollte mit Amber bielen, aber sie ist nicht da.« Ich presse die Lippen zusammen und ahne das Schlimmste. Auf die Knie gehend, sehe ich meine kleine Schwester an. »Hör zu, Sum. Es ist spät und du weißt doch, dass Prinzessinnen ihren Schönheitsschlaf brauchen. Amber spielt morgen wieder mit dir.«

Sie lässt enttäuscht ihre Schultern hängen, nickt aber. Auch wenn ich ihr vieles durchgehen lasse, weiß sie, wann ich es ernst meine.

»Okay.« Sie streichelt Noah, der als Antwort über ihre Hand schleckt. Ich sehe ihr zu, wie sie gefolgt von dem Hund ihr Zimmer ansteuert, und stürme anschließend ins Wohnzimmer. Kaleb liegt unverändert auf dem Sofa, aber von Amber fehlt jede Spur.

»Wo ist sie?« Wie wütend ich bin, merke ich erst, als meine Stimme vibriert. Kalebs Zustand scheint sich verschlechtert zu haben, er öffnet nicht einmal die Augen.

»Wer?«

»Na Amber! Wo ist sie?« Sie hat mir gesagt, dass sie hier bei ihm bleibt, und jetzt ist sie verschwunden? Kaleb stöhnt auf und wirft einen Blick auf sein Handy. Auf dem Tisch liegt eine alte Zeitung, auf der jemand seine Nummer gekritzelt hat. Vermutlich ihre. Was denkt sie sich eigentlich? Gehört das zu ihrem perfiden Plan, gegen mich zu spielen? Ich renne zu Summers Zimmer, und entspanne mich minimal, als ich sie friedlich in ihrem Bett finde. Als ich wieder im Wohnbereich bin, flackert meine Wut erneut auf.

»Sie wollte zur Apotheke, mir etwas gegen das Fieber holen.«

»Wann war das?« Die Apotheke ist nur zwei Straßen entfernt, wenn sie also nicht gerade erst gegangen ist, müsste sie schon längst zurück sein. Und da ich sie auf dem Weg hierher nirgends gesehen habe, fällt diese Theorie auch flach. Kaleb atmet schwer, hat seinen Arm über die Augen gelegt.

»Vor einer Stunde, vielleicht?« Er scheint in seiner eigenen Welt zu sein und gar nicht zu checken, was das bedeuten könnte. Ich kenne Amber nicht gut, aber ich weiß, dass es einen Grund haben muss, wieso sie so lange weg ist. Dass ihr meine Geschwister am Herzen liegen, hat sie schon mehrere Male unter Beweis gestellt, wieso sollte sie sich jetzt aus dem Staub machen?

»Eine Stunde?«, brülle ich fast. Mein Körper steht unter Strom und ich weiß nicht einmal, wovor ich eigentlich Angst habe. Kaleb ist hier und am Leben, Kade hat mir erst vor einer Stunde geschrieben, dass es ihm gut geht. Summer liegt in ihrem Bett. Mom ist arbeiten … alle Menschen, die mir etwas bedeuten, sind in Sicherheit. Nur Amber … Amber, die mir egal sein sollte, ist nicht da. Wo zur Hölle steckt sie also?

AMBER

»Scheiße, Amber. Was hat das zu bedeuten?« Nachdem mich der Boss zurück in den Club gebracht hat, kam Phoebe sofort auf mich zugestürmt. Ich muss aussehen, als hätte ich einen Geist gesehen, denn genau so sieht sie mich jetzt an.

»Ich war krank, aber dann hat er mich abgefangen«, lüge ich. Dabei missfällt es mir wirklich, ihr nicht die Wahrheit zu sagen. Phoebe sieht mich mit krauser Stirn an und scheint mir nicht zu glauben. Ich war schon immer eine miserable Lügnerin, was sich jetzt wieder zeigt.

»Und das soll ich dir glauben?« Sie zieht die Augenbrauen hoch und ich blicke mich um. Die Bar ist fast leer und generell sind nur wenige Gäste hier. Von wegen unterbesetzt. Ich nutze die Chance, um mit meiner Kollegin im hinteren Bereich zu verschwinden. Wie ein wildes Tier laufe ich vor ihr auf und ab, weiß nicht, ob ich lachen oder weinen soll, weil ich am Ende des Tages doch wieder hier gelandet bin.

»Okay, ich hab gelogen.«

»Was du nicht sagst. Du warst einfach nicht bei der Arbeit, ohne einem von uns Bescheid zu sagen. Was war denn los?« Sie ist nicht wütend auf mich, aber der Vorwurf in ihrer Stimme klingt deutlich mit. Im ganzen Raum sind wir allein und so fühle ich mich frei genug, um ihr den wahren Grund zu verraten.

»Es war gestern Abend. Ich wollte nach meiner Schicht schnell heim, aber dann war da dieser Kerl im Park …« Mir steckt ein Schluchzen im Hals und Phoebe fallen fast die Augen heraus. Immerhin enden Storys, die so beginnen, selten gut.

»Bitte sag mir nicht, dass du auf das hinauswillst, wonach es sich anhört.« Um ihr die schlimmsten Szenarien aus dem Kopf zu nehmen, antworte ich schnell.

»Es ist nicht wirklich etwas passiert. Er hat mich nur angesprochen, dann an der Schulter gepackt und mich angemacht.«

»Ja und dann? Nun lass dir doch nicht alles aus der Nase ziehen!« Dass sie sich wahnsinnige Sorgen macht, sehe ich. Und somit deklariert sie sich zur besten Freundin, die ich wohl je hatte. Meine anderen Freundinnen haben sich nur um sich geschert. Was vermutlich der Grund dafür ist, dass ich keine von ihnen lange an meiner Seite behalten habe. Ich war immer eine Einzelkämpferin. Gemeinsam mit meiner Mom gegen den Rest der Welt. Bis … er kam und sie mir weggenommen hat.

»Er hat gesagt, dass er mich hier im Club gesehen hätte. Er muss mir also gefolgt sein. Jedenfalls hat er mir dann zwischen die Beine gegriffen und ich habe ihm in die Eier getreten.« Die Erinnerung hat mich immer noch im Griff. Es gab nur wenige Momente in meinem Leben, in denen ich wirklich Angst hatte, gestern Nacht war einer davon.

»Scheiße, dieser Wichser!« Phoebes Augen brennen vor Wut. »Ich habe es dann geschafft, abzuhauen. Aber er hat mir geschworen, dass er mich wiedersehen würde. Ich bin nach Hause gerannt und irgendwie zusammengebrochen.« Sie nickt. »Das ist verständlich. Hast du das dem Boss denn nicht so gesagt?«

»Hätte das wirklich was gebracht? Er hat mir gedroht. Wenn ich nicht meinen Arsch in den Club schwinge, wird er mich dazu bringen.« Jetzt ist es Phoebe, die auf und ab läuft. Wieso tun Menschen das eigentlich immer? Es ist ja nicht so, dass sich dadurch die Probleme in Luft auflösen. Und doch erwische ich mich selbst immer wieder dabei.

»Scheiße. Und ich war nicht für dich da«, jault sie verzweifelt. Ich packe sie an den Schultern und sehe sie an. »Hey, Süße. Du konntest nicht da sein.«

»Aber du warst ganz allein danach. Du hättest mich anrufen müssen, dann wäre ich sofort vorbeigekommen!« Vermutlich wäre das die beste Lösung gewesen, aber schließlich kam ich gar nicht dazu.

»Ich war nicht allein.« Meine Worte lassen sie innehalten. »Phoenix war für mich da.« Wie absurd diese Worte sind, fällt mir auf, als ich es das erste Mal laut ausspreche. Ich erinnere mich wieder an seine Umarmung, seine Hände auf meiner Haut. Sie hält den Atem an.

»Phoenix also ... der Phoenix, von dem du vehement behauptest, dass ihr euch wie die Pest hasst?« Sie hat mir von Anfang an nicht abgekauft, dass wir uns hassen. Aber ein Teil in mir hat wirklich gehofft, dass es stimmt. Es wäre einfacher gewesen als die Gefühle, mit denen ich jetzt kämpfe.

»Vielleicht können wir uns auch einfach nur nicht leiden.« Und selbst das scheint nach letzter Nacht hinfällig zu sein, aber ich werde nicht weiter vor ihr ins Detail gehen.

»Schon klar.« Sie schmunzelt und plötzlich ist der Schrecken von gestern vergessen. »Jedenfalls haben Kade und Phoenix gesagt, dass sie mich nicht mehr in den Club lassen und haben mich sozusagen eingesperrt.«

»Und wieso bist du dann draußen gewesen? Oder hat der Boss dich bei den Nolans abgeholt?« Phoebe versucht, zu rekonstruieren, was passiert ist.

»Nein. Vor ein paar Stunden stand Kaleb vor der Tür – total hinüber. Keine Ahnung, was für Drogen er intus hatte, aber ich dachte, er stirbt. Ich habe ihm dann Medikamente besorgen wollen und da hat er mich gesehen und mich gezwungen, mitzukommen.« Sie murmelt ein Mist in sich hinein, aber wir kommen nicht dazu, weiter zu reden, als eine tiefe Männerstimme ertönt. »An die Arbeit, ihr kleinen Schlampen. Sonst endet ihr beide als Bettvorleger in meinem Haus.«

Die Schicht läuft – trotz der Umstände – gut. Meine Gedanken sind trotzdem die ganze Zeit bei Kaleb. Was, wenn ihm mittlerweile etwas passiert ist? Wie sehr mich die ganze Sache im Griff hat, merke ich jedes Mal, wenn ich einem Gast einen Drink einschütte. Meine Hände zittern wie Espenlaub. Als ich gerade die Sauerei auf dem Tresen wegmachen will, die mein Zittern hinterlassen hat, packt mich jemand bei der Hand.

»Na, wen haben wir denn da?« Ich erstarre. Ich kenne diesen Händedruck. Ich kenne diese Stimme. Meine Augen schnellen nach oben, direkt in seine. Der

Typ von letzter Nacht steht mit dem ekligsten Grinsen vor mir, das ich je an einem Menschen gesehen habe. Und das, obwohl ich mit Phoenix Nolan zusammenwohne. »Ich habe doch gesagt, dass ich dich wiederfinde«, surrt er und lässt seinen Blick über mich wandern. Mit Kraft versuche ich, mich ihm zu entziehen, aber der Druck auf mein Handgelenk wird stärker. Er hat mir gesagt, dass er mich findet und hier ist er. »Ich dachte nur, dass es länger dauern würde.«

»Lass. Mich. Los.« Meine Aufforderung lässt ihn völlig kalt, stattdessen wandert er mit den Fingerspitzen ein Stück meine Arme hinauf. »So weiche Haut.« Seine Worte lassen das Blut in meinen Adern gefrieren und der lüsterne Ausdruck auf seinem Gesicht gibt mir den Rest.

»Du sollst mich loslassen.« Hilfe suchend sehe ich nach Phoebe, aber da sie auf der anderen Seite der Bar beschäftigt ist, sieht sie mich nicht. Auf keinen Fall will ich die Aufmerksamkeit des ganzen Clubs auf mich ziehen und den Boss noch wütender machen. Jedes Drama könnte noch schlimmer für mich enden, das hat er mir klargemacht.

»Das ist, was *du* willst.« Hier unter dem Licht der Bar sehe ich, dass er sogar ziemlich attraktiv ist. Und doch erschaudert mich ein Blick in seine Augen. Wie viele Frauen hat er mit diesen Augen schon um den Finger gewickelt?

»Weißt du, was *ich* will, Süße?« Er legt den Kopf schief, und gerade als ich doch um Hilfe rufen will, wird er von der Bar gezerrt. Alles geht so schnell, dass ich ihn erst nicht erkenne. Er trägt einen schwarzen Hoodie und hat den Kopf unter der Kapuze versteckt. Er schleudert den Kerl zu Boden und rammt ihm seine Faust ins Gesicht. Sekunden später rinnt Blut aus seiner Nase, das einfach nicht aufhören will.

»Anscheinend willst du sterben.«

Phoenix.

Selten – oder gar nie – habe ich mich so über seine Stimme gefreut. Der Kerl versucht, sich unter ihm wegzudrehen, aber Phoenix ist stärker und hält ihn mit Leichtigkeit auf dem Boden fest. Mittlerweile ist auch Phoebe bei mir und der ganze Laden beobachtet das Schauspiel angeregt. Als wären sie Teil einer Daily Soap. Vermutlich finden es die Gäste aufregend, dass hier mal etwas passiert.

»Runter von mir, du Pisser!«, keift der Typ und dabei spritzt das Blut in alle Richtungen. Es dauert einen kurzen Handgriff und schon hat er eine Klinge am Hals, die ihn verstummen lässt.

»Weißt du, was man mit Pennern wie dir machen sollte?« Er führt das Messer weiter nach unten in Richtung seines Schrittes. Das Getuschel der Leute um uns wird lauter. Die Frauen verstecken sich hinter den Gästen und haben Angst in den Augen, die Männer hingegen schließen innerlich schon Wetten auf den

185

Sieger ab. Phoenix sagt nichts mehr, stattdessen fährt er mit dem Messer zwischen seine Beine, so wie er gestern mit einer Hand zwischen meinen war. Ekel überkommt mich wie eine Lawine. Der Kerl beginnt, zu wimmern und ihn anzuflehen, was Phoenix nur laut lachen lässt. Seine Kapuze ist ihm vom Kopf gerutscht und ich kann sein Gesicht sehen. Er schenkt niemandem Beachtung, nur dem Kerl unter ihm. Unter dem Licht der Bar wird die Narbe an seiner Stirn zur Geltung gebracht und ich frage mich jedes Mal, wenn ich ihn sehe, was mit ihm passiert ist. Was ihn derart gezeichnet hat und wo diese Narbe ihren Ursprung herhat.

»Lass die Finger von ihr, verstanden?« Mein Herz schlägt wild in meiner Brust und ich schaffe es nicht einmal, Phoebe zu antworten, die wissen will, was hier eigentlich los ist. Meine ganzen Sinne fixieren sich auf ihn. Er beschützt mich … und wieder habe ich einen kleinen Beweis mehr, dass er mich nicht hassen kann.

»Okay, okay.« Der Kerl gibt auf. Phoenix lässt von ihm ab, aber nicht, ohne ihm noch einmal seinen Stiefel zwischen die Rippen zu rammen. Er verstaut das Messer wieder in seinem Stiefel. Danach kommt er um den Tresen herum und packt mich am Arm. Dort, wo die Griffe des Scheusals vor mir Schmerzen hinterlassen haben, beruhigt mich seine Hand.

»Komm mit. Wir gehen.« Seine Stimme ist schneidend, also greife ich meine Sachen und folge ihm. Phoebe will uns aufhalten, aber ich bin wie in Trance.

Meine Beine folgen ihm, ohne dass ich es verhindern kann. Und dann führt Phoenix mich nach draußen auf die Straße. Sein Wagen steht am Wegesrand.

»Steig ein.« Von der Fürsorge, die seine Taten gerade ausgestrahlt haben, ist nichts mehr übrig. »Steig ein, Amber!« Sein Brüllen geht mir durch Mark und Bein, also tue ich, was er von mir verlangt, und steige ein. Dann warte ich, bis er neben mir sitzt und den Motor startet. Ich habe mich ihm heute schon einmal widersetzt und die Quittung dafür bekommen.

»Phoenix, ich -« Aber er bringt mich mit einem warnenden Blick zum Schweigen. Also fahren wir los, ohne ein Wort miteinander zu wechseln.

»Jetzt rede doch mit mir!« Die Fahrt hat sich wie ein Kaugummi gezogen. Das Schweigen war ohrenbetäubend, und als ich aussteige, kann ich meine Worte nicht mehr halten, weil ich fast explodiere. Phoenix stiefelt durch den Vorgarten, öffnet die Haustür und lässt mich einfach zurückfallen, als wäre ich gar nicht da. Eilig folge ich ihm, aber er behandelt mich weiterhin wie Luft. Das Erste, was ich sehe, ist Kaleb. Er liegt immer noch auf dem Sofa und schläft. Seine Haut sieht wieder besser aus und ich atme erleichtert aus. Die Last der letzten Stunden fällt von mir ab und ich beginne, zu schluchzen. Im nächsten Augenblick knie ich vor dem Sofa und lege meinen Kopf auf Kalebs Brust.

Er murmelt etwas, wird aber nicht wach. Dass Phoenix uns beobachtet, spüre ich in jeder Pore meines Körpers. Seine Blicke sind wie Messerstiche auf meinem Rücken. Einen Moment verharre ich noch auf Kalebs Brust, doch dann höre ich, dass Phoenix geht. Ich hole die Medizin aus meiner Jackentasche, lege sie ihm auf den Tisch und beuge mich über ihn.

»Tut mir leid, dass ich dich allein gelassen habe.« Eine Träne tropft auf seinen Arm, also wische ich sie schnell weg. Danach bin ich Phoenix auf den Fersen und befinde mich Sekunden später das erste Mal in seinem Schlafzimmer.

»Phoenix, jetzt sprich endlich mit mir!«, fordere ich ihn auf. Er steht völlig unter Strom, und ich weiß, dass er mich am liebsten lauthals rausschmeißen würde. Aber er tut es nicht. Als er sich zu mir umdreht, gefriert mir das Blut in den Adern. Bis jetzt hat er mich immer wie Abschaum behandelt, aber dieses Mal fühle ich mich auch zum ersten Mal so. Weil ich versagt habe. Weil ich ihm versprochen habe, bei Kaleb zu bleiben und mein Versprechen gebrochen habe.

»Du solltest bei ihm sein, Amber.« Er deutet durch die Wand auf das Wohnzimmer, in dem sein Bruder liegt und seinen Rausch ausschläft. »Du solltest hier bei ihm sein. Er hätte verrecken können! Und was machst du? Du gehst stattdessen zurück in den verfickten Club?« Er schreit nicht, aber seine Worte sind trotzdem so laut, dass ich zittere. Manchmal sind es die leisen Worte, die am lautesten sind. »Denkst du, ich war freiwillig da?« Tränen laufen mir über die Wangen, die ich nicht aufhalten kann. Dafür waren die letzten zwei Tage viel zu aufwühlend.

Bis zu einem bestimmten Punkt schaffe ich es, meine Gefühle im Zaun zu halten, aber irgendwann ist das Fass einfach voll. Wie an dem Abend, als ich meine Mutter verlassen habe. Kaum zu glauben, wie lange es schon her ist, dass ich sie das letzte Mal gesehen habe. Fast erinnere ich mich nicht mehr an den Klang ihrer Stimme oder die Farbe ihrer Augen.

»Ich wollte Kaleb Medikamente holen, weil er Fieber bekommen hat.« Phoenix lacht verbittert. »Ja, das hat er mir auch erzählt. Wieso hast du mich nicht einfach angerufen?« Sein Vorwurf macht mich fast sprachlos. Ich gehe auf ihn zu und bleibe dicht vor ihm stehen.

»Weil du dealen musstest, oder nicht?« Er beißt die Zähne zusammen. »Es geht dich einen Scheiß an, was ich in meiner Freizeit mache.«

»Denkst du, das weiß ich nicht? Du kannst dein Leben ruhig wegschmeißen. Aber gib nicht mir die Schuld daran, dass Kaleb Drogen nimmt oder dass mein Boss mich gekidnappt hat, als ich deinem Bruder helfen wollte.« Immer mehr Tränen wandern über meine Wangen.

Für einen Moment ist es ganz still zwischen uns, nur das Zischen des Windes durch die Ritzen des alten Hauses sind zu hören. Dabei wünschte ich mir, dass er mich anschreit und einmal einfach das sagt, was er wirklich denkt. Dieses Schweigen und um den heißen Brei herumreden ist viel schlimmer als die harte Wahrheit.

»Du wurdest gekidnappt?«, wiederholt er meine Worte leise.

»Was denkst du? Dass ich mich auf den Weg zur Apotheke mache und dann einfach in den Club gehe? Mein Boss hat mich gesehen und mir gedroht, wenn ich nicht mitkomme. Ich konnte nichts tun!« Phoenix' Augen fahren über mein Gesicht und dann donnert er seine Faust gegen die Wand hinter mir. Ich schrecke zurück, aber ich weiß, dass er mir nicht wehtun würde. Wieso hätte er mich sonst retten sollen? Dabei weiß ich am besten, wie widersprüchlich dieser Mann ist. In einem Moment ist er mir dankbar und im nächsten verflucht er mich.

»Wieso macht dich das alles so wütend?«, will ich von ihm wissen. »Ich weiß, dass es hier nicht nur darum geht, dass ich Kaleb allein gelassen habe. Du warst hier bei ihm, als du bemerkt hast, dass ich weg bin. Du hättest bei ihm bleiben können.« Ich gehe einen Schritt auf ihn zu. »Aber du hast nach mir gesucht, richtig? Du hast nach mir gesucht und deshalb warst du im Club. Um mich da rauszuholen.« Meine Stimme wird weicher und ich merke, dass der Widerstand auf seiner Seite geringer wird. Das Verlangen, ihn anzufassen, wird dafür immer größer.

»Du hast mich da rausgeholt. Wieso, Phoenix? Wieso hast du mich da rausgeholt?« Die Tränen sind immer noch da, aber ich lasse sie einfach fließen. Weil er nicht antwortet, werde ich wütend. Ich donnere ihm meine Fäuste gegen die Brust und stoße ihn zurück.

»Sag mir, wieso!« Es fällt mir schwer, leise zu bleiben, weil er mich mit seinem Schweigen so wütend macht, dass ich die ganze Stadt zusammenschreien könnte. Phoenix packt meine Handgelenke, bevor ich ihn erneut schlagen kann. »Weil ich Angst um dich hatte.« Ein Satz. Ein Satz, sechs Worte. Und noch nie haben mich wenige Worte so aus der Fassung gebracht.

»Weil … was?«, stottere ich. Phoenix tritt dichter an mich heran, sodass unsere Gesichter kaum noch etwas trennt. Sein Atem riecht auch nach diesem verdammt langen Tag, der nie enden will, so gut. Meine Lider flattern. Ich wollte, dass er mir die Wahrheit sagt, aber ich komme nicht mit ihr klar.

»Weil ich vorgebe, dich zu hassen, obwohl es nicht stimmt. Weil es anstrengend ist, so zu tun, als wärst du mir egal. Weil. Ich. Angst. Hatte.« Ich lasse ihn nichts mehr sagen, stattdessen lasse ich meinen Körper antworten. Mit einem Satz bin ich an ihm

191

hochgesprungen, seine Hände liegen an meinem Po und halten mich. Unsere Lippen treffen aufeinander und dann höre ich es … ganz leise. Ganz zaghaft. Ich höre, wie seine Lippen Wunden in mir heilen, die mich seit meiner Flucht von zu Hause Tag für Tag weiter zerstört haben, ohne dass ich es wahrhaben wollte. Er seufzt meinen Namen in meine Mundhöhle und ich werde in seinen Armen zu Wachs. Phoenix macht aus meiner Verdrängung etwas anderes … Verarbeitung.

»Du hasst mich nicht«, flüstere ich unter Tränen, löse meine Lippen aber nicht von seinen. Als Antwort trägt er mich durch den Raum, und dann spüre ich eine weiche Matratze unter mir. Es riecht nach frisch gewaschener Wäsche und seinem Aftershave. Ich liege, verdammt noch mal, in seinem Bett! Er löst seine Lippen von meinen, wandert mit ihnen über meinen Hals, den ich ihm entgegenrecke, damit er mehr Raum hat.

»Ich hasse, dass du so widerspenstig bist.« Jedes Wort vibriert an meiner Haut. Er wandert tiefer. »Ich hasse, dass mich deine Augen jedes Mal so anflehen.« Er erreicht mein Oberteil. In Sekundenschnelle hat er mir Jacke und Top ausgezogen.

»Ich hasse, dass du einfach hier reingeplatzt bist und Dinge über mich wissen willst, die dich nichts angehen.« Seine Worte widersprechen seinen Taten, denn mit jedem weiteren Grund wandert er tiefer. Seine Lippen streifen meine Nippel, die sich sofort aufstellen.

192

Das Prickeln in meinem Unterleib ist präsenter als je zuvor.

»Ich hasse, dass ich nachts wach liege, weil ich nicht schlafen kann, wenn du im Club bist.« Er beißt sanft in die Haut um meinen Bauchnabel und ich spüre die Gänsehaut überall auf mir. Seine Worte sorgen für einen Strudel aus Gedanken. »Ich hasse, dass ich erst einschlafen kann, wenn ich weiß, dass du sicher im Bett liegst und dir nichts passieren kann.« Er greift unter den Bund meiner Jeans und streift sie mitsamt meiner Unterwäsche von mir. Ich liege nackt vor ihm und alles, was in den letzten Stunden passiert ist, ist in dieser Sekunde vergessen.

»Aber am allermeisten hasse ich, dass ich immer noch nicht weiß, wie du schmeckst.« Sein Knurren lässt mich den Rücken durchbiegen, und dann spreizt er meine Schenkel und schiebt sich kommentarlos zwischen sie.

Das Nächste, was ich spüre, ist seine Zunge an meiner Mitte. Sie ist warm und mir wird immer heißer, je stärker er mich massiert. Seine Lippen fahren über die empfindliche Haut an meinen inneren Oberschenkeln und wandern dann langsam zurück zu meinem Kitzler. Phoenix sagt nichts mehr und ich? Ich genieße nur. Lege den Kopf in den Nacken und kralle mich in dem Bettlaken fest.

»Oh Gott.« Mein Wimmern treibt ihn weiter an, und als er meinen Kitzler mit seiner Zunge umspielt, trifft

mich der Orgasmus unglaublich schnell und wie ein
Sturm. Die Spannung, die seit dem ersten Tag hier
zwischen uns war, fällt laut von mir ab.

Ich spüre, wie meine Beine unkontrolliert zucken
und Schweiß auf meiner Stirn entsteht, weil ich
versucht habe, leise zu sein. Phoenix beißt noch einmal
in die Haut an meinem Bauch und legt sich dann neben
mich. Erschöpft sinke ich gegen seine Brust. Er trägt
mittlerweile nur noch ein Shirt und eine Jeans, die tief
auf seinen Hüften sitzt. Seine Arme umfassen mich,
halten mich wie letzte Nacht.

»Deine Tattoos …« Ich zeichne einige der Lines
nach. »Das sind Liedtexte, richtig?« Einige von ihnen
habe ich in den letzten Tagen erkannt und die Lieder
rauf und runter gehört. Ich kann sie im Licht des
Mondscheins selbst hier in der Dunkelheit lesen. Eines
stammt aus meinem Lieblingssong. *Lanterns* von Rise
Against.

»Here in the dark, we are safe from the judgement«,
lese ich das Zitat vor und spüre, wie er sich unter mir
verspannt. Ich fahre weiter zum nächsten, das schräg
über seinen Unterarm verläuft und in einer anderen
Schriftart gestochen wurde. »No one knows, what it's
like, to feel these feelings … like I do«, fahre ich mit
dem Zitat aus Limp Bizkits *Behind Blue Eyes* fort.

»Haben die eine Bedeutung?« Weil er seit einigen
Sekunden nichts mehr gesagt hat, will ich seine Stimme
hören. Wie kann einem etwas nach so kurzer Zeit so

fehlen? »Alles an mir hat eine Bedeutung.« Dort, wo er eben noch so viel Wärme in mir verursacht hat, lässt er mich jetzt vor Kälte zittern. Sein Arm liegt zwar um mich, aber ich spüre ihn nicht wirklich. Als wäre nur sein Körper hier, aber nicht er. Phoenix starrt an die Decke und ich sehe, dass er sich direkt vor meinen Augen wieder verschließt, weil ich in einen Teil seiner Gedanken einbrechen will, den er noch nicht mit mir teilen kann.

»Willst du mir von deinen Dämonen erzählen?«, frage ich zögerlich, obwohl ich glaube, die Antwort schon zu kennen. Er schluckt. »Mit meinen Dämonen komme nicht mal ich klar. Wie sollst du es dann?«

Wie erwartet, hat er mir nichts anvertraut. Stattdessen haben wir geschwiegen und irgendwann war mein Körper so erschöpft, dass ich eingeschlafen sein muss. Als ich das nächste Mal die Augen öffne, liegt eine Decke über mir. Aber Phoenix … Phoenix ist weg.

PHOENIX

»Wieso geht er nicht ran?«, frage ich den Barkeeper, dem ich jetzt schon gehörig auf die Eier gehen muss. Er schüttelt nur über mich den Kopf und bedient derweil weiter die anderen Gäste. Vermutlich versucht er, mich zu ignorieren, damit ich aufhöre, ihn vollzulabern oder einfach freiwillig die Biege mache.

»Komm schon.« Und als würde er meine Gebete erhören, nimmt er ab. »Phoenix.« Begeisterung über meinen Anruf klingt definitiv anders. Ich umklammere mein Glas und sehe, wie meine Adern hervortreten. Am liebsten würde ich es einfach an die Wand hinter der Bar werfen und den Klang genießen. Ich liebe, wenn etwas zerbricht. Glas, Spiegel, Vasen. Die Zerstörung lässt mich mich wenigstens für einen Bruchteil lebendig fühlen.

»Raveeeeen«, begrüße ich ihn überschwänglich. Mein großer Bruder war früher immer mein Vorbild. Jedenfalls, bis dieser eine Tag unsere gesamte Familie zerstört hat. *Ich* unsere ganze Familie zerstört habe. Die Gäste glotzen mich schon an, weil ich durch die ganze Bar brülle, aber keiner traut sich, mich anzusprechen. Vielleicht sehen sie das Messer, das ich immer in meinem rechten Stiefel trage. Vielleicht genießen sie aber auch einfach nur das Leid eines anderen, um ihr eigenes zu vergessen.

Wer weiß schon, was in den Hirnen der Leute vorgeht, die sich nachts hier herumtreiben, anstatt bei ihren Familien zu sein. Ich weiß, wo ich nicht sein sollte. Und das ist bei der Frau, die ich in meinem Bett zurückgelassen habe, als sie geschlafen hat. Ich bin ein verdammter Freak und ein Feigling noch dazu. Noch jetzt schmecke ich sie auf meiner Zunge, obwohl der Alkohol den Geschmack längst hätte überdecken müssen. Amber ist viel zu präsent. In meinen Gedanken, auf meiner Zunge und selbst im Boden des Glases kann ich ihre Vorwürfe hören. Und die tausend Fragen, die ich ihr nicht beantworten will.

»Du bist besoffen«, spottet Raven und meine Wut auf ihn wird wieder gegenwärtiger. Er hat sich einfach aus dem Staub gemacht und mich allein gelassen. Mit meinen Geschwistern, um die ich mich jetzt allein kümmern kann. Von Mom ganz abgesehen. Sie ist die, um die man sich am meisten kümmern muss, obwohl sie die Mutter ist. Sie sollte die Erwachsene, Vernünftige sein, aber benimmt sich am allerschlimmsten. »Na und?«

»Wieso rufst du mich nachts um ein Uhr besoffen an, Phoenix? Ist etwas passiert? Zu Hause?«

»Zu Hause«, zische ich. »Das ist nicht mehr dein Zuhause, weil du einfach verschwunden bist. Also tu nicht so, als würde es dich interessieren, was bei uns abgeht.« Dass ich zu hart mit ihm umgehe, ist mir egal. Er soll wissen, wie es in mir aussieht. Vielleicht kapiert er dann, dass er nicht hätte gehen dürfen, weil es ihm zu anstrengend wurde.

»Was ist passiert, Phoenix? Ich frage nicht noch mal.« Er sagt die Wahrheit, also gebe ich meinen kurzweiligen Widerstand auf. Wenn ich ihn schon mal am Telefon habe, muss ich die Zeit nutzen. Wer weiß, wann ich ihn das nächste Mal sprechen kann. Unser Kontakt beschränkt sich schließlich auf das Nötigste.

»Kaleb hat sich wieder abgeschossen. Mom hatte in den letzten Wochen mehrere Abstürze. Kade wurde verprügelt, weil er schwul ist. Und Summers Albträume werden wieder schlimmer.« Es laut auszusprechen, macht alles viel zu wahr. Ich drehe das Glas in meiner Hand und schwenke die braune Suppe von links nach rechts. Sehne mich nach dem Brennen, wenn sie meine Kehle berührt.

»Scheiße.«

»Mehr fällt dir dazu nicht ein?« Mit Wucht donnere ich das Glas auf den Tresen, was den Barkeeper animiert, es mir wegzunehmen. »Sorry, Alter. Benimm dich oder du fliegst.« Mein Protest bleibt mir im Hals stecken.

»Ich habe dir schon vor Jahren gesagt, dass ihr alle da wegmüsst. Solange ihr in Chicago bleibt, wird es nie besser. Kade wird immer Probleme mit diesen homophoben Wichsern haben, Summer wird immer Albträume in dem Haus haben und Kaleb wird nie aus dem Sumpf kommen, wenn er sein Umfeld nicht wechselt.«

»Nicht jeder kann einfach verschwinden, so wie du.« Er lacht auf.

»Und wieso nicht? Was zur Hölle hält euch da? Etwa Moms Job in diesem schrecklichen Schuppen? Kalebs Freunde, die ihm jedes Mal in den Arsch treten, wenn er die Drogen ablehnt?« Raven hat recht und dafür hasse ich ihn. Weil er weit weg ist und von all dem hier nichts mitkriegt. Er hat leicht reden, er muss das Elend ja nicht mit eigenen Augen sehen.

»Also, was hält dich davon ab, dir alle zu schnappen und zu gehen?« Er redet so sachlich mit mir. Als wäre er nicht mein Bruder, sondern irgendein scheiß Mediator, der einen Streit schlichten will. Dabei weiß ich, dass er den Teufel auch bloß mit Dämonen bekämpft. Seine Frage geht mir durch den Kopf. Was hält mich ab, zu gehen?

Blaue Augen blitzen vor mir auf. Volle Lippen. Dunkle, lange Haare. Amber. Wenn wir abhauen, werde ich sie vermutlich nie wieder sehen. Etwas, das ich vor einigen Wochen unbedingt wollte, aber jetzt nicht mehr kann. Ich habe sie einfach da liegen lassen … vermutlich will sie mich eh nicht mehr sehen. Das würde mir die Entscheidung jedenfalls vereinfachen. Ich könnte verschwinden und irgendwo neu anfangen.

»Nichts«, lüge ich also.

»Siehst du. Überleg es dir. Meine Gegend ist auch kein Zuckerschlecken, aber alles besser als Chicago.« Etwas raschelt und dann höre ich laute Stimmen im Hintergrund. Ich kann mir denken, wo er ist. Und wie er seine Probleme im Griff hat … Er spielt sich selbst etwas vor und stellt sich trotzdem auf ein Podest.

»Ich muss jetzt auflegen. Wenn etwas ist, meld dich morgen oder so.« Ich beiße die Zähne zusammen, schließe die Augen und versuche, die Bilder zu verdrängen, die mich seit einigen Stunden im Griff haben. Ich sehe meine Tattoos an und bereue in dieser Sekunde jedes davon. Wieso musste Amber mich darauf ansprechen? Wieso konnte sie nicht einfach still sein und den kurzen Waffenstillstand genießen? Ich habe einen verdammten Krieg in meinem Kopf … und sie ist mein Feind.

»Raven?«

»Ja?«

Ich spüre, wie sich meine Augen mit Tränen fluten, aber ich halte die Lider geschlossen. *Bloß nicht heulen, Phoenix. Nicht nach all der Zeit, in der du innerlich tot warst.*

»Hört der Schmerz je auf?« Meine Frage lässt ihn die Luft zischend einatmen. Ich kenne seine Antwort, und doch will ich sie hören. Will, dass er mir die Illusion auf ein Leben ohne diese Schuld nimmt.

»Hören die Albträume je auf?«, setze ich noch hinterher. Ich habe alles um mich herum ausgeblendet. Sehe nur die Bilder vor mir wie in einer grässlichen Diashow, die sich kein Mensch auf dieser Welt freiwillig ansehen würde. Aber ich bin gezwungen, sie in Dauerschleife zu sehen. »Nein, Phoenix. Du musst nur lernen, mit ihnen zu leben.«

AMBER

Wie lange Phoenix schon verschwunden ist, weiß ich nicht, aber langsam beginne ich, mir Sorgen um ihn zu machen. Er kommt ohne mich klar, das ist mir bewusst, aber wieso hat er mich einfach da liegen lassen? Summer ist derweil noch mehrere Male wach geworden, aber ich habe es geschafft, sie endlich zum Schlafen zu bringen. Ich habe ihr Geschichten über Noah erzählt, der jetzt wie jeden Abend bei ihr im Bett am Fußende liegt. Phoenix muss Kaleb, noch bevor er verschwunden ist, ins Bett gelegt haben, denn als ich in mein Zimmer ging, war es belegt.

Deshalb sitze ich einfach nur auf dem Sofa, starre auf die Uhr und hoffe, dass es ihm gut geht. Weil mich die Gedanken verrückt machen, versuche ich, mich abzulenken.

Stehe auf, räume Sachen weg, starre in den Garten und versuche, die Zeit irgendwie totzuschlagen. Als ich gerade beschließe, zurück in Phoenix' Bett zu gehen und da auf ihn zu warten, fällt mir eine Kiste auf, die hinter dem Sofa steht und die ich noch nie gesehen habe. Sie ist dunkelbraun mit schwarzen Scharnieren. Wie eine Schatztruhe steht sie da. Wie konnte die mir nie auffallen?

Es sieht mir nicht ähnlich, mich durch fremde Sachen zu schnüffeln, aber da ich vor Langeweile und Sorge fast umkomme, scheiße ich auf meine Prinzipien. Ich knie mich vor die Kiste, schalte die Stehlampe neben mir an und öffne die Truhe.

Zum Vorschein kommt allerlei Zeug. Papiere, Bilder, alte Ketten, die rosten und die niemand mehr freiwillig tragen würde. Ich wühle mich durch die Sachen und sehe mir die Fotos genauer an, weil mich das andere Zeug nicht wirklich interessiert.

Das erste zeigt Phoenix, gemeinsam mit einem Mann, den ich nicht kenne. Ich weiß von Kade, dass sie noch einen älteren Bruder haben. Ob er das ist? Er ist mindestens genauso attraktiv wie Phoenix, hat stechend blaue Augen, einen Dreitagebart und kurze Haare. Seine Blicke sind genauso intensiv wie die seines Bruders. Ich blättere weiter und entdecke ein Foto von Summer, das sie als Baby zeigt. Sie war schon immer bezaubernd.

Mit dem Daumen streiche ich über das Foto, das an den Rändern bereits geknickt ist. Das nächste Foto muss schon älter sein. Es zeigt einen kleinen Jungen mit seinem Vater auf dem Feld. Man sieht sie nur von hinten, aber das Bild hat etwas Beruhigendes an sich.

Ich habe nie gefragt, was mit dem Vater von ihnen ist, weil ich mich nie zu weit aufdrängen wollte. Ich schiebe auch dieses Foto zur Seite und erstarre, als ich die nächste Aufnahme sehe.

Es muss am selben Tag entstanden sein, nur, dass man die beiden jetzt von vorn sieht. Der Junge lacht ein Lachen, das vermutlich in der ganzen Nachbarschaft zu hören war. Dann wandert mein Blick zu dem Erwachsenen, der seine Hand hält. Ich lasse das Bild fallen, als hätte ich mich daran verbrannt.

Erinnerungen brechen aus mir heraus, als ich die Augen des Mannes sehe. Augen, die mich in den letzten Jahren immer wieder zum Erstarren gebracht haben. Mit zitternden Fingern nehme ich das Bild wieder an mich in der Hoffnung, mich nur zu täuschen, aber ich täusche mich nicht.

Ich kenne den Mann auf dem Foto. Kenne sein Lachen, kenne die Falten auf seiner Stirn. Kenne seine Augen, die auf dem Foto viel freundlicher wirken, als ich sie in Erinnerung habe.

Und dann sehe ich all die Male, in denen er meine Mutter zum Weinen gebracht hat. In denen er meinte, über mein Leben bestimmen zu können, obwohl er nicht mein leiblicher Vater ist. Tränen brennen in meinen Augenwinkeln, und dann poltert es an der Tür. Phoenix taumelt in den Raum, wie betrunken er ist, ist nicht zu übersehen.

Ich sollte mich entspannen, weil er hier und anscheinend wohlauf ist, aber ich kann nicht. Nicht nach dem, was ich gerade gesehen habe. Als er mich am Boden mit den Fotos in der Hand entdeckt, stürmt er auf mich zu und entreißt mir das Bild.

»Was zur Hölle machst du da?« Dafür, dass er betrunken ist, spricht er erstaunlich klar. Ich stemme mich hoch und versuche, ihm das Bild wieder wegzunehmen, aber er hält es von mir fern. Sein Blick wandert auf die Aufnahme und sein ganzer Körper verspannt sich.

»Ich … ich wollte nicht schnüffeln.«

»Hast du aber!« Er stopft das Foto in seine Jeanstasche und funkelt mich wütend an. Meine Gedanken rasen immer noch und ich versuche, mir all das zu erklären, aber ich komme nicht weit.

»Der Mann auf dem Foto … wer ist das?« Instinktiv schließe ich die Augen in der Hoffnung, dass ich mir all das nur einbilde. Vielleicht träume ich auch nur und wache gleich auf. Oder er hatte einen Bruder, der ihm erstaunlich ähnlich sieht.

»Was geht es dich an? Wieso interessiert dich das?« Seine Stimme ist schneidend. Ich gehe auf ihn zu und hole das Bild aus der Tasche seiner Hose heraus.

205

Dieses Mal hält er mich nicht auf. Mit dem Finger tippe ich auf sein Gesicht. »Dieser Mann ist mein Stiefvater«, erkläre ich mich. Phoenix scheint doch stärker vom Alkohol beeinträchtigt zu sein, als ich geglaubt habe, denn er sieht mich nur orientierungslos an.

»Hast du gehört? Das ist mein Stiefvater. Also was hat er auf dem Bild zu suchen?« Phoenix starrt auf das Foto und presst die Zähne zusammen.

»Ist er etwa ... dein ...«

»Sprich es nicht aus!«, brüllt er mich an. »Dieses. Monster. Ist. Nicht. Mein. Vater!« Monster ... er beschreibt ihn so, wie ich ihn immer beschrieben habe, wenn ich meiner Mutter die Augen öffnen wollte. In dieser Sekunde fühle ich mich ihm viel verbundener. Wenn er auch nur ansatzweise dasselbe durchgemacht hat wie ich ...

»Was hat es dann zu bedeuten? Wer ist der Junge auf dem Foto? Kaleb?«

Dabei glaube ich nicht daran, schließlich würde ich ihn erkennen. Phoenix schüttelt den Kopf. Er kommt auf mich zu und ich rieche seine Fahne.

Aber ich bleibe stehen und warte, bis er bei mir ist. Schmerz liegt in seinen Augen, den ich ihm gern nehmen würde, aber ich weiß wirklich nicht, wie ich in seiner Verfassung mit ihm umgehen sollte, ohne alles noch schlimmer zu machen.

»Es gibt da diesen endlosen Krieg in meinem Kopf, Amber.«

Er tippt sich mit dem Finger gegen die Schläfe und somit gegen die Narbe. Ich sehe zu ihm auf und nicke. »Dann erzähl mir von dem Krieg.«

PHOENIX

Fünf Jahre zuvor

»Phoe, Phoe! Können wir ans Wasser gehen?« Jamie springt auf und ab. Es ist heiß heute und die meisten Frauen tragen kaum Klamotten. Genau mein Wetter. Ich ziehe an meiner Zigarette und achte darauf, sie von meinem kleinen Bruder fernzuhalten. Es reicht, dass er weiß, dass ich meine Sucht nicht unter Kontrolle habe, da muss ich ihm nicht auch noch den Rauch ins Gesicht blasen. Außerdem muss ich mir von Mom jedes Mal einen ellenlangen Vortrag anhören, wenn sie mich in seiner Nähe paffen sieht.

»Klar.« Sofort sprintet er los, wobei seine viel zu langen Haare hin und her wirbeln. Er will sie sich einfach nicht mehr schneiden lassen, weil er den Look selbst als ›cool‹ bezeichnet.

208

»Hey, Jamie. Langsam, ja?« Er nickt, aber drosselt sein Tempo kaum. Mein Blick haftet an seinem Rücken, an seinem hellblauen Shirt und der kurzen Hose. Der Himmel ist wolkenlos und so knallt einem die Sonne direkt ins Gesicht. Der Fluss liegt einige Meter von uns entfernt und ein paar haben es sich an ihm bequem gemacht, um wenigstens ihre Füße darin abzukühlen.

»Jamie. Bleib bitte stehen«, rufe ich ihm nach, und er kommt stolpernd zum Stillstand. Ich gehe mit schnellen Schritten auf ihn zu, aber er sieht das Ganze als Spielaufforderung an.

»Fang mich, Phoe!« Quiekend rennt er los und dann geht alles so schnell. Ich habe die Distanz von ihm zum Fluss unterschätzt. Jamie rutscht auf irgendetwas aus und fällt nach vorn. Im nächsten Augenblick höre ich die ersten Schreie der Leute am Fluss. Meinen Bruder kann ich nicht mehr sehen. Was passiert hier? Er war doch eben noch da! Wieso sehe ich ihn dann nicht mehr?

»Nun schnell! Macht doch einer was!« Meine Zigarette fällt zu Boden und ich renne. So schnell ich kann, sprinte ich zum Fluss, aber ich sehe meinen Bruder nicht. Wo zur Hölle ist er? Panik kriecht in mir hoch wie ein Parasit, der mir die Kehle abschnürt.

Keuchend komme ich am Ufer an. Zwei Männer sind mittlerweile mit ihren Klamotten ins Wasser gestürmt. Zwischen ihnen? Die langen Haare meines Bruders. Ich stolpere den Hang herunter, laufe ins

Wasser und schiebe die Kerle zur Seite. Mit jedem Schritt bleibe ich irgendwo hängen und falle beinahe auf die Schnauze.

»Jamie!«, keuche ich. Der Fluss ist nicht sonderlich tief und die Strömung kaum vorhanden, aber … da ist dieser Stein. Ich greife unter seinen Brustkorb und hieve ihn aus dem Wasser. Die Menschen um uns herum murmeln etwas. Sagen, dass ich nicht gut auf ihn aufgepasst hätte. Dass der Junge arm dran sei, wenn ich für ihn verantwortlich bin.

»Jetzt ruf schon jemand einen Krankenwagen!«, brülle ich die Menschen um uns an. Keine Ahnung, ob mich jemand hört, ich fühle mich wie unter Wasser. Jamie liegt vor mir auf dem Gras, Dreck im Gesicht und Blut auf der Stirn an der Stelle, an dem er mit dem Kopf auf den Stein geschlagen sein muss. Meine Fingerspitzen fahren über sein Gesicht und ich spüre das Blut an meiner Haut. Sein Blut. Wieso ist da so unfassbar viel Blut?

»Jamie.« Ich versuche, kontrolliert zu bleiben. Aber wie? Er ist nicht ansprechbar! Ich rüttle an ihm und dann zerrt mich jemand weg.

»Wir müssen ihn beatmen!« Der Mann setzt seine Lippen an die meines Bruders und beginnt, ihn wiederzubeleben.

Moment mal – wiederbeleben?

Das würde ja bedeuten … nein! Ich breche neben ihm zusammen, bette meinen Kopf an seine nasse Schulter und lasse den Mann meinem Bruder helfen.

Wieso … wieso bin ich nicht schneller gerannt? Ich hätte schneller rennen müssen. Hätte ihm nie erlauben dürfen, zum Wasser zu gehen. Ich hätte … ich hätte das hier verhindern können.

»Der wird sein Leben nicht mehr froh«, höre ich eine Frau hinter mir murmeln. Sie meint mich. Mein Kopf liegt auf dem Gras, meine Hand sucht seine. Aber da, wo er seine kleine sonst immer gegen meine drückt und seine Finger mit meinen verschränkt, regt sich nichts.

»Jamie, bitte«, schluchze ich. »Du bist doch mein bester Freund. Weißt du nicht mehr, Kumpel?« Aber er antwortet nicht. Insgesamt dauerte die ganze Szenerie eine Ewigkeit. Es dauerte eine Ewigkeit, bis der Krankenwagen endlich kam. Ja … es dauerte eine Ewigkeit, bis die Szene vorbei war. Und nur den Bruchteil einer Sekunde, um mir für immer das Herz zu brechen.

AMBER

»Laut den Sanitätern war er sofort tot. Der Schock hat sein Herz zum Stillstand gebracht und sie konnten nichts mehr für ihn tun.« Wir sitzen gemeinsam am Boden. Phoenix kniet vor mir und ich höre ihm zu. Höre, wie er mir von dem inneren Kampf erzählt, den er gerade angesprochen hat. Und seine Dämonen sind dunkler, als ich dachte. Ich kannte den Jungen nicht, aber die Geschichte nimmt mich so mit, dass ich nicht aufhören kann, zu weinen, während er sie erzählt. Es ist, als wäre ich an diesem Tag an seiner Seite gewesen und hätte alles mit ansehen müssen.

»Es war ein Unfall«, versuche ich, zu retten, was noch zu retten ist. Natürlich weiß ich, dass meine Worte keinerlei Einfluss haben. Er wird sich immer die Schuld dafür geben und wer kann es ihm verübeln? Er war selbst noch ein Kind.

»Bullshit, Amber!« Er sieht mich starr an. Dass er Summer wecken könnte, ist ihm egal. Und ich weiß, dass er das jetzt rauslassen muss. Wenn ich sein Ventil sein soll, ist es okay für mich. Dieses eine Mal bin ich gern sein Punchingball.

»Ich habe nicht genug aufgepasst. Er ist meinetwegen zum Fluss gerannt. Er ist meinetwegen gestorben. Es bringt nichts, sich das schönzureden. Ich bin sein Mörder.« Ich greife nach seinen Händen und wider Erwarten lässt er es, ohne zu protestieren, zu. Er ist vom Regen draußen nass und ich sehe, dass er zittert. Kommentarlos greife ich nach seinem Shirt und streife es ihm ab, um es über die Couch zu legen.

»Du musst dir was Trockenes anziehen.« Mit diesen Worten will ich aufstehen und ihm ein Shirt holen, aber er hält mich auf. Seine Hand liegt an meiner Taille. »Bleib.« Sein Händedruck ist fest, wird aber langsam weicher. »Bitte.« Als Antwort sinke ich zurück auf die Fersen. Wie könnte ich jetzt, nachdem er mir seinen dunkelsten Teil offenbart hat, auch gehen?

»Sag mir, Amber. Hast du jemals in den Spiegel gesehen und dich so sehr gehasst, wie ich mich hasse?« Seine Augen sehen suchend in mein Gesicht. Ich versuche, mich in seine Situation hineinzuversetzen und mag mir nicht ausmalen, wie es in ihm aussehen muss.

»Vermutlich nicht. Aber ich hasse mich, weil ich meine Mutter mit diesem Tyrannen alleingelassen habe.

Weil ich einfach die Flucht ergriffen habe, ohne sie da rauszuholen. Es war einfacher, zu gehen, als zu kämpfen.« Ich verkrampfe mich, was Phoenix bemerkt. Er streicht mit dem Daumen über meine Hände.

»Wann ist er mit deiner Mutter zusammengekommen?« Er schluckt. »Joseph, meine ich.« Seinen Namen nach Wochen das erste Mal wieder zu hören, lässt mich innerlich würgen. Ich bin gut darin, Dinge zu vedrängen. War gut darin, die Anrufe meiner Mutter zu ignorieren. Aber die Gedanken konnte ich nie ganz abstellen, dafür waren sie immer viel zu laut.

»Das muss vor circa fünf Jahren gewesen sein.« Seit fünf Jahren hat er mein Leben auf den Kopf gestellt. Hat die Beziehung zwischen meiner Mutter und mir zerstört. Phoenix atmet stockend ein, taumelt hoch und donnert seinen Fuß gegen die Truhe, in der ich die Bilder gefunden habe. Sie quietscht, als sie über die Holzdielen gleitet. Er steht mit dem Rücken zu mir gewandt da und scheint um Beherrschung zu ringen. Ich stehe auf und schiebe mich zwischen ihn und die Wand, damit er nicht auf die Idee kommt, mich wieder auszuschließen.

»Ich bin schuld«, sagt er fassungslos. »An allem. Ich bin schuld, dass Jamie gestorben ist. Ich habe ihm sein einziges leibliches Kind genommen.« Die Bilder setzen sich langsam zusammen. Ich wusste nicht, dass Joseph einen Sohn hatte. Und irgendwie beruhigt es mich, dass er nicht auch der Vater von Phoenix und den anderen sein soll. Ich hasse diesen Mann so sehr, dass es meinen Blick auf die anderen verändern würde. »Es war immer noch ein Unfall.« Meine Hand wandert an seine Wange, aber er schüttelt den Kopf.

»Ein Unfall, der ihn zu dem gemacht hat, was er heute ist. Er war ein guter Mann … hat meine Mutter glücklich gemacht. Bis zu diesem Tag. Hätte ich besser aufgepasst, wäre Jamie noch hier und er hätte sich nie in dieses Monster verwandelt. Er hätte deiner Mutter und dir das Leben nicht zur Hölle gemacht, weil sie sich nie kennengelernt hätten. Er wäre hier bei uns geblieben und alle hätten ihr fucking Happy End bekommen.« Seine Aneinanderreihung der Ereignisse und wie er sie verknüpft, gefällt mir nicht.

»Dann hätten wir uns nie kennengelernt«, flüstere ich und kann meine Emotionen kaum ruhig halten. Ich schließe die Augen, und als ich seine Hand an meiner Wange spüre, schmiege ich mich an sie. Wie eine Ertrinkende klammere ich mich an diese kleine Berührung. »Und ich glaube, das wäre kein Happy End für mich gewesen«, gestehe ich mir das erste Mal vor ihm ein, was ich fühle.

»Hat er … hat er dir je wehgetan, Amber?« Wie ein Flashback denke ich an den mentalen Missbrauch, den er mir Jahr für Jahr angetan hat. Indem er mich behandelt hat, als wäre ich wertlos. Indem er mir weismachen wollte, dass ich meiner Mutter schade. Und indem er ihr wehgetan hat.

»Nicht körperlich«, sage ich zögernd. Im nächsten Moment lehnt seine Stirn an meiner. Ich öffne die Augen und sehe, dass er mit sich selbst ringt. Der innere Kampf ist so präsent, ich kann ihn in seinen blauen Augen sehen. Sonst sind sie immer so leer, aber nicht heute. Heute sind sie voller Gefühle, voller Erinnerungen und voller Schmerz.

»Wovor hattest du solche Angst, Phoenix? All die Zeit, in der ich hier war und du mich von dir gestoßen hast.« Es ist an der Zeit für Antworten.

»Dass du mich siehst, wie ich mich sehe.« Seine Erklärung bricht mir das Herz. Ich kenne niemanden, der so von Selbsthass zerfressen ist wie er.

»Hey.« Ich küsse seinen Mundwinkel. »Ich kann dir nicht nehmen, was passiert ist. Ich kann die Erinnerungen daran nicht ausradieren. Aber du musst da nicht mehr allein durch, verstehst du?« Ich küsse den anderen Mundwinkel. »Sei einmal schwach. Ich kann für uns beide stark sein.«

Phoenix presst seine Lippen auf meine, legt seine Hände in meinen Rücken und drückt mich zu Boden. Sekunden später schwebt er über mir. Ich öffne die Augen und sehe ihn an.

Dieses schöne Gesicht. Meine Finger wandern über die Narbe und ich muss nicht mehr wissen, woher sie kommt.

Es ist mir egal.

Phoenix' Augen sehen in meine und dann tropft eine Träne auf mein Gesicht. Er weint. Leise. Schön. Und er zeigt mir seine Tränen, die eine verdammt tragische Geschichte erzählen. Er ist schwach, so wie ich es ihm erlaubt habe. Und ich stark, wie ich es ihm versprochen habe.

Meine Hände schlingen sich um seinen Nacken und dann ziehe ich ihn zu mir hinab. Unsere Lippen treffen sich und ich schmecke seine Tränen. Phoenix presst seinen Unterleib gegen mich und ich kann spüren, dass er schon hart ist. Ich trage nur ein Shirt und meinen Slip. Ersteres landet am Boden neben uns, nachdem er mich ausgezogen hat. Seine Blicke wandern über meinen halb nackten Körper.

Die Tränen haben sich in Verlangen verwandelt, mit dem er meinen Körper zum Brennen bringt, ohne dass er mich berühren muss. »Ich muss in dir sein, Amber«, raunt er. »Jetzt.« Mein Nicken gibt ihm die Erlaubnis, mir auch den Slip auszuziehen. Als seine Hände dabei meine Innenschenkel streifen, erzittere ich. Sein Oberkörper ist perfekt. Jeder Muskel, jede Sehne sitzt da, wo sie hingehört.

Phoenix stellt sich auf die Knie, greift nach dem Gürtel und öffnet ihn langsam. Anschließend entledigt er sich seiner Hose und beugt sich wieder über mich, sodass wir hinter der Lehne des Sofas von allem abgeschirmt sind.

Sein Schwanz presst sich gegen mein Becken und ich beiße mir auf die Unterlippe. Am liebsten würde ich ihn einfach an mich ziehen, ohne an die Konsequenzen zu denken, aber das kann ich nicht. Ich will gerade etwas sagen, als er meine Worte mit einem Kuss stoppt.

»Bin schon dabei«, murmelt er dicht an meinen Lippen. Ich höre, wie er blind ein Kondompäckchen aufreißt und es sich überstreift. Wo er das herhat, hinterfrage ich jetzt nicht, da ich ohnehin keinen klaren Gedanken fassen kann. Sekunden später spüre ich seine Spitze an meiner Mitte, spüre, wie er sich pochend gegen mich schiebt und mir damit den letzten Funken Verstand raubt.

Das hier ist keine Vernunftsentscheidung, sondern eine aus dem Bauch heraus. »Du machst mich verrückt«, murmelt er an meinem Hals und schiebt sich der Länge nach in mich. Ich werfe den Kopf zur Seite, weil mich die Gefühle übermannen und kralle mich in seinem Rücken fest.

Er fühlt sich gut an. Genau richtig. Seine Bewegungen sind erst langsam und intensiv, dann schneller und ungezähmt. Er massiert mich von innen, während seine Zunge Kreise über meinen Hals fährt. Seine Hände drücken meine in den Boden.

»Sag mir, dass du mich nicht hasst«, fordert er mich auf und reißt mich damit aus dem Konzept. Ich drehe den Kopf in seine Richtung. Er verharrt in mir. Etwas liegt in seinem Blick, das ich nicht deuten kann. Ist es

Angst? Ist es Wut? »Sag mir, dass du mich nicht hasst, weil du die Wahrheit über mich kennst.« *Es ist Verzweiflung.* Ich nehme sein Gesicht in meine Hände und spüre, dass es glüht, so wie ich am ganzen Körper brenne.

»Ich hasse dich nicht«, versichere ich ihm. Meine Stirn ist von einem dünnen Schweißfilm benetzt. »Das, was passiert ist, ist schrecklich. Aber es macht dich nicht schwach, Phoenix. Viel eher bist du der stärkste Mensch, der mir je begegnet ist.« Meine Worte vertreiben die Verzweiflung und locken die Lust wieder an die Oberfläche. Er sieht mich an und sein Anblick ist unfassbar traurig. Doch dann stößt er sich erneut in mich und scheint das erste Mal wirklich zu vergessen …

»Erzählst du mir jetzt, was es mit den Tattoos auf sich hat?« Nachdem wir uns geliebt haben, liegen wir jetzt unter einer Decke am Holzboden. Mein Gesicht lehnt an seiner Schulter und er streichelt sanft über meinen Rücken. Fährt Bahnen auf meiner Haut wie auf einer Landkarte nach.

»Das Erste habe ich mir direkt nach dem Unfall stechen lassen. Danach folgte für jedes Jahr ohne Jamie eine Liedzeile.« Ich sehe mir die anderen genauer an.

And each and everyday, will lead into tomorrow. Tomorrow brings one less day without you. Ich kenne das Lied von *Rise Against* und sein Text war nie so traurig wie in diesem Zusammenhang auf seiner wortwörtlich gezeichneten Haut.

»Es ist also fünf Jahre her?«, frage ich ihn. Mir ist immer noch heiß und ich will die Hitze auch nicht gehen lassen. Ich liebe es, so eng bei ihm zu sein und die körperliche Nähe zu spüren. Er nickt, und dass er nicht von mir abrückt oder mich wieder allein lässt, beruhigt mich ungemein. Es bedeutet, dass wir noch eine Chance haben.

»Wie alt war Jamie?« Keine Ahnung, ob es schlau ist, ihn weiter darauf anzusprechen, aber erstaunlicherweise macht er nicht wieder dicht. Anscheinend habe ich ihn an einem Punkt, an dem es kein Zurück mehr gibt. Selbst für jemanden wie Phoenix Nolan nicht.

»Er ist gerade erst fünf geworden.« Ich starre an die Decke und stelle mir dieses Kind mit dem breitesten Grinsen vor, das ich je an jemandem gesehen habe. Das Foto hat so viel Leben in sich getragen. So viel Farbe und Licht, dass es für die ganze Familie gereicht haben muss.

»Erzähl mir etwas über ihn.« Zu gern würde ich wissen, wie sein kleiner Bruder war und was er ihm bedeutet haben muss. An der Art und Weise, wie er mit seiner kleinen Schwester umgeht, sieht man, wie wichtig ihm Familie ist. Phoenix versinkt in seinen Gedanken, ehe er antwortet. Er hat einen Arm hinter dem Kopf verschränkt und sieht an die Decke. Und wieder frage ich mich, wieso er so schön ist.

»Er war der aufgeweckteste und klügste Junge, dem ich je begegnet bin. Ich meine, Kaleb und Kade waren auch nicht gerade auf den Kopf gefallen, aber Jamie konnte schon mit zwei Jahren so gut sprechen wie kaum ein anderer in seinem Alter.« Sein Mundwinkel zuckt bei den Erinnerungen.

»Am liebsten hat er Puppentheater gespielt, weil er da seiner ganzen Kreativität freien Lauf lassen konnte. Wir alle haben ihn abgöttisch geliebt.« Und ich bin mir sicher, dass ich ihn auch geliebt hätte, wenn ich so glücklich gewesen wäre, ihn kennenlernen zu dürfen. Auch wenn sein Vater der Teufel höchstpersönlich ist.

»Er war Josephs Ein und Alles. Mich hat es nie gestört, dass er sich nur auf ihn fixiert hat, uns hat er ja erst kennengelernt, als wir Teenies waren. Kein gutes Alter für Stiefkinder.« Kurz schaudert es mich beim Gedanken an ihn.

»Aber als der Unfall passiert ist, hat das einen Teil in ihm zerstört, genau wie in mir. Er hat angefangen, seinen Frust an meiner Mutter, Raven und mir auszulassen. Kurze Zeit später ist mein Bruder dann abgehauen. Und es dauerte nicht lang, bis auch Joseph seine Sachen gepackt hat.« *Um danach unser Leben zu zerstören*, schießt es mir durch den Kopf.

Aber ich will jetzt nicht über diesen Teil sprechen. Dass dieser eine Mann unser beider Leben zerstört hat, verbindet uns miteinander. Als wäre er unser Schicksal gewesen.

»Was ist mit eurem Vater? Und … Summers?« Dass sie nicht von Joseph stammt, liegt ja auf der Hand. Immerhin war er bei uns, als sie geboren wurde. Und durch die Tyrannei hatte er auch keine Zeit, fremdzugehen.

»Summer ist aus einem One-Night-Stand heraus entstanden. Mom hat eine üble Phase mit Männern gehabt, nachdem er verschwunden ist. Der Vater von Raven, Kade, Kaleb und mir hat sich schon früher verpisst, als es ihm zu anstrengend wurde.« Es sticht in meiner Brust.

»Was ist mit deinem?«, will er wissen. »Ich habe kaum eine Erinnerung an ihn. Er ist gestorben, als ich noch ein Baby war. Meine Mutter und ich waren unzertrennlich … bis sie Joseph kennengelernt und sich ihre Welt nur noch um ihn gedreht hat. Er war nach meinem Vater ihre erste Beziehung. Vermutlich dachte sie, dass sich ihr Leben jetzt nur noch um ihn drehen sollte.« Phoenix scheint genau zu wissen, wovon ich spreche. »So geht es wohl jeder Frau in seinem Leben.«

Wie sehr er ihn hasst, spüre ich. Und das verbindet uns noch mehr. Schweißt uns auf traurige Art und Weise zusammen.

»Das, was ich jetzt sagen werde, klingt sicher dumm. Aber ich will, dass wir verschwinden.« Der Themenwechsel kommt abrupt, also stütze ich mich auf meine Ellbogen und sehe ihn verdutzt an. Der Anflug von Panik macht sich in mir breit, weil ich nicht weiß, worauf er hinauswill.

»Wie bitte?«

Phoenix streicht eine Strähne hinter mein Ohr. »Ich habe vorhin mit Raven telefoniert. Er hat seine Klamotten schon vor ein paar Jahren gepackt. Was hält mich hier?« Ich denke über seine Worte nach und spüre eine Enge in meiner Brust. Will er wirklich verschwinden? Nach diesem Abend? Nachdem er mir alles erzählt und mit mir geschlafen hat?

»Deine Geschwister?«, erinnere ich ihn.

»Kade hätte sich kaum eine schwulenfeindlichere Gegend aussuchen können. Summer hat hier Albträume. Mom versauert im Club und Kaleb ... du hast es ja gesehen. Eigentlich hält uns hier nichts.« Wenn ich genau über seine Worte nachdenke, muss ich ihm recht geben. Mein Herz will ihm sagen, dass ich ihn hier halten sollte, aber ich beiße mir auf die Zunge.

»Klingt sinnvoll«, schlucke ich, weil mir der Gedanke, dass alle weg sind, nicht gefällt. Diese Familie fühlt sich schon jetzt wie meine eigene an. Er sieht mich an und zuckt mit den Mundwinkeln. »Ich will, dass du mitkommst.« Ich verschlucke mich und glaube, mich verhört zu haben. Im nächsten Augenblick hat er sich über mich gerollt und mich zu Boden gedrückt. Seine Wärme nimmt mir die Kälte, die seine Worte in mir verursacht haben.

»Ich meine es ernst. Komm mit uns. Was hält *dich* denn hier?« »Nichts.« Meine Antwort könnte nicht schneller feststehen, immerhin bleibt mir hier nichts, wenn sie weg sind.

»Siehst du? Wenn dich nichts hier hält, kannst du uns auch begleiten.« Mein Herz poltert aufgrund seines Vorschlages.

»Meinst du das ernst? Oder ist das ein Teil deines perversen Plans, mich loszuwerden? Sind hier versteckte Kameras?« Suchend sehe ich mich um, dabei hat er mir in den letzten Stunden sein wahres Ich gezeigt. Das hier ist sein wahres Ich, und das ist deutlich handzahmer, als er immer den Anschein erweckt hat.

»Sehe ich aus wie jemand, der Späße macht?« Sofort schüttle ich den Kopf. »Also. Was sagst du?« Ihn so ungeduldig und neben der Spur zu sehen, gibt mir Genugtuung. Ich habe es geschafft, seine Schale zu knacken. Ich allein!

Weil ich ihn etwas zappeln lassen will, ziehe ich die Zeit bis zu meiner Antwort in die Länge. Panik liegt in seinen Augen, die zum Dahinschmelzen an ihm aussieht. Eigentlich sieht jeder Gesichtsausdruck an ihm zum Dahinschmelzen aus. Ich kenne keinen Mann, dessen Wut und Trauer so schön sind.

»Ja.«

Seine Augen werden größer.

»Ja?«

Ich nicke und beiße mir auf die Unterlippe. »Ich habe nichts zu verlieren, oder?« Außer mein Herz … dabei bin ich mir sicher, dass ich es in der Sekunde verloren habe, in der Phoenix mich zum Soldaten in seinem Krieg gemacht hat. Denn anstatt zu fliehen, habe ich mich dazu entschieden, mit ihm in die Schlacht zu ziehen.

AMBER

Ich erinnere mich nicht daran, wann ich das letzte Mal so erholsamen Schlaf bekommen habe. Und dass ich auf einem Holzboden liege, verdeutlicht mir nur, dass es nicht darauf ankommt, *wo* man ist, sondern mit *wem*. Phoenix liegt hinter mir, seinen Arm eng um mich geschlungen, sein Atem ist heiß und trifft auf meine Haut. Draußen regnet es immer noch, aber hier drin kann uns niemand etwas anhaben. Im ganzen Haus ist es still, alle schlafen und Summers Albträume scheinen auch aufgehört zu haben.

Ich lasse die letzten Stunden Revue passieren. Unseren Streit in seinem Zimmer. Das erste Mal, dass wir uns geküsst haben. Die Sorgen, die ich mir um ihn gemacht habe, als er einfach verschwunden ist. Und schließlich das Geheimnis, das ich gelüftet habe, und das uns beide durch Joseph miteinander verbindet. Er war nur für wenige Jahre mein „Stiefvater", aber im Prinzip war Jamie somit auch mein kleiner Stiefbruder. Den ich nie kennenlernen werde, weil er viel zu früh von dieser Welt gehen musste. Weil das Schicksal scheiße ist und dieser Tag nie aus der Geschichte gestrichen werden kann.

Der Hass, den Phoenix gegen sich selbst hegt, hängt immer noch wie eine Gewitterwolke über uns in diesem Raum, aber ich bin mir sicher, dass es ihn entlastet hat, darüber zu sprechen. Von Geborgenheit umgeben schließe ich die Augen und drifte in einen tiefen Schlaf, in dem mir niemand etwas anhaben kann …

Ein lautes Poltern reißt mich aus meinem tiefen Schlaf. Etwas donnert gegen die Tür, aber ich bin noch zu benebelt, um das Geräusch zuordnen zu können. Noah beginnt, in Summers Zimmer aufgrund des Lärms zu bellen und ich will aufschrecken, aber Phoenix umklammert mich so fest, dass ich mich kaum rühren kann. Ich rüttle an seinem Arm, aber er wacht einfach nicht auf. Mir ist heiß unter der Decke, also schiebe ich sie zur Seite.

»Phoenix, da ist jemand an der Tür«, murmle ich schlaftrunken. Wer könnte das sein? Es ist doch mitten in der Nacht, draußen ist es immer noch dunkel. Mein Zeitgefühl ist hinüber, aber ich bin mir sicher, dass es nach drei Uhr sein muss.

Im nächsten Augenblick erschüttert ein noch lauteres Geräusch das gesamte Haus, und dann stürmen plötzlich mehrere Männer in den Raum. Endlich wacht auch Phoenix auf und schreckt gemeinsam mit mir hoch. Ich trage lediglich eines seiner Shirts und meine Unterwäsche, Phoenix nur Shorts.

»Was zur Hölle?« Ich robbe zur Stehlampe und drücke den Knopf. Zum Vorschein kommen vier bewaffnete Cops des CPD, die uns am Boden entdecken und im Licht der alten Glühbirne ihre Waffen auf uns richten. Alle sind vollkommen in ihre Uniformen gekleidet. Phoenix legt seinen Arm schützend um mich und gemeinsam stehen wir auf. Das hier muss ein schlechter Traum sein.

»Amber Williams?« Der bulligste der vier Männer tritt auf uns zu, was Phoenix animiert, mich enger an sich zu ziehen. Doch sein Körper kann mir in dieser Sekunde nicht genug Sicherheit geben, ich zittere in Gegenwart des Polizisten wie Espenlaub. Was wollen die hier? Und vor allem – was wollen die von mir? Im ersten Moment dachte ich, dass sie Phoenix hochnehmen wollen, weil er als Dealer aufgeflogen ist, aber sie alle sehen nur mich an. Und das, als hätte ich

228

ein Schwerverbrechen begangen. »Die bin ich«, sage ich kleinlaut. Die drei Kollegen sehen sich im Raum um und behalten uns dabei immer wieder im Auge.

»Was wollen Sie von ihr? Soweit ich weiß, haben Sie keinen Durchsuchungsbefehl und brechen hier gerade ein.« Phoenix bebt vor Wut, ich vor Angst. Doch die Augen der Männer verraten sie: Das ist ihnen herzlich egal. Sie sind das Gesetz und dagegen haben wir sicher keine Chance. Und wenn Phoenix sich in ihr Radar stellt, könnten sie ihn hochnehmen.

Der Mann vor mir packt mich am Handgelenk und zieht mich von Phoenix weg. Anschließend dreht er mich mit gekonnten Griffen zum Sofa und beugt mich über die Lehne. Dann höre ich das Klicken von Handschellen und ihr kaltes Material an meiner Haut, das mich zusammenfahren lässt.

»Was zur Hölle tun Sie da?«, brüllt Phoenix, und dann stürmen die Cops zu ihm, damit er nicht auf die Idee kommt, dem Bullen hinter mir sein Messer an den Hals zu drücken. Ich wehre mich nicht, auch wenn ich keine Ahnung habe, was ich getan haben soll. Noah bellt derweil immer lauter in Summers Zimmer. Es wird nicht lange dauern, bis sie aus ihrem Zimmer kommt und das hier sieht. Und dass ihre nächtlichen Albträume dadurch nur schlimmer werden, liegt auf der Hand. Dieses Mädchen hat eindeutig zu viel mitbekommen.

»Amber Williams.« Der Cop zieht die Handschellen enger. »Sie sind Tatverdächtige im Mordfall Joseph

Price.« Meine Augen werden groß und mir bleibt die Spucke im Hals stecken. »W-Was meinen Sie? Welcher Mord?« Joseph soll tot sein? Der Boden unter mir wackelt und ich würde auf die Knie fallen, wenn mich der Mann nicht festhalten würde. Meine Glieder fühlen sich an wie Wackelpudding, ich habe keine Kraft in meinem Körper.

»Das ist doch Bullshit. Sie hat nichts getan!« Phoenix ist wütender, als ich ihn je in meiner Gegenwart erlebt habe. Die Wucht in seinen Worten lässt mich noch mehr zittern. Bilder wabern durch meinen Kopf, die ich nicht einordnen kann. Wovon zur Hölle sprechen diese Männer überhaupt?

Der Abend meiner Flucht kommt mir wieder in Erinnerung und ich spüre, wie meine Kehle enger wird. Was, wenn wirklich etwas passiert ist, als ich geflohen bin? Was, wenn …? Nein! Meine Mutter hätte mich längst gefunden und mir Bescheid gegeben. Oder? Doch dann erinnere ich mich an jedes Mal, wenn ich ihre Anrufe weggedrückt habe. Vor einigen Wochen haben ihre Versuche aufgehört, als ich mir ein neues Handy mitsamt neuer Nummer besorgt habe.

»Lassen Sie sie los, verdammt!« Aber sein Protest wird gekonnt ignoriert. Mittlerweile muss Summer das Zimmer verlassen haben, Noah rennt in den Raum und bellt die Polizisten lauthals an. Im nächsten Augenblick sehe ich sie. Mit verweinten Augen steht Summer vor uns, ihr einäugiges Kuscheltier in der linken Hand, dicke Tränen in ihren unschuldigen Augen.

»Summer, komm her.« Sofort hört sie auf ihren Bruder und rennt in seine Arme. Der Cop steht immer noch hinter mir und behandelt mich wie eine Schwerverbrecherin. Und je länger ich darüber nachdenke, desto unsicherer werde ich. Was, wenn sie recht haben und ich eine Mörderin bin?

»Sie kommen vorerst mit aufs Revier.«

»Amber, was hat das alles zu bedeuten?« Phoenix kommt mit seiner kleinen Schwester auf dem Arm zu mir, aber die Cops sorgen für zu viel Abstand zwischen uns. Ich will ihn küssen und ihm sagen, dass ich unschuldig bin. Aber in dieser Sekunde weiß ich gar nichts mehr. Summer hat ihr Gesicht an seiner Brust vergraben und schluchzt heftig, ihre kleinen Schultern unter dem Eisköniginnen-Pyjama beben. Der Cop führt mich Richtung Tür und ich wehre mich nicht.

Ich weiß, dass es keinen Sinn hätte, gegen sie anzugehen, außerdem bin ich körperlich viel zu unterlegen. Den Kerl im Park konnte ich kurz außer Gefecht setzen, aber das hier sind ausgebildete Männer mit Knarren in ihren Händen, die allesamt auf mich gerichtet sind. Wer weiß, wie weit sie gehen würden.

Mit tränenverschleiertem Blick sehe ich über meine Schulter und das Bild bricht mir das Herz. Diese beiden Menschen zu sehen, die mir so viel bedeuten. Was, wenn ich sie nicht mehr wiedersehe? Wenn er mich nach dieser Sache nicht mehr ansehen kann oder mich von Summer fernhalten will? Was, wenn er der Polizei glaubt, dass ich … eine Mörderin bin?

»Pass auf Noah auf, Phoenix.« Mein Schluchzen steht kurz vor dem Ausbruch. Er hat Tränen der Wut in den Augen, gemischt mit einer unbeschreiblichen Verzweiflung. Nur er schafft es, zwei so unterschiedliche Gefühle in einem Blick zu vereinen und dabei immer noch so makellos auszusehen.

»Amber, ich …« Doch dann fällt die Tür ins Schloss und die Männer führen mich zu ihrem Wagen.

»Hören Sie … ich weiß nichts davon, dass Joseph … tot sein soll«, versuche ich verzweifelt, zu retten, was noch zu retten ist. Aber an dem eiskalten Blick des Cops im Rückspiegel sehe ich, dass es sinnlos ist. Sie werden mich trotzdem mitnehmen. Mein Blick wandert ein letztes Mal zum Haus der Nolans, und als ich Phoenix mit Summer im Arm am Fenster hinter dem dünnen Vorhang stehen sehe, will ich am liebsten die ganze Welt zusammenschreien. Wie kann sich der schönste Abend meines Lebens mit einem Fingerschnipsen in den schlimmsten verwandeln? Gott muss mich hassen, wenn er mir das hier wirklich antut.

»Heben Sie sich die Worte für das Verhör auf dem Revier auf, Miss Williams.« Nickend nehme ich die Tatsache hin. Immer wieder denke ich an den Abend und an den Streit, den ich mit Joseph hatte.

Er hat meine Mutter geschlagen – was hätte ich tun sollen? Außerdem war er an dem Abend stockbesoffen. Ich lasse mich gegen den Sitz fallen, fühle mich beschämt, weil ich kaum Sachen trage, und schließe die Augen. Das Einzige, was ich tun kann, ist hoffen. Hoffen, dass diese Cops nicht recht haben und sein Sturz an diesem Abend nicht die Todesursache war …

Wenige Minuten später erreichen wir das Revier. Zig Streifenwagen stehen vor dem Gebäude, drinnen herrscht reges Treiben, obwohl es mitten in der Nacht ist. Nein – WEIL es mitten in der Nacht ist. Chicago ist tagsüber im Vergleich zur Nacht eine echte Blumenwiese. Und das, obwohl auch am Tage nicht gerade wenige Verbrechen begangen werden. Die schlimmsten finden immer in der Dunkelheit statt, wenn es leichter ist, sich im Schatten zu verstecken. Einer der Cops öffnet meine Tür und zerrt mich unsanft nach draußen. Meine nackten Füße landen auf dem nasskalten Boden.

Das hier ist sicher verboten. Die Cops haben nicht das Recht, einen Menschen so zu behandeln, wie sie es gerade mit mir tun. Mit zusammengebissenen Zähnen folge ich den Männern über den Parkplatz und bin froh, als mich der etwas wärmere Linoleumboden des Reviers trifft.

Sie führen mich durch einen Flur, begrüßen ihre Kollegen, als wäre ich gar nicht existent, und bringen mich anschließend in einen separaten Raum, der sich rechts vom Flur befindet. Er ist steril und erinnert an die ganzen Serien, in denen die Leute verhört werden. Es gibt sogar den obligatorischen Spiegel, hinter dem man stehen und das Treiben im Inneren beobachten kann. In diesem Raum befindet sich eine Frau in der Ecke, mit dem Gesicht von uns abgewandt. Als wir eintreten, dreht sie sich um und mir stockt das Blut in den Adern.

»Mom?« Meine Lippen zittern, als sie mich ansieht. Ihre Augen sind von tiefen Schatten umrahmt, ihre Haut wirkt fahl und blass. Erst jetzt fällt mir auf, dass sie mir furchtbar gefehlt hat. Die Männer drücken mich auf den Stuhl an dem grauen Tisch. Drei der Typen verlassen den Raum und so bleibe ich mit einem Cop und meiner Mutter allein.

»Amber«, sagt sie kalt. In ihrem Blick spüre ich nur eines: Abscheu. Sie sollte nach Wochen, in denen ich untergetaucht bin, erleichtert sein, mich zu sehen. Aber nach Erleichterung sieht ihr Gesicht nicht aus, eher nach unbändiger Wut. »Was hat all das zu bedeuten? Joseph ist tot?« Dass ich diesen Mann verabscheue, wissen wir beide. Aber ich wünsche auch niemandem den Tod, nicht einmal meinem schlimmsten Erzfeind. Meine Mutter trägt einen hochgeschlossenen Pullover und einen schwarzen Mantel. Sie schüttelt fassungslos den Kopf. Ihre Haare hat sie streng nach hinten gebunden, früher hat sie sie immer offen getragen.

»Tu doch nicht so, als wäre das etwas Neues für dich.« Ihre Blicke spucken mir ihren Abscheu vor die Füße. Sie kommt auf den Tisch zu und stützt ihre Hände darauf ab. So als wäre sie ein Teil der Polizei und nicht meine Mutter.

»Mom, ich weiß nicht, wovon du sprichst!«, keife ich sie an, weil mich meine Gefühle übermannen. Tränen schimmern in ihren Augen, als sie ihre Hand auf den Tisch donnert.

»Du weißt nicht mehr, dass du ihn geschubst hast? Dass du ihn grundlos gegen den Schrank gestoßen hast? Du hast dich aus dem Staub gemacht, während er Minuten später in meinen Armen verblutet ist.« Die Adern an ihrer Stirn und an ihren Händen treten hervor. Ich male mir ihre Erzählungen in Bildern aus und schüttle den Kopf. Ihre Erzählungen sind so weit von der Wahrheit entfernt, dass mir von ihren Lügen schlecht wird. Der Cop sitzt mir immer noch im Nacken, sagt aber nichts.

»Er hat dich geschlagen, Mom! Und er hätte sicher nicht aufgehört, wenn ich ihn nicht von dir weggezogen hätte! Du weißt selbst, wie weit er gegangen wäre!« Mittlerweile lasse ich die Tränen zu und spüre, wie sie auf meine in Handschellen gelegten Hände fallen. Ich erinnere mich an jede Beleidigung, die er meiner Mom an den Kopf geworfen hat. Hure war sein Lieblingswort und langsam glaube ich fast, dass ihr dieser Name gefallen hat.

»Unsinn.« Sie streitet es tatsächlich ab? »Er hätte mir nie wehgetan. Aber du hast deine alberne Wut auf dein Leben an ihm ausgelassen und dafür musste er mit seinem Leben bezahlen!« Ihre anfängliche Gelassenheit hat sich in Hetze gegen mich verwandelt. Ich sollte aufpassen, was ich in Gegenwart des Polizisten sage, wenn ich tatsächlich unter Mordverdacht stehe, aber ich kann mich nicht zügeln.

»Du lügst. Wusstest du, dass er einen Sohn hatte?«, spiele ich mein neu gewonnenes Wissen aus. Sie stockt kurz, setzt aber schnell ihre Maske wieder auf. Seit wann sie so gut im Schauspielern ist, weiß ich nicht. Früher war sie die ehrlichste Frau der Welt, aber sie hatte ja genug Zeit, zu üben. »Natürlich. Ich wusste alles.« Wieder eine Lüge … Sie wusste ganz sicher nichts von Jamie, das hätte ich in den Jahren mitbekommen.

»Wie hast du mich überhaupt gefunden?« Diese Frage stelle ich mir, seit mich diese Männer in den

Wagen gestoßen haben. Sie haben mich behandelt wie einen Staatsfeind, dabei haben sie nicht einmal Beweise. Nur die Aussage meiner Mutter. Die jetzt ihre Augen verengt. Ihre Tränen sind mittlerweile verschwunden.

»Hättest du einen meiner Anrufe angenommen, hätten wir das sicher anders klären können.« Sie schnalzt abwertend mit der Zunge.

Wo ist die Frau hin, die jahrelang meine Seelenverwandte war? Die mir immer das Gefühl gegeben hat, dass ich an ihrer Seite alles schaffen kann? Die Antwort liegt auf der Hand: Joseph hat sie mir genommen, als er sie um den Finger gewickelt hat.

»Du hast der Polizei erzählt, ich hätte ihn umgebracht.« Meine eigene Mutter … die jetzt nur mit den Schultern zuckt.

»Ich habe ihnen die Wahrheit erzählt. Es war nicht leicht, dich zu finden, aber ein Bekannter von mir hat dich in diesem niveaulosen Schuppen gesehen. Dass du dich jemals zu so etwas herablassen würdest.« Wie sehr sie mich verabscheut verbirgt sie nicht. Alles dreht sich. Das hier muss einfach ein Albtraum sein, sonst halte ich es nicht aus.

»Weißt du was, Amber?« Sie atmet tief durch. »Du hast an diesem Abend entschieden, zu gehen, ohne an die Konsequenzen zu denken. Jetzt musst du mit ihnen leben.« Sie sieht zu dem Cop auf. »Ich würde jetzt gern gehen. Ich kann ihr Gesicht nicht mehr ertragen.«

Der Mann tritt neben sie und begleitet sie anschließend zur Tür. Ihre Absätze klackern und mit jedem sich entfernenden Schritt werden die Tränen auf meinem Gesicht schneller.

»Was passiert jetzt mit mir?«, frage ich leise. Meine Gedanken wandern zu Phoenix und Summer. Zu Kaleb, der sicher zu schwach war, um aufzustehen. Zu Kade, der den Schock seines Lebens bekommen wird, wenn er heimkommt und ich nicht mehr da bin. Zu Noah und seinem verzweifelten Bellen, als sie mich abgeführt haben. Das Letzte, an was ich denke, ist der Hass in den Augen meiner Mutter. Niemand antwortet mir. Dann fällt die Tür ins Schloss und ich breche zusammen.

PHOENIX

»Sie verstehen das nicht. Ich *muss* mit ihr reden.« Die Polizistin, die sich hinter dem Bildschirm ihres PCs versteckt, sieht mich genervt an. Wie lange ich schon auf sie einrede, weiß ich nicht. Direkt nachdem die Cops bei uns waren und Amber mitgenommen haben, kam Kade nach Hause. Ich habe ihm gesagt, dass er bei Summer bleiben muss und bin sofort zum Revier gefahren. Bis jetzt hatte ich keine Zeit, ihm von all dem zu erzählen, also bleiben ihm nur die kindlichen Erzählungen unserer Schwester.

»Haben Sie mir nicht zugehört?« Ihre braunen Augen sehen direkt in meine. »Miss Williams wird gerade von den Kollegen vernommen. Sie können jetzt nicht zu ihr. Das habe ich Ihnen jetzt schon zum vierten Mal gesagt und daran wird sich nichts ändern.« Meine

Faust kracht auf den Tresen zwischen uns, aber das lässt sie nicht mal mit der Wimper zucken. »Und wenn Sie hier weiter für Unruhe sorgen, können Sie gleich hierbleiben und sich zu Ihrer Freundin gesellen.« Kurz denke ich tatsächlich über ihre Worte nach. Ich müsste ihr nur die Drogen in meinem Kofferraum zeigen und schon würde ich einsitzen.

Aber ich muss an Summer denken. Und da ich mir sicher bin, dass Amber unschuldig ist, wäre es kontraproduktiv, wenn ich mich dazugeselle. Denn im Vergleich zu ihr haben die Cops genug Gründe, mich wirklich einzubuchten. Die Polizistin sieht, dass ich es in Erwägung ziehe, hier ein bisschen auf den Putz zu hauen, und verengt die Augen mahnend.

»Denken Sie nicht mal daran. Sie können im Laufe des Tages zu ihr, wenn die Kollegen mit der Befragung durch sind. Bis dahin gehen Sie bitte nach Hause.« Ich sehe mich im Revier um. Allein die Vorstellung, dass sie Amber wie eine Mörderin behandeln, macht mich rasend.

»Sie können Sie nicht hier halten, wenn Sie keine Beweise haben.« Dass ihr meine Art, mich in ihren Job einzumischen, nicht gefällt, ist nicht zu leugnen. Die Polizistin steht auf und deutet auf die Knarre in ihrem Holster. Wenn sie denkt, dass sie mich somit zum Schweigen bringt, hat sie sich mit dem Falschen angelegt. *Halt mir die Knarre an den Schädel und ich helfe dir, den Abzug zu drücken.*

»Wollen Sie mir ernsthaft sagen, wie ich meinen Job zu erledigen habe?« Ja! Aber ich beiße mir auf die Unterlippe, jedes Mal, wenn Summers verweinte Augen vor mir auftauchen. Ihre Unterlippe hat gezittert und sie hat ihr Gesicht fest an mich gedrückt.

»Vielleicht haben Sie noch nie etwas von Untersuchungshaft gehört, aber solange wir noch in den Ermittlungen stecken, dürfen wir Ihre Freundin auf dem Revier behalten. Die Aussagen Ihrer Mutter belasten Miss Williams, und dass sie am selben Abend die Flucht ergriffen hat und bei Ihnen untergetaucht ist, spielt nicht gerade in ihre Karten.« Natürlich sieht es für die Cops aus, als wäre sie schuldig. Aber sie kennen Joseph auch nicht. Sie wissen nicht, was für ein Scheusal dieser Kerl war und dass er jede Qual verdient hat.

Ich erinnere mich an all die Abende, in denen er uns terrorisiert hat. An die Narbe auf meiner Stirn, die mich immer daran erinnern wird, was passiert ist. Und dann kommt mir eine Idee …

»Wissen Sie was, Officer?« Ich grinse sie verkniffen an. »Sie haben recht. Sie werden schon wissen, was Sie tun.« Und mit diesen Worten kehre ich der Frau den Rücken zu und stürme nach draußen zu meinem Wagen. Es ist noch dunkel draußen, und als ich einen Blick auf meine Uhr werfe, weiß ich, wo ich hinmuss.

»Phoebe? Wo ist meine Mutter?« Der Club ist kurz vorm Schließen. Sie hat gerade den Boden gewischt, als ich reingekommen bin, und sieht jetzt erstaunt zu mir auf. »Was ist passiert? Du siehst so blass aus!« Phoebe lässt den Wischmopp gegen die Bar fallen und kommt auf mich zu, als würde sie ahnen, dass etwas mit Amber nicht stimmt. Aber ich habe keine Zeit und Lust, ihr jetzt alles bis ins kleinste Detail zu erklären. Das kann Amber übernehmen, wenn sie diesen Albtraum hinter sich hat.

»Ich muss einfach mit Hannah sprechen«, weise ich sie ab. Phoebe schürzt die Lippen und deutet nach hinten. »Sie macht sich vermutlich gerade für den Heimweg bereit.« Ohne weiter auf sie einzugehen, stürme ich in die Garderobe und entdecke meine Mutter mit einem Glas in der Hand an einem der Schminktische. Das übliche Bild also.

»Phoenix?« Sie lallt leicht. Na wunderbar. Da brauche ich sie einmal nüchtern und dann das? Ich gehe auf sie zu und nehme ihr das Glas weg. Ihren Protest ignoriere ich. »Joseph ist tot.« Die Neuigkeit bringt sie vielleicht dazu, mir zuzuhören und nicht nur an den

242

Alkohol zu denken. Meiner Mutter entweicht die Farbe aus dem Gesicht. Neben uns befinden sich nur zwei weitere Frauen hier, die sich gerade mit Getuschel aus dem Staub machen und uns allein lassen. Alle kennen mich hier. Sie wissen, wie schnell ich die Fassung verliere. Und keiner sieht gern dabei zu, wie ich explodiere.

»Was?« Ihre Unterlippe bebt. Kann sie ihn nach all den Jahren immer noch so vermissen? Ich drehe ihren Stuhl in meine Richtung und stütze mich auf den Lehnen ab.

»Er ist tot und Amber wird verdächtigt, ihn umgebracht zu haben.« Man sieht, wie es in ihrem Kopf rattert. »Moment mal … Amber? Unsere Amber? Ich verstehe nicht!«

»Joseph hat sich an Ambers Mutter rangemacht, nachdem er abgehauen ist. Und er hat mit ihr und Amber das Gleiche abgezogen wie mit uns«, drücke ich mich deutlicher aus. Meine Mutter riecht nach Alkohol und billigem Parfum. Wie immer. Sie schließt kurz die Augen, öffnet eine Schublade und zündet sich dann eine Zigarette an. Den Qualm bläst sie mir direkt ins Gesicht.

»Und was willst du jetzt von mir?« Wie sehr sie die Tatsache mitnimmt, kann sie nicht überspielen. Egal, wie viel Mühe sie sich auch gibt. Nach all den Jahren scheint sie immer noch an diesem Wichser zu hängen.

Während mich sein Tod kaltlässt, scheint er sie vollends im Griff zu haben.

»Ambers Mutter hat vor der Polizei behauptet, dass sie ihn umgebracht hätte. Heute Nacht standen die Cops in unserem Wohnzimmer und haben sie mitgenommen.« Noch jetzt könnte ich bei der Erinnerung daran kotzen. Das Gefühl, wie die Tür ins Schloss gefallen ist und ich machtlos war … es hat mich fast umgebracht. Kurz habe ich mich gefühlt wie an diesem Tag. Einfach nur danebenzustehen und zusehen zu müssen, wie die Welt aufhört, sich zu drehen …

Meine Mutter nimmt einen neuen Zug, ihre Hand zittert noch stärker. Ich erinnere mich an die Gesprächsfetzen der Cops, als ich im Revier ankam. Mehr weiß ich leider auch nicht, weil sie mich nicht zu ihr gelassen haben.

»Und? Hat sie?« Allein, dass sie es in Erwägung zieht, schürt die Wut in mir noch weiter. »Natürlich nicht! Du solltest Amber mittlerweile besser kennen. Immerhin ist sie es, die sich die ganze Zeit um deine Tochter kümmert, obwohl es deine Aufgabe ist.« Im nächsten Moment spüre ich ihre flache zitternde Hand an meinem Gesicht, als sie mir eine klatscht.

»Wag es nicht, Phoenix!« Sie deutet auf unsere Umgebung. »Ich mache all das hier nur für euch!« Tränen stehen in ihren Augen, aber sie lassen mich kalt. Sie macht das hier für sich. Für niemanden sonst. Sie könnte auch genauso gut zu Hause bei ihren Kindern bleiben und eine Mutter sein. Wie früher. Ich lasse von ihr ab und suche nach einer Lösung. Aber mir fällt keine andere ein, als die, die mich hierhergebracht hat. »Hör zu.« Ich atme tief durch. »Du musst bei der Polizei aussagen. Du weißt am besten, was für ein Mensch Joseph war. Du weißt, wie es ist, von ihm tyrannisiert zu werden. Er hat dich geschlagen, Mom. Wenn du den Cops erklärst, wer Joseph wirklich war, hat Amber vielleicht eine Chance vor den Geschworenen.« Keine Ahnung, ob meine Gedankengänge überhaupt sinnvoll sind, aber ich kann nicht tatenlos zu Hause sitzen, während Amber auf dem Revier ist. Allein.

»Ich ... Phoenix. Du weißt, dass das nicht so einfach war mit uns. Mit Joseph und mir ... das«, stottert meine Mutter und ich stehe kurz davor, in ihrer Gegenwart das erste Mal handgreiflich zu werden. In letzter Sekunde kriege ich mich gestoppt.

»Es war nicht einfach?« Mit den Fingern deute ich auf meine Narbe. »Er war das. Er hat unsere ganze Familie wie Dreck behandelt.« Nachdem ich seinen einzigen Sohn getötet habe ... Aber für diese Schuldgefühle ist im Moment kein Platz. Heute geht es nicht um mich, Jamie oder meinen Hass mir selbst gegenüber, sondern um Amber.

»Du musst für sie aussagen, Mom.« Weil mich die Kraft langsam verlässt, falle ich vor ihr auf die Knie. Meine Schultern beben, bevor die ersten Tränen über mein Gesicht rollen. Die Augen meiner Mutter auf mich gerichtet, lasse ich meinen Kopf auf ihre Knie sinken. Ich erlaube mir, schwach zu sein, so wie Amber es von mir verlangt hat. Aber es ist das erste Mal, dass ich diese Schwäche in Gegenwart meiner Mutter zulasse. »Bitte, Mom.« Ich kralle mich in dem Stoff ihrer Hose fest. »Du musst ihr einfach helfen.« Aber sie antwortet nicht.

AMBER

Einige Wochen zuvor

»Ich bin wieder zu Hause.« Mit diesen Worten schmeiße ich die Tür hinter mir zu, leine Noah ab, dessen Fell völlig durchnässt ist, und hänge meinen Mantel an der Garderobe auf. Im ersten Moment kann ich nur das Laufen des Fernsehers in der Küche hören, sonst nichts. Bis seine Stimme ertönt.

»Du willst mir also sagen, dass du morgen Abend nicht da bist?« Joseph. Immer, wenn ich seine kratzige Stimme höre, wird mir übel. Ich erinnere mich an all die Male in den letzten Jahren, in denen er den Frust auf sein Leben an uns ausgelassen hat. Wenn es beruflich für ihn schlecht lief, hat er meine Mutter dafür verantwortlich gemacht, wenn kein Alkohol mehr im Keller war, hat er seine Wut an mir ausgelassen.

»Es tut mir leid, Liebling.« Meine Mutter klingt genauso eingeschüchtert, wie ich sie kenne. Nein, das stimmt nicht. Mom war nie so, wie sie jetzt ist. Sie war immer eine taffe, starke Frau, die mich bis aufs Blut beschützt hat, nachdem Dad von uns gegangen ist. Bis sie sich in ihn verliebt hat. Ich streichle Noah über den Kopf und presse mich an die Wand, um besser mit anhören zu können, was sich in der Küche abspielt. Wieso sie dieses Mal wieder streiten und ob es genauso grundlos ist wie jedes Mal.

»Es tut dir leid?«, speit er aus. »Du weißt, dass dieses Essen mit meiner Firma morgen Abend stattfindet!«

»Ich habe es in der falschen Woche eingetragen. Es tut mir wirklich leid, aber ich kann für morgen auch nicht absagen.« Das Nächste, was ertönt, ist ein dumpfer Schlag. Vermutlich donnert er seine Faust auf den Tisch. Ich kann die Geräusche mittlerweile gut genug einordnen. Es klingt anders, wenn seine Hand ihr Gesicht trifft.

»Du kannst und du wirst.« Er stiefelt auf und ab, ich kann seinen Schatten im Flur sehen. Wenn er sehen würde, dass ich hier stehe und sie belausche, würde er vermutlich das Interesse an meiner Mutter verlieren und seinen Hass gegen mich bündeln.

»Joseph, Liebling.« Liebling.

Jedes Mal, wenn sie ihn so nennt, will ich sie schütteln und fragen, wo sie nur ihre Vernunft verloren hat. Dieser Mann tut niemandem gut. Noah sieht mich aus seinen Knopfaugen an und scheint nicht zu verstehen, wieso ich mich nicht vom Fleck rühre. Also bellt er mich an, damit ich mich bewege. »Psst!« Ich halte meinen Finger vor den Mund, aber es ist ohnehin zu spät. Sekunden später packt mich jemand bei der Hand und zerrt mich von der Wand weg hinein in unsere Küche. Es riecht nach verbranntem Essen.

»Sieh mal, wer wieder gelauscht hat«, spottet er. Sein Griff um mein Handgelenk ist so fest, dass es schmerzt. Joseph hat eine Fahne, die ganze Pferde lahmlegen würde. Natürlich ist er besoffen, wie konnte ich etwas anderes erwarten? Der Wodka am Abend ist sein treuer Begleiter und es ist schon dunkel draußen. Tagsüber hat er sich meistens noch im Griff, aber abends zeigt er sein wahres, hässliches Gesicht. Also habe ich gelernt, die Abende und Nächte zu hassen.

Noah bellt ihn an, weil er bemerken muss, dass er mir wehtut. Und dann tritt Joseph nach ihm, was das Fass eindeutig zum Überlaufen bringt, als Noah vor Schmerz winselt.

»Wag es ja nicht, ihn noch einmal zu treten!«, brülle ich ihn an und spüre, wie mir schwindelig wird. Er lässt von Noah ab und kommt stattdessen wieder auf mich zu. Seine Augen schreien vor Abscheu mir gegenübel. Sein Lachen zeigt keinerlei Skrupel.

»Dein Köter kann eh nichts anderes, außer dir am Rockzipfel zu hängen.« Er treibt mich näher an die Wand in meinem Rücken. Dass er taumelt, zeigt mir erst, wie besoffen er sein muss. Das Erstaunliche an ihm ist, dass er nie lallt, egal, wie viel er intus hat. »Joseph, Liebling. Lass Amber doch da raus«, mischt sich meine Mutter ein. Und schon als sie den Mund öffnet, weiß ich, dass es ein Fehler ist. Joseph lässt von mir ab und donnert ihr seine Hand ins Gesicht. Sofort wird ihre Wange feuerrot, als ihr Kopf zur Seite schleudert. Leider nicht zum ersten Mal.

»Und seit wann schlägst du dich auf die Seite dieses elendigen verzogenen Teenagers, hm?« Sie antwortet nicht, was ihn dazu animiert, sie noch mal zu schlagen. »Antworte mir, du Hure!« Die Adern an seinem Hals pulsieren und in meinem Kopf dreht sich alles. Ich will meiner Mutter helfen, also zerre ich ihn von ihr weg.

Doch Joseph schüttelt mich so leichtfertig ab, dass ich machtlos bin. Noah hat sich schutzsuchend unter dem Esstisch verkrochen, so wie jedes Mal, wenn er einen Ausraster hat.

Und manchmal wünschte ich, ich könnte das auch. Einfach wegsehen und gehen. Einfach so tun, als wäre nichts. Aber das kann ich nicht, wenn es meine Mutter ist, die vor ihm steht und all seine gebündelte Wut abbekommt.

»Ihr beide seid ein undankbares Pack! Ich tue alles für diese Familie!« Mir steckt ein Lachen im Hals fest. Er tut nichts für uns, absolut gar nichts. Uns wie Dreck zu behandeln, soll uns dankbar machen?

»Das weiß ich doch, Liebling«, sagt Mom tatsächlich davon überzeugt. Manchmal glaube ich, dass er sie komplett manipuliert hat. Dass sie ihren eigenen Willen verloren hat, als sie entschieden hat, ihn hier bei uns einziehen zu lassen.

»Als ob!« Und dann rast seine Hand ein weiteres Mal in Richtung meiner Mutter. Ich nutze es aus, dass er mit dem Rücken zu mir gewandt dasteht, und schubse ihn mit aller Macht von ihr weg.

»Was zum -« Zu mehr kommt er nicht, weil er im nächsten Augenblick das Gleichgewicht dank der Promille in seinem Blut verliert und wegknickt. Ein Schrei ertönt, gefolgt von einem dumpfen Schlag, als er mit dem Kopf auf den Tisch fällt. Ich zittere am ganzen Körper, während meine Mutter panisch zu ihm eilt. Sein Wohl ist ihr wichtiger als das ihrer Tochter. Etwas, an das ich mich schon gewöhnt habe.

»Komm, Noah!« Aufs Kommando kriecht er unter dem Tisch hervor und folgt mir. Raus aus dieser Küche. Weg von diesem Monster. Und weg von meiner Mutter, die mich fragt, was zur Hölle ich gerade angerichtet habe.

»Ich weiß, wieso meine Mutter mich jetzt erst angezeigt hat.« Es fällt mir wie Schuppen von den Augen. Der Mann vor mir ist der zweite Officer, der mich zu diesem Tag verhört. Und jeder wollte alles bis ins kleinste Detail wissen. Jeder wollte wissen, was ich an diesem Tag getragen habe, zu welcher Uhrzeit ich nach Hause gekommen bin und wie der genaue Wortlaut bei dem Streit gewesen ist. Meine schwammigen Antworten haben fast allen nur ein bedauerndes Kopfschütteln entlockt. »Und wieso?« Er klingt emotionslos, was er in Anbetracht seines Jobs sicher gelernt hat. Wenn man täglich mit Verbrechern zu tun hat, stumpft man vermutlich einfach ab. Ich weiß nicht, wie lange die mich hier schon festhalten, aber es fühlt sich wie eine Ewigkeit an.

Krampfhaft versuche ich, mich an die letzte Nacht mit Phoenix und an alles, was er über Joseph gesagt hat, zu erinnern, aber es ist wie weggeblasen. Nervös knibble ich an meinem abgeplatzten roten Nagellack, den ich vor einigen Tagen extra für die Arbeit gekauft und aufgetragen hatte. Das erste Mal wünschte ich mir, ich wäre in diesem Club anstelle dieses Reviers. Das erste Mal kommt mir der Schuppen wie das Paradies vor.

»Weil man sonst ihre blauen Flecke gesehen hätte, die er ihr angetan hat«, spucke ich aus. Der Officer macht sich die ganze Zeit Notizen, nachdem er mir wie sein Vorgänger meine Rechte vorgelesen hat, und ich bin mir sicher, dass hinter dem Spiegel in meinem Rücken seine Kollegen stehen und das Ganze ebenfalls beobachten. Man wird jedes Wort, das ich sage, dreimal umdrehen und auf die Goldwaage legen. Und ich bin mir sicher, dass ich schon in das ein oder andere Fettnäpfchen getreten bin und sie mich eigentlich schon verurteilt haben. Weil ich von meinem Recht, mit den Antworten auf einen Anwalt zu warten, der mich vertritt, noch keinen Gebrauch gemacht habe. Ein Nachteil daran, so impulsiv zu sein wie ich.

»Hören Sie, Miss Williams.« Er blättert sich durch die Aufzeichnungen, und als er an einem Bild hängen bleibt, schiebt er es zu mir herüber. Ich übergebe mich fast, als ich Joseph sehe. Er liegt am Boden unserer Küche, ich erkenne es an den braunen Fliesen. Regungslos.

»Ihre Mutter hat sofort die Polizei alarmiert, nachdem Sie verschwunden sind. Sie müssen doch verstehen, dass Ihr Untertauchen ein schlechtes Licht auf Sie wirft.« Wie konnte ich nur so unüberlegt handeln? Wieso bin ich nicht noch einmal in die Küche gegangen, anstatt meine Mom alleine mit ihm zu lassen?

»Er war besoffen, das haben Sie sicher im Nachhinein feststellen können. Und er hat meine Mutter geschlagen, ich wollte ihn nur von ihr wegholen. Dass er gestolpert ist, ist nicht meine Schuld! Ich konnte doch nicht wissen, dass er sich derart den Kopf gestoßen hat.« Mir steckt ein Wimmern im Hals, weil mir klar wird, dass ich mich um Kopf und Kragen rede.

»Das müssen Sie den Geschworenen verklickern. Ihre Mutter behauptet fest, dass Sie ihr die blauen Flecke zugefügt haben.« Er nimmt das Bild wieder in die Akte auf und schließt sie. Anschließend steht er auf und wendet sich zum Gehen.

»Das heißt, ich habe noch eine Chance, wenn ich die Geschworenen von der Wahrheit überzeuge?«, flüstere ich. Er hält an, als er antwortet.

»Wenn sie Ihnen mehr glauben als Ihrer Mutter, vielleicht.« Und dann ist er verschwunden, während ich allein in diesem Raum zurückbleibe und weiterhin wie eine Schwerverbrecherin behandelt werde, obwohl ich nur helfen wollte ...

PHOENIX

Mein Blut kocht, als ich mein Ziel ansteuere. Nachdem ich meine Mutter im Club wortwörtlich auf Knien angebettelt habe, Amber und mir zu helfen, musste ich nach dem nächsten Strohhalm greifen. Also habe ich zu Hause Ambers Sachen durchwühlt und ihren Ausweis gesucht, damit ich weiß, wo ich ihre Mutter finden kann. Jetzt stehe ich vor ihrem Elternhaus und könnte vor Wut fast explodieren. Wut auf Joseph, weil er ihr das Leben schwer gemacht hat. Wut auf mich, weil ich ihn erst zu diesem Monster gemacht habe. Wut auf die ganze, verfickte Welt und jeden Menschen, der sie dazu gemacht hat.

Ich klopfe laut gegen die braune Tür. Das Haus ist ganz schick für eine Gegend wie diese, mit seiner gelben Fassade und den braunen Fensterläden könnte es kaum spießiger sein. Gedanklich lege ich mir schon die Worte

255

zurecht, doch als mir die Tür geöffnet wird, sind alle wie weggeblasen. Eine Frau in dem Alter meiner Mutter steht vor mir, ihre Haare streng zu einem Zopf nach hinten gebunden. Ihre blauen Augen haben dieselbe Musterung wie Ambers und ich bin mir sofort sicher, dass sie die ist, die ich suche.

»Sie müssen Ambers Mutter sein?« Ich versuche, höflich zu sein, auch wenn ich nicht gerade dafür bekannt bin. Als sie den Namen ihrer Tochter hört, presst sie die Lippen eng zusammen.

»Und wer bist du?«, will sie unfreundlich von mir wissen. Sie hat denselben Biss wie ihre Tochter, nur auf andere Art und Weise.

»Ein … Freund«, sage ich zögernd. Ich habe keine Ahnung, in welcher Beziehung wir zueinanderstehen, aber das spielt ohnehin gerade keine Rolle. Alles, was gerade eine Rolle spielt, ist, Amber da irgendwie rauszuboxen. Und dafür sind mir keine Mittel zu schade.

»Was wollen Sie von mir?« Sie hat die Tür nur einen Spalt geöffnet, als wolle sie vermeiden, dass ich hineinsehen kann. Sie ist genauso gastunfreundlich wie ich es normalerweise bin.

Jetzt weiß ich, wie Amber sich an diesem Abend gefühlt haben muss. Und ich habe sie behandelt wie Abschaum … Doch jetzt ist keine Zeit für unsinnige Schuldgefühle, also schiebe ich die Gedanken einfach weit von mir weg.

»Wissen Sie nicht, dass Ihre Tochter unter Mordverdacht steht und auf dem Revier festgehalten wird?« Da sie meine Worte nicht mal mit der Wimper zucken lassen, kenne ich die Antwort, ohne dass sie etwas sagen muss. Sie verengt die Augen.

»Doch, ich habe sie schließlich angezeigt und der Polizei den Tipp über ihren Aufenthalt gegeben.« Mir entweicht das Blut aus den Adern und meine Hände ballen sich automatisch zu Fäusten. Sie hat *was*?

»Wie ... wieso? Welche Mutter tut ihrer Tochter so etwas an?«, knurre ich sie an, was sie die Tür noch ein Stück weiter schließen lässt. Bevor sie sie ins Schloss fallen lässt, schiebe ich meinen Stiefel dazwischen. So leicht lasse ich mich definitiv nicht abwimmeln.

»Weil sie ihn ermordet hat!« Das erste Mal, seit ich hier bin, zeigt diese Frau so etwas wie Emotionen. Ihre Augen brennen vor Wut, meine vor reinem Hass. Ich greife in die Tasche meiner Jeans und hole das Foto heraus, welches ich extra eingesteckt habe, bevor ich hergekommen bin. Am liebsten hätte ich es verbrannt, aber ich habe es nicht übers Herz gebracht.

»Joseph ... er war mit meiner Mutter zusammen, bevor er uns verlassen und sich hier eingenistet hat.« Ambers Mutter sieht das Bild in meinen Händen an und erstarrt, als sie ihn darauf neben meinem Bruder erkennt. »Und er hatte einen Sohn mit meiner Mutter. Jamie ...« Ich tippe auf sein Gesicht. Dass sie davon nichts wusste, erkennt man an ihrer Reaktion. Vielleicht schnallt sie jetzt, was für ein Mensch er war. Dass Joseph Price nur lügen konnte, und sonst nichts. »Joseph war kein guter Mensch. Er hat meine Familie genauso terrorisiert wie Ihre«, versuche ich, an ihr Gewissen zu appellieren. Nach allem, was Amber mir erzählt hat, war ihr Leben genauso verkorkst wie unseres, aber ihre Mutter schenkt dem Foto keine weitere Beachtung. Es ist, als würde sie gar nicht verstehen, was ich ihr hiermit sagen will. Als wäre es ihr völlig egal.

»Keine Ahnung, was dieses Gör dir erzählt hat, aber Joseph war immer gut zu uns. Und jetzt ist er nicht mehr da!« Ich schiebe die Tür noch ein Stück weiter mit dem Stiefel auf und erstaunlicherweise hindert sie mich nicht daran. Danach trete ich dichter an sie heran und blicke auf sie hinab. Wie ein Jäger auf seine Beute.

»Genauso wie Ihre Tochter, weil Sie zu unrecht von den Cops festgehalten wird.«

Sie schnalzt mit der Zunge.

»Ich habe keine Tochter mehr.« Die Abstrusität ihrer Worte lässt mich die letzte Manier vergessen. Ich schnaufe und meine Atmung wird immer schneller. Das Adrenalin pumpt wild durch meine Adern und ich versuche, das Chaos hier nicht noch schlimmer zu machen.

»Lassen Sie sich eines gesagt haben.« Mein Blick wandert über ihr Gesicht, das mich viel zu stark an Ambers erinnert. »Sollte Amber ins Gefängnis wandern oder sollte ihr sonst irgendetwas zustoßen, werde ich einen Weg finden, Sie mit in die Hölle zu schicken.«

Meine Drohung lässt sie zusammenfahren, was sie aber nicht davon abhält, weiter gegen mich zu halten. Eines muss ich ihr lassen: Sie hat ihre Sturheit definitiv an ihre Tochter weitergegeben.

»Was weißt du schon von der Hölle?«, will sie angewidert wissen. Meine Finger wandern über das Foto von Jamie und sein farbenfrohes Lachen, das jegliches Licht mit sich genommen hat, als sein Herz aufgehört hat, zu schlagen. Gemeinsam mit meinem. Ich stopfe es zurück in meine Jeans und sehe Ambers Mutter an.

»Was ich von der Hölle weiß?«, wiederhole ich ihre Worte mit einem breiten Grinsen. »Ich habe die Hölle erfunden.«

Nachdem ich bei Ambers Mutter war, habe ich noch Stunden im Auto vor dem Revier verbracht, aber die Cops wollten mich immer noch nicht zu ihr lassen. Also habe ich meinen Posten verlassen, um nach meinen Geschwistern zu sehen. Jetzt sitze ich auf Summers Bett und sehe ihr Gesicht an. Sie liegt mit dem Kopf auf meinem Schoß und spielt mit ihrem Kuscheltier.

Kaleb liegt in seinem Bett und pennt, um sich weiter von seinem Rausch zu erholen. Kade redet auf Mom ein, damit sie Amber hilft, aber wir wissen beide, wie unsere Mutter tickt, wenn es um Joseph geht. Und das auch nach Jahren noch. Wenn ich es nicht schaffe, sie zu einer Aussage zu überreden, dann keiner.

»Wann wird Amber wieder bei uns sein?«, fragt Summer mich aus heiterem Himmel. Ihr haben wir gesagt, dass die Männer sie nur in ihr richtiges Zuhause gebracht haben, weil ihre Mutter nach ihr gesucht hat. Dass ich nicht lache, ihre Mutter ist noch verkorkster als unsere. Es wäre zu viel für Summer gewesen, die Wahrheit zu kennen. Ich streichle über ihre Schläfe. Sie sieht mich aus ihren runden, strahlenden Augen an. »Phoe, wann?«, drängelt sie. Instinktiv drücke ich sie enger an mich, will ihr das Gefühl geben, dass alles in Ordnung ist.

»Bald. Ganz bald.« Ich werde alles dafür geben, sie da rauszuholen. Auch wenn ich weiß, dass mir jetzt die Hände gebunden sind. Ambers Mutter wird ihr unter keinen Umständen helfen und meine Mutter ... sie hat nicht mal auf meine Bitte reagiert. Jetzt muss ich meine Hoffnung in die Hände der Cops und der Geschworenen legen.

»Schwörst du?« In die Augen meiner kleinen Schwester zu sehen und zu spüren, wie sie Amber vermisst, macht mich wieder rasend. Ich stand heute mehrere Male kurz davor, dieses Scheißrevier zu stürmen und sie da eigenhändig rauszuholen.

Aber ich versuche, mich so gut es geht zu zügeln. Ein Positives hat die ganze Sache: Kaleb denkt nicht mal daran, im Moment wieder nach Drogen zu greifen, weil er Amber helfen will, so wie sie ihm geholfen hat, wenn er wieder auf den Beinen ist.

»Ich schwöre auf alles, was ich habe, Sum.« Ich sehe auf sie hinab und wünschte, ich müsste sie niemals enttäuschen. Im nächsten Augenblick tropft eine Träne aus meinen Augen, die ich nicht mal habe kommen spüren und somit nicht aufhalten konnte. Summer erschreckt sich, weil sie die Träne abbekommen hat. Sie stemmt sich hoch, setzt sich auf meinen Schoß und fasst mein Gesicht mit ihren kleinen Händen an, die jeden Tag von all den Filzstiften bunt bemalt sind. Mittlerweile ist mein Gesicht komplett nass, weil immer mehr Tränen über meine Wangen rollen.

»Du hast noch nie geweint«, stellt sie mit ihrer kindlichen Sprache fest. Und ich würde ihr gern sagen, dass ich früher oft geweint habe. Bevor sie auf der Welt war und ich stark für sie sein musste. Summers Geburt hat vieles in meinem Leben verändert, hat meine Prioritäten verändert. Nach dem Unfall habe ich alles darangesetzt, meinen Schmerz im Dealen und im Alkohol zu ertränken.

Ich presse sie an mich und vergrabe mein Gesicht in ihrem Haar. Sie riecht wie immer nach frisch gepflückten Erdbeeren. Eine Weile sitzen wir so da, und als ich ihren gleichmäßigen Atem höre, weiß ich, dass sie eingeschlafen ist. Ich lege sie hin und decke sie zu. Anschließend setze ich mich vor ihrem Bett auf den Boden und atme tief durch.

Im nächsten Augenblick tapst Noah ins Zimmer und legt sich neben mich. Sein Kopf liegt auf meinen Oberschenkeln und er blickt mir direkt ins Gesicht. Er kann nicht sprechen, aber seine Augen sind laut genug … »Ich vermisse sie auch, Kumpel.«

AMBER

Einen Tag später darf ich das erste Mal Besuch empfangen. Mein Herz klopft wild in meiner Brust, als der Cop, der mich die ganze Zeit schon im Auge behält, die Tür öffnet und den Besuch hereinlässt. Doch dort, wo ich erst erhofft hatte, in Phoenix' Augen zu sehen, steht unerwartet Kade vor mir.

Ich will schon aufspringen, als ich mir die Regeln in Erinnerung rufe. Der Cop führt Kade auf den Platz gegenüber von mir. Er sieht müde aus, trägt tiefe Schatten unter den Augen und sein Haar ist ganz wüst. Er scheint den Anflug meiner Enttäuschung wahrzunehmen, was mir sofort ein schlechtes Gewissen macht.

»Keine Sorge, Phoenix ist noch draußen und redet mit den Cops. Er kommt gleich zu dir.« Damit er nicht

263

das Gefühl hat, ich wolle nur seinen Bruder sehen, lenke ich ab. Schließlich freue ich mich genauso sehr, ihn zu sehen. Wenn auch auf andere Art und Weise.

»Du siehst aus, als hättest du Wochen nicht geschlafen«, begrüße ich ihn mit zuckendem Mundwinkel. »Aber dafür sieht deine Haut von der Beautymaske einfach toll aus!«

Wie ich überhaupt noch in der Lage bin, zu lachen, wundert mich. Aber ich würde zu gern vergessen, wo ich bin und einfach so tun, als würden wir wieder zu zweit mit pinkfarbener Tonerde im Gesicht auf dem Sofa sitzen und schlechte Filme gucken. Zu diesem Zeitpunkt war mein Leben wenigstens noch größtenteils in Ordnung.

Der Cop hat den Raum verlassen, aber nur, weil seine Kollegen das Gespräch durch den Spiegel mit ansehen, da bin ich mir sicher. Würde er uns sonst allein lassen?

»Nicht witzig, Amber.« Kade atmet heftig ein und aus. »Phoenix hat mir alles erzählt. Hätte ich doch nur gewusst, dass Joseph dein Stiefvater war …«

»Was hätte das geändert?« Ich will gern nach seiner Hand greifen, weiß aber, dass jeglicher Körperkontakt verboten ist. Als würde er mir hier irgendwas reinschmuggeln …

Das Einzige, was Kade mir reinschmuggeln würde, wären wohl Kekse. Er ist der gutmütigste und ehrlichste Mensch, den ich in letzter Zeit kennenlernen durfte. Und er ist immer noch die Person, die mich gerettet hat, als ich mein Leben selbst gegen die Wand gefahren habe.

»Nichts, aber ich hätte es trotzdem wissen wollen.« Dass wir alle so lange so ahnungslos waren, schweißt uns nur noch mehr zusammen. Jedenfalls fühlt es sich genauso an. Ich sehe in den Jungs meine eigenen Brüder, obwohl ich sie erst seit Kurzem kenne. Nur Phoenix ist alles andere als mein Bruder. Bei ihm werden meine Knie weich und mein Puls schnellt hoch.

»Ach, Süße.« Er sieht mich voller Mitleid an, und auch wenn ich es sonst hasse, bemitleidet zu werden, habe ich es dieses Mal wohl redlich verdient. Schließlich wollte ich nur meiner Mutter helfen und bin ihretwegen hier gelandet, obwohl sie mir dankbar sein müsste. Beim Gedanken an sie, und was sie mir angetan hat, sticht es in meiner Brust. Der Verrat ihrerseits ist das Allerschlimmste hieran. Er hat das Verhältnis zwischen uns endgültig zerstört, und ich bin mir sicher, dass diese Schäden irreversibel sind. Ganz davon abgesehen, gehe ich nicht davon aus, dass sie noch viel Wert darauf legt, Wiedergutmachung zu leisten, schließlich hat sie sich nicht mehr hier blicken lassen.

»Ich hätte dich nicht allein lassen dürfen, nur wegen so eines Typen«, murmelt Kade, der sich anscheinend selbst die Schuld gibt.

»Und dann? Es lag nicht an dir. Phoenix war schließlich bei mir und er konnte mir auch nicht helfen.« Wieder sticht es in meiner Brust. Wir haben uns gerade einander geöffnet und die Masken abgelegt, als alles den Bach hinunterging. Und dann musste Summer das Ganze auch noch mit ansehen. Ich kann mir nur vorstellen, wie verstört sie danach gewesen sein muss und was das in Zukunft bedeutet. Mehr Albträume. Es ist stickig hier in diesem Raum und die kahlen, weißen Wände deprimieren mich. Ganz zu schweigen von den Officern, die nicht gerade viel Wert darauf legen, nett zu mir zu sein.

»Trotzdem. Wir sind Freunde und Freunde müssen füreinander da sein.« Zu gern würde ich ihm die Wut auf sich selbst nehmen, weil er rein gar nichts für diese Misere kann. »Hey, Kade. Sieh mich an!« Er zögert, blickt mir dann aber in die Augen.

»Du bist doch gerade hier, oder?«

Seine Gesichtszüge weichen auf, genau wie mein Herz. Kade nickt. »Also. Mehr kannst du im Moment nicht für mich tun und ich bin dir unheimlich dankbar, dass du mich nicht verurteilst.«

Er hat mich schon einmal gerettet, wer weiß wo ich gelandet wäre, wenn ich die Nacht damals tatsächlich wie geplant auf der Bank in der Bushaltestelle verbracht hätte. Dann wäre das hier vermutlich das kleinere Übel. Einen kurzen Augenblick reden wir noch, bis uns der Cop das Signal gibt, dass Kade gehen muss, wenn ich noch mit Phoenix reden will. Er wirft mir einen

Luftkuss zu, der mir wieder Stärke gibt, und verlässt anschließend den Raum.

Die Minuten, bis die Tür sich das nächste Mal öffnet, vergehen wie im Schneckentempo. Meine Knie unter dem Tisch zittern und Schweiß steht auf meiner Stirn. Als *er* endlich den Raum betritt, vergesse ich alles um mich herum. Ich sehe seine blauen Augen, die genauso müde wirken wie Kades, seine starren Lippen und die Tattoos an seinen Armen. Phoenix steht vor mir und ich fühle mich wieder sicher. Wie gestern Nacht in seinen Armen auf dem knarzenden Dielenboden. Es gibt keine Nacht, in die ich mich gerade lieber zurückversetzen würde. Manchmal hat man den Wunsch, die Zeit einfach für einen Augenblick anzuhalten. In diesem Fall wäre „für immer" wohl besser gewesen.

»Ihr habt fünf Minuten.« Damit knallt die Tür zu und wir sind allein, auch wenn sicher drei Augenpaare auf uns gerichtet sind.

Im Vergleich zu Kade scheint Phoenix auf die Regeln zu scheißen, er kommt um den Tisch herum und zerrt mich hoch. Wie Wachs liege ich in seinen Armen und spüre dann seine heiße Zunge an meiner. Der Kuss dauert nur kurz, weil wir keine Zeit haben, ist dafür aber doppelt so intensiv. Ich seufze in seine Mundhöhle und sauge seinen Geschmack in mir auf. Zumindest probiere ich es, aber sobald sich sein Mund von meinem entfernt, sind die Erinnerungen wieder zu schwach.

»Wieso hast du mir nichts davon erzählt, Amber?«, flüstert er leise genug, dass uns niemand hören kann. Ich atme rasselnd seinen Duft ein, der mir immer noch eine Gänsehaut über den ganzen Körper jagt. Immerhin hat man mir mittlerweile Klamotten gestellt, sodass ich nicht mehr halb nackt hier wie ein Tier gehalten werde. Phoenix' Shirt hingegen habe ich anbehalten, weil es das Einzige ist, was mich hier drin an mein derzeitiges Leben erinnert.

»Ich wusste es wirklich nicht.« Noch jetzt sitzt der Schock über Josephs Tod tief, aber nicht, weil ich ihn so sehr vermisse.

»Hätte ich das gewusst, hätte ich dich längst von hier weggebracht«, setzt er noch leise hinterher. Es fühlt sich gut an, ihn zu berühren. Es fühlt sich gut an, seine Nähe zu spüren und dass seine Augen nur mich sehen. Ich verdränge vollkommen, dass wir hinter dem Spiegel Beobachter haben. Ich vergesse, dass wir auf dem Revier sind und dass jeder Fehler, den ich mache, gegen mich verwendet werden kann. *Manche Fehler sind ihre Konsequenzen wert.*

»Hey! Auseinander!« Dass der Cop den Raum betreten hat, merken wir erst, als er Phoenix gewaltvoll von mir wegzerrt. Sein Schlagstock landet in seinen Kniekehlen, aber er bleibt stehen. Als er mich ansieht, grinst er. »Das war es mir wert.« Ich kann mir ein

Grinsen ebenfalls nicht mehr verkneifen, weil er mir mit seiner Anwesenheit Mut macht.

»Ihr haltet euch wohl für ganz romantisch, was?«, keift der Officer und presst Phoenix auf den Stuhl. »Entweder ihr haltet euch an die Regeln oder das hier wird ein verdammt kurzer Besuch. Überlegt es euch.« Phoenix hebt abwehrend die Hände, mittlerweile sitzen wir uns gegenüber. Der Cop traut uns nicht mehr, also stellt er sich im Raum in die Ecke und beobachtet uns mit Argusaugen. Aber er ist uns egal. Ich bin einfach nur froh, dass er bei mir ist, auch wenn es nur für wenige Minuten sein wird.

»Ich wollte schon früher zu dir, aber sie haben mich nicht gelassen.« Er wirft dem Cop einen wütenden Blick zu, der anderen Menschen direkt das Blut in den Adern gefrieren lassen würde. Aber der Kahlköpfige verzieht keine Miene.

»Ich weiß«, antworte ich schnell. »Wie geht es Summer?« Die Erinnerung an ihre traurigen Augen und den Schock in ihrem Blick werde ich wohl niemals vergessen. Phoenix muss beim Gedanken an seine Schwester schlucken und wieder wird mir klar, dass er recht hat: Sie müssen von hier verschwinden. Alle. Ich hatte in den letzten Stunden genug Zeit, mir eine gemeinsame Zukunft mit ihnen woanders auszumalen. Und jedes Mal musste ich lächeln.

»Ich habe ihr versprochen, dass alles wieder gut wird.« Dabei wissen wir beide in diesem Moment, dass man so etwas nicht versprechen kann. Wir wissen beide nicht, wie es weitergeht und wie die Gerichtsverhandlung enden wird. Aber Kinder müssen an das Gute glauben dürfen. Schmallippig, aber dankbar nicke ich.

»Und Noah?« Wie gern würde ich ihn jetzt auf meinen Schoß nehmen, auch wenn er mittlerweile viel zu schwer dafür ist. Er hat mir in einer Zeit, in der Joseph mein Leben ruiniert hat, Halt gegeben. Er war immer für mich da, wenn ich das Gefühl hatte, auf mich allein gestellt zu sein. Wenn sich Freunde von mir abgewandt haben, war er da. Als Mom sich für Joseph und gegen mich entschied, war er da. Und jetzt nicht bei ihm zu sein, bricht mir das Herz mehr, als ich je für möglich gehalten hätte.

»Ich gebe es echt nicht gern zu«, druckst er herum. »Aber langsam verstehen wir uns ganz gut.« Die Vorstellung von Noah und Phoenix erwärmt mein Herz und lässt mich träumen. Es ist kaum vorstellbar, wie viel sich in den letzten Wochen verändert hat. Phoenix hat sich von diesem ungehobelten Arschloch zu jemandem verwandelt, der fast alles für mich tun würde. Hätte er mir sonst von Jamie und dem Unfall erzählt? Laut Kade spricht er nie über diesen Tag, mit niemandem.

Nur mit mir.

Vor mir hat er die Mauern abgelegt. Mir hat er seine Hölle anvertraut. Ich sollte mich nicht wie etwas

Besonderes fühlen, aber wie könnte ich unter den Gegebenheiten nicht?

Meine Finger wollen durch seine Haare fahren und seine Haut berühren, aber all das muss ein Teil meiner Fantasie bleiben, wenn ich nicht will, dass das hier sein letzter Besuch bleibt.

»Hör zu.« Entschlossenheit tritt in seinen Blick, die mir weiteren Mut macht. »Ich habe mit meiner Mutter gesprochen. Sie weiß am allerbesten, wie Joseph war. Mit viel Glück könnte sie als Zeugin vorgeladen werden und könnte den Geschworenen sagen, was für ein Tyrann er war. Ich habe schon mit den Bullen geredet, du weißt, ich kann sehr überzeugend sein.« Es ist nur ein winziger Lichtblick in der Dunkelheit, ein kleines Glühwürmchen. Aber es reicht aus, dass ich erleichtert ausatme und die angestaute Luft endlich loswerde.

»Meinst du, das würde sie für mich tun?« Ich weiß von seinen Erzählungen, wie abhängig Hannah von Joseph war. Und dass sie für ihn ihre ganze Familie aufgegeben hätte, wenn er sie nicht einfach verlassen hätte. Joseph war ein Meister darin, Frauen von sich abhängig zu machen und manchmal frage ich mich, ob er selbst eine Droge war.

»Ich glaube daran.« Seine Augen sahen noch nie so warm aus wie in diesem Augenblick. Meine Lippen sehnen sich nach seinen, meine Haut hat viel zu lange nicht mehr seine berührt, dabei haben wir uns vor zwei Minuten erst geküsst. Bis jetzt wusste ich nicht, dass man nach einem Menschen so süchtig sein kann. Wenn Joseph Moms und Hannahs Droge war, ist Phoenix meine.

»Dann glaube ich auch daran«, sage ich überzeugt. Sein Mundwinkel zuckt und meine tanzen wie wild nach oben. Das strahlendste Lächeln, das ich unter den derzeitigen Umständen zustande kriege, breitet sich auf meinem Gesicht aus wie ein Lauffeuer.

»Genug für heute. Die Besuchszeit ist vorbei.« Der Cop zerstört unseren kurzen Moment, und als Phoenix sich nicht bewegt, zerrt er ihn wieder mit Gewalt hoch und somit von mir weg. Ich will den Cop anschreien, dass er ihn loslassen soll, beiße mir aber auf die Zunge.

Phoenix' Blick wandert über seine Schulter zu mir. Die Tür fällt ins Schloss und ich bleibe wieder allein zurück. Aber seinen Blick … seinen Blick spüre ich selbst durch die Wände noch auf mir.

PHOENIX

»Hey. Das wird schon.« Da Kade, genauso wie ich, zur Gerichtsverhandlung vorgeladen wurde, sitzen wir jetzt wie auf heißen Kohlen vor dem Saal, in dem Amber gerade verhört wird. Seit ihrer „Festnahme" sind mehrere Tage vergangen und wir können von Glück sprechen, dass die Verhandlung so schnell in die Wege geleitet wurde. Zu Hause ist die Stimmung am Tiefpunkt. Kaleb versucht sich weitestgehend, um Summer zu kümmern, was ihn wenigstens davon abhält, nach draußen zu gehen und sich neuen Stoff zu besorgen. Kade und ich bereiten uns derweil auf die Verhandlung vor.

Meine Mutter hat sich zu meiner Bitte nicht mehr geäußert und auch Kade hat es nicht geschafft, ihr ins Gewissen zu reden. Seit Tagen verbringt sie ihre Zeit damit, sich in ihrem Zimmer zu verschanzen und abends in den Club zu gehen, als wäre nichts passiert. Sie lebt ihr Leben einfach weiter wie bisher. »Wird es das?« Ich ziehe scharf die Luft ein. »Wenn die Geschworenen Amber nicht glauben, war es das. Dann wird sie vermutlich in den Knast gehen für etwas, das sie nicht getan hat.«

Kade legt brüderlich seinen Arm um mich. »Amber ist die stärkste und mutigste junge Frau, die ich kenne. Sie werden ihr glauben. Wie könnte man nicht? Wenn sie sogar dich umkrempeln konnte.« Er grinst mich an und ich kann dieses Grinsen nicht einordnen.

»Was?«, blaffe ich.

»Na ja, hätte man mir vor ein paar Wochen gesagt, dass du dich mal verlieben könntest, hätte ich demjenigen einen Vogel gezeigt. Und dann ausgerechnet in Amber?« Er schüttelt lachend den Kopf.

»Ich bin nicht verliebt.«

»Ganz und gar nicht. Aber dafür nimmt es dich ziemlich mit, was gerade mit ihr da drin passiert.« Natürlich hat Kade recht. Und ich weiß auch selbst, dass die letzten Wochen alles verändert haben. Aber verliebt? Ich habe noch nie geliebt. Wie sollte jemand in der Lage sein, zu lieben, der nur Hass kennt?

»Wie auch immer. Ich werde dem Richter und den Geschworenen sagen, was Joseph für ein Monster war. Du trägst seine Spuren ja immer noch auf deinem Körper.« Kade spielt auf die Narbe an meiner Schläfe an, die mich jeden Morgen an meine Vergangenheit erinnert. Jeden Morgen an Jamie und an die Wunden, die Joseph meiner Familie zugefügt hat. Einige sind verheilt, andere werden es wohl nie. Die unsichtbaren Narben sind viel schlimmer als die offensichtlichen.

»Und Amber wird den Rest schaffen.« Gerade als ich mich bei Kade bedanken will, ertönen Stöckelschuhe. Unsere Köpfe fahren herum, und als ich Ambers Mutter auf uns zugehen sehe, flammt die Wut wieder in mir auf. Sie trägt einen schwarzen Mantel, eine dunkle Sonnenbrille, obwohl es heute regnet, und starrt auf den Boden. Prompt bin ich aufgestanden und habe mich ihr in den Weg gestellt, sodass sie fast gegen mich prallt. Sie schnalzt mit der Zunge, als sie aufblickt.

»Du schon wieder.«

»Ich schon wieder«, wiederhole ich ihre Worte. Sie will einfach an mir vorbeigehen, aber ich halte sie am Arm zurück. Mein Mund wandert zu ihrem Ohr, ihren rasenden Puls spüre ich an meinen Fingerspitzen. Sie ist nervös und das ist gut so. Sie soll zittern vor Angst. Wenn sie nervös ist, werden es auch ihre verlogenen Aussagen sein.

»Denken Sie an die Hölle, Mrs. Williams.« Und mit diesen Worten lasse ich von ihr los, als zwei Cops auf mich zukommen. Sie murmelt etwas, das ich nicht verstehen kann, und steuert den Gerichtssaal an, während mich die Bullen anweisen, mich wieder zu setzen.

AMBER

Die Gerichtsverhandlung zog sich wie ein Kaugummi in die Länge. Der Anwalt meiner Mutter quetschte mich mit zig Fragen aus und versuchte, mich aus der Reserve zu locken, aber ich denke, dass ich mich gut geschlagen habe. Mittlerweile hat man mich aus dem Kreuzverhor befreit und ich sitze abseits des Geschehens, während die einzelnen Zeugen nach und nach vorgeladen werden.

Kade blieb von Anfang an sachlich, erzählte, wie er mich in der Bushaltestelle aufgegabelt und mit zu sich genommen hat. Erzählte dem Richter von Joseph und wie er sich verändert hat, als Jamie bei dem Unfall ums Leben kam.

Der Anwalt meiner Mutter konnte ihn nicht dazu kriegen, etwas Falsches zu sagen. Phoenix hingegen … Phoenix war, wie er immer ist.

Impulsiv.

Aufbrausend.

Vor allem meiner Mutter gegenüber.

Er erzählte von all den Nächten, in denen Joseph betrunken heimkam und seine Wut an ihm, seinem Bruder und Hannah ausließ. Und während ich hier saß und ihm zuhörte, verliebte ich mich ein Stück mehr in diesen kaputten Mann. Er war hier, um für mich zu kämpfen, obwohl er mir nichts schuldig war. Ich habe mich gegen seinen Willen in sein Leben gedrängt und trotzdem ist er hier, um für mich einzustehen.

Sein Blick wanderte nur am Ende kurz zu mir herüber, und seine Augen sprachen ihre eigene Sprache. Er glaubte an uns. Er glaubte an mich. Die Geschworenen machten sich Notizen, schüttelten hier und da die Köpfe, aber keiner von ihnen ließ durchblicken, was er wirklich dachte. Phoenix hat den Saal mittlerweile verlassen, und als ich glaube, es endlich geschafft zu haben, belehrt mich der Richter eines Besseren.

»Und nun die letzte Zeugin.« Er blättert durch seine Unterlagen. »Ich rufe Hannah Nolan in den Gerichtssaal.« Mein Herz schlägt schneller, als ich ihren Namen höre. Von Phoenix wusste ich, dass er mit ihr gesprochen hat, aber ich ging davon aus, dass er bei ihr auf Granit biss. Sekunden später stolziert Hannah in den Saal, als hätte sie ewig auf diesen großen Auftritt im Scheinwerferlicht gewartet. Sie trägt ein schwarzes Etuikleid, ihre Haare trägt sie glatt über dem Rücken. So elegant habe ich sie noch nie gesehen, das hier ist nicht dieselbe Frau, die nachts im *Temptation* an der Stange vor Männern tanzt. Das hier ist die Mutter ihrer wunderbaren Kinder.

Meine Mutter versuche ich hingegen, während der ganzen Verhandlung zu ignorieren, es würde mich zu sehr schmerzen, sie auf der anderen Seite des Raumes als meinen Feind sitzen zu sehen. Hannah stellt ihre Tasche an dem Tisch ab und setzt sich auf den Stuhl, auf dem ihre Söhne vorher saßen.

»Miss Nolan.« Der Richter begrüßt sie und dann geht das wilde Kreuzverhör erneut los. Hannah berichtet davon, wie sie Joseph kennengelernt hat. Davon, wie sie Jamie zur Welt brachte und wie heile ihre Familie war. Und dann erzählt sie aus ihrer Sicht von dem Tag des Unfalls, von dem ich bis jetzt nur Phoenix' Ansicht kannte. Mein Herz zieht sich jedes Mal zusammen, wenn sie mit den Tränen kämpfen muss.

Als sie schließlich erzählt, wie der Unfall Joseph verändert hat, und was er nicht nur ihr, sondern auch Raven und Phoenix angetan hat, kann ich es nicht mehr länger zurückhalten.

Wenn ich mich vorher schon als Teil ihrer kaputten Familie angesehen habe, fühle ich mich ihnen spätestens jetzt noch viel näher. Joseph hat uns alle gebrochen ... und jetzt haben wir endlich einen Weg gefunden, zu heilen. Gemeinsam. Wenn die Geschworenen sich für mich entscheiden.

PHOENIX

»Hättest du gedacht, dass sie kommt?« Kade war genau wie ich völlig überfahren, als Mom hier aufgetaucht ist. Erst hatte ich Angst, sie könnte gegen Amber aussagen und ihre verkorkste, längst vergangene Liebe zu Joseph aus ihr sprechen lassen. Aber sie ist tatsächlich hier, um uns zu helfen. Die Zeit, in der sie im Saal ist, vergeht kaum, und als sie endlich herauskommt, atmen Kade und ich laut hörbar aus. Noch nie haben sich wenige Minuten wie Tage angefühlt.

»Und?«, fragen wir im Chor. Mom wischt sich den Schweiß von der Stirn, weil es im Saal bullenheiß war, und setzt sich zu uns. Dass sie das erste Mal seit Wochen nüchtern ist, fällt mir sofort auf. *Vielleicht besteht doch noch Hoffnung für sie.* Für unsere Familie.

»Ich habe mein Bestes gegeben.« Sie leckt sich über die trockenen, rissigen Lippen. Heute sieht ihr Make-up ausnahmsweise nicht billig aus und die hübsche Frau, die sie einmal war, kommt wieder zum Vorschein. Die Frau, in die sich Dad und Joseph damals verliebt haben, als die Welt noch nicht so scheiße war.

»Hast du ihnen alles erzählt?«, will ich wissen.

Mom sieht mich an und nickt. »Alles. Ihr hattet von Anfang an recht.« Sie schüttelt den Kopf und Tränen funkeln in ihren Augen. »Ich war blind vor Liebe. Aber damit muss jetzt Schluss sein.«

»Wie kommt der Sinneswandel?« Es ist Kade, der die entscheidende Frage stellt. Zwei Cops stehen gegenüber von uns und beobachten uns haargenau. Jede Regung, jedes Wort. Aber ich scheiße auf sie.

»Amber … sie ist so eine tolle Frau. Sie hat es nicht verdient, zu Unrecht bestraft zu werden.« Ambers Augen tauchen in meinen Gedanken auf. Sofort zieht sich mein Herz zusammen. Gemeinsam sitzen wir hier und warten darauf, dass sich endlich etwas tut. Warten darauf, dass jemand den Saal verlässt und Neuigkeiten für uns hat, aber nichts passiert.

Die Minuten vergehen und dehnen sich aus, sodass es auch Stunden sein könnten. Aber niemand von uns rührt sich vom Fleck, während die Luft um uns herum zum Zerreißen gespannt ist. Man könnte eine Stecknadel fallen hören, so still und angespannt ist es.

Nach einer Ewigkeit werden die Türen des Saals endlich geöffnet, und die ersten, die den Raum verlassen, sind Ambers Mutter und ihr Anwalt. Sie trägt wieder ihre Sonnenbrille und vermeidet jeglichen Augenkontakt zu uns. Sofort stehe ich auf, weil mich nichts mehr auf dem Stuhl hält.

Und als Amber schließlich den Saal verlässt und vor mir steht, befindet sich meine Welt für einen kurzen Moment wieder in ihrer richtigen Bahn. Ihre Augen sind vom Weinen gerötet und ich befürchte das Schlimmste, als sie sich mir um den Hals wirft. Ihre Nägel krallen sich in meinen Nacken und sie presst ihren zierlichen Körper gegen mich. Ich greife in ihr Haar und halte sie, weil ich nicht weiß, was ich sonst tun soll. Was soll ich in diesem Moment sagen?

»Bitte sag mir, dass du gute Nachrichten hast«, murmle ich gegen ihre Schläfe. Ihre Schultern beben und meine Welt droht, unter mir zusammenzubrechen. Als würde ein Krater den Boden aufreißen und mich nach unten ziehen. Sie kann sich kaum beruhigen. Kade und Mom stehen mittlerweile neben uns und tätscheln ihren Arm, aber das verstärkt ihr Weinen nur. Mein ganzer Körper steht unter Strom, weil ich mir denken kann, was das zu bedeuten hat.

»Amber?« Meine Stimme ist dünn. Sie schafft es schließlich, den Kopf zu heben und mir in die Augen zu sehen. Und als sie ihre Mundwinkel endlich nach oben zieht, fällt eine unglaubliche Last von meinen

Schultern. »Ich habe gute Nachrichten«, schluchzt sie und presst sich wieder an mich. Am liebsten würde ich sie anschreien, weil sie nicht direkt mit der Sprache rausgerückt ist, aber in diesem Moment kann ich sie einfach nur halten. Kade und Mom atmen erleichtert aus und fallen sich gegenseitig in die Arme. Ambers Anwalt gesellt sich zu uns.

»Amber?« Sie zuckt zusammen und löst sich widerwillig von mir. »Wir müssen noch kurz ein paar Formalien durchgehen, dann sind Sie eine freie Frau und können gehen.« Er lächelt sie warm an. Sie sieht zu mir und ich weiß genau, was sie von mir hören will.

»Ich warte hier auf dich.«

Mit einem flüchtigen Kuss auf den Mundwinkel lässt sie mich hier stehen und verschwindet mit dem Anwalt in einen Nebenraum. Mein Blick wandert zu meiner Mom, die mich verunsichert ansieht.

Seit ich vor ihr im Club zusammengebrochen bin, hat sie mich nicht mehr so angesehen. So ... ehrlich. Letztendlich vergesse ich alles, was sie in unserer Familie verbockt hat, und nehme sie in die Arme. Und das erste Mal seit Jamies Tod habe ich das Gefühl, dass sie wieder ein Teil von uns ist.

AMBER

Der Schock der letzten Tage sitzt immer noch tief, aber die Erleichterung über den Ablauf der Verhandlung überwiegt eindeutig. Nachdem ich mit meinem Anwalt die letzten Sachen geklärt habe, sind wir alle nach Hause gefahren. Jetzt sitze ich mit Hannah im Wohnzimmer und warte, bis die Jungs mit der Pizza wieder da sind. Summer tobt derweil bis die Sonne untergeht im Garten mit Noah, nachdem sie mich beide beinahe aufgefressen hätten, als wir heimkamen. Vor allem Noah hat sich benommen, als wäre ich Jahre weg gewesen.

»Jamie war der klügste Junge, dem ich je begegnet bin.« Es ist das erste Mal, dass Hannah von ihrem Sohn erzählt und dass sie das Thema aus heiterem Himmel anspricht, überfordert mich etwas. Die Verhandlung muss etwas in ihr bewirkt haben, sie verhält sich so anders, seit wir den Gerichtssaal verlassen haben. Das erste Mal, seit ich hier bei den Nolans wohne, geht sie auf mich ein. Und ich glaube, es ist auch das erste Mal, dass ich sie komplett nüchtern erlebe. Nüchtern ist sie wie ausgewechselt. Liebevoll, redegewandt, und voller Feuer in den Augen.

»Das hat Phoenix auch zu mir gesagt.« Das Gesicht des kleinen Jungen blitzt vor mir auf. »Ich hätte ihn wirklich gern kennengelernt. Er ist ja in gewisser Hinsicht auch mein Stiefbruder.« Hannah muss schlucken. Ich mag mir nicht ausmalen, wie es für eine Mutter sein muss, ein Kind zu verlieren.

»Du hättest ihn sicher geliebt. Seine Brüder haben ihn alle vergöttert. Selbst Raven und der ist wirklich kein Ass darin, Gefühle zu zeigen.«

»Schlimmer als Phoenix kann er wohl kaum sein«, witzle ich, dabei weiß ich, dass er in den letzten Tagen schon mehr Gefühle zugelassen hat als in den ganzen letzten Jahren.

»Ich glaube, die beiden nehmen sich nicht viel.« Mittlerweile habe ich schon öfter von Raven gehört, aber niemand spricht wirklich viel über ihn oder darüber, was er jetzt macht. Er ist wie ein Buch mit sieben Siegeln.

»Willst du noch ein paar Geschichten von Jamie hören, bis die Jungs mit dem Essen zurück sind?« Hannahs Augen strahlen, und weil ich ihr dieses

Strahlen unter keinen Umständen nehmen will, nicke ich voller Euphorie. Außerdem will ich mehr über ihn wissen. Wenn es nach mir ginge, würde ich gern alles über die Familie wissen. Jedes Licht und jede Schattenseite kennenlernen. Hannah greift um die Couch und zieht die Kiste auf ihren Schoß, die ich letzte Woche hier entdeckt habe.

Sie zieht einen Stapel Bilder heraus und blättert sich durch. Und dann erzählt sie mir von Jamie, den ich mit jeder Geschichte lieben lerne, obwohl ich nie das Glück haben werde, ihn kennenzulernen.

»Einmal hat er sich die Windel abgemacht und die ganzen Wände beschmiert, weil er dachte, das wäre Kunst.« Hannah und ich lachen Tränen über all die Storys, die sie mir erzählt. Ich vergesse völlig die Zeit, während wir in Erinnerungen schwelgen. Erst, als die Jungs zurück sind, erinnere ich mich daran, dass ich seit Stunden am Verhungern bin.

»Lieferservice.« Kade hält die Pizzakartons in die Höhe und mein Magen antwortet mit einem heftigen Knurren. Phoenix' Augen suchen meine, und als er seine Mom und mich mit der Kiste auf dem Sofa sieht und er die Bilder entdeckt, die überall verteilt liegen, verfinstert sich sein Blick. Wie ferngesteuert kommt er auf uns zu und entreißt seiner Mutter das Bild aus der Hand.

»Ich habe Amber gerade Storys von Jamie erzählt«, verkündet sie etwas zu euphorisch, wenn man bedenkt, dass sein Tod wie ein Schleier über dieser Familie schwebt. Ich sehe in Phoenix' Gesicht und kann mir denken, was jetzt folgt, immerhin kenne ich diesen Ausdruck mittlerweile ziemlich gut.

»Was soll der Scheiß?«, blafft er sie an. »Phoenix, das stört doch niemanden. Ich höre mir gern die Geschichten an.« Mein Versuch, ihn zu besänftigen, schlägt fehl, denn als er mich ansieht, brennt sein Blick vor Wut. Nur, dass diese Wut dieses Mal gegen mich und nicht gegen Hannah geht. Dabei habe ich nichts getan.

»Jamie ist tot!«, brüllt er. Dort, wo er vorhin noch so erleichtert war, ist seine Stimmung jetzt um hundertachtzig Grad gekippt. Summer kommt ins Wohnzimmer, weil sie das Brüllen gehört hat, und Kade bringt sie sofort auf ihr Zimmer, wie jedes Mal, wenn es hier einen Streit gibt, den sie nicht mit anhören soll.

»Das wissen wir«, zische ich ihn an. Wir sollten den Tag feiern und nicht streiten, aber Phoenix scheint anderer Meinung zu sein. Von dem erleichterten jungen Mann, der mich vor dem Gerichtssaal so fest im Arm hielt, fehlt jede Spur. »Das sieht man«, spottet er und deutet auf die Fotos. »Diese Bilder zeigen nur, was

Vergangenheit ist. Er wird nicht zurückkommen, wenn ihr euch *Geschichten* erzählt.« Mit diesen Worten dreht er sich um und stapft davon. Hannah zittert neben mir, ich tätschle ihre Hand und lächle sie matt an. Es wäre zu traurig, wenn sie dadurch wieder in ihre alten Muster zurückfällt.

»Ich gehe und kläre das. Mach dir keine Sorgen.« Dankbar nickt sie und vertieft sich wieder in die Fotos, taucht ab in eine andere Welt. Ich gehe in Richtung seines Zimmers, doch als ich ihn im Badezimmer höre, öffne ich die Tür und schlüpfe hinein.

»Geh, Amber«, knurrt er mich an, aber ich ignoriere seinen Wunsch. »Nein.« Phoenix steht am Waschbecken, die Hände darauf abgestützt, und starrt in den Spiegel. Ohne auf seine Proteste einzugehen, nähere ich mich ihm und berühre ihn an der Schulter. Die Zeit, in der ich mich von ihm habe wegschubsen lassen, ist endgültig vorbei.

»Was macht dich so wütend?«

Er schnauft, bevor er antwortet. Sein Körper steht völlig unter Strom und meiner ebenfalls. »Dass ihr da sitzt und über ihn sprecht, als wäre er noch hier. Er ist nicht mehr hier und er wird auch nicht zurückkommen.« Im Spiegel sehe ich die Qual in seinen Augen, die ihn innerlich zerfrisst. Ich ziehe ihn an den Schultern zurück und schiebe mich zwischen ihn und den Spiegel, damit er nicht auf die Idee kommt, mir weiterhin auszuweichen. Damit ist jetzt Schluss!

»Aber durch die Geschichten lebt er in den Erinnerungen weiter. Willst du nicht, dass man sich an ihn erinnert? Willst du, dass man ihn vergisst?«

»Natürlich nicht.«

»Siehst du? Deine Mutter war noch nie so gut drauf wie heute. Nimm ihr das nicht«, bitte ich ihn. Er schließt die Augen und versucht, sich zu sammeln. Und ich nutze die Gelegenheit, um ihm die Frage zu stellen, die ich ihm schon vor Tagen hätte stellen sollen. Sie hat nichts mit seinem Wutausbruch zu tun, aber sie lenkt ihn vielleicht von der Wut auf seine Mutter ab.

»Was empfindest du für mich, Phoenix?« Meine Frage scheint ihn aus der Bahn zu werfen, er zieht die Stirn kraus. »Was spielt das jetzt für eine Rolle?«

»Für mich eine wichtige.« Er will sich von mir abwenden, aber das lasse ich nicht zu. »Ich muss wissen, woran ich bei dir bin.« Phoenix schüttelt nur lachend den Kopf.

»Weißt du was, Amber? Es geht nicht immer alles nur um dich, komm damit klar!« Er lässt von mir ab und stapft zur Tür. Und ich ziehe das einzige Register, was mir in dieser Sekunde einfällt, damit er nicht wieder dichtmacht und einfach verschwindet.

»Liebst du mich?«, frage ich ihn mit zitternder Stimme und Angst vor der Wahrheit. Er bleibt mitten im Raum stehen. Als mich sein stechender Blick trifft, gefriert mir das Blut in den Adern. Würde ich mich nicht am Waschbecken festhalten, würden meine Beine vermutlich nachgeben. Phoenix tritt wieder an mich heran und jeder Schritt schreit vor Wut. Aber ich habe keine Angst mehr vor ihm. Eigentlich hatte ich das nie, weil ich instinktiv wusste, dass er mir nicht körperlich wehtun würde.

»Ob ich dich liebe?«, spottet er und vor mir steht wieder der Arsch, der er von Beginn an war. Als wären wir wieder etliche Schritte zurückgegangen. Doch da ist ein Funken in seinen Augen, der mir klarmacht, dass er mir nur etwas vorspielt.

»Ja«, halte ich dagegen.

»Ich weiß nicht, wie man *liebt*, Amber.« Wo eben noch Wut mitschwang, klingt er jetzt erschöpft. Es muss anstrengend sein, seine Gefühle nicht unter Kontrolle zu haben. So geht es mir jedes Mal, wenn ich die Gedanken an meine Mutter und ihren Verrat zulasse.

»Wie haben sich die Tage für dich angefühlt, in denen ich weg war?«, will ich leise wissen. In diesem Moment gibt es nur uns zwei in diesem kleinen Badezimmer. Die Welt vor dieser Tür existiert gar nicht mehr und wir beschränken alles auf diese vier kleinen Wände.

»Wie die Hölle.«

Beweis Nummer eins.

»Und was hast du gefühlt, als ich weg war?«

Komm schon, Phoenix …

»Angst.«

Beweis Nummer zwei.

»Wovor hattest du Angst?« Ich bohre immer weiter nach, weil ich weiß, dass man ihn nicht so leicht aus der Reserve locken kann. Phoenix verengt die Augen. »Dass ich dich verliere.« Sein Geständnis scheint ihn selbst zu überrumpeln. Es ist das erste Mal, dass er seine Gefühle mir gegenüber so offen zugibt.

»Und was denkst du, wenn du mich jetzt ansiehst?« Meine Stimme ist zittrig und ich habe eine Gänsehaut am ganzen Körper. Es dauert, bis er die richtigen Worte zu finden scheint.

»Dass ich dich schnappen und von hier wegbringen will.« Er kommt einen Schritt näher und ich presse meinen Rücken gegen den Waschtisch. Nur mein Körper will etwas ganz anderes, er zieht mich regelrecht zu ihm hin. Wieder denke ich an diese Blase, in der wir uns befinden. Niemand sieht uns, niemand kann uns etwas anhaben, wenn wir zusammen sind. Nicht mehr.

»Dass ich dich schmecken will.«

Mein Puls schnellt hoch.

»Dass ich dich anfassen muss.« Seine Hände packen meine Taille und ich seufze auf. Er vergräbt das Gesicht an meinem Hals, wie er es schon mehrere Male getan hat. Jedes Mal mit dem Ergebnis, mich völlig aus der Bahn zu werfen. Die kleinsten Berührungen rauben mir meine Fassung, von der ich immer ausging, dass sie ziemlich stark ist.

»Dass ich in dir sein will. Wieder und wieder, bis du nicht mehr kannst.« Hitze breitet sich zwischen meinen Beinen aus und ich presse die Schenkel vor Lust zusammen. »Wieso tust du es dann nicht?«, fordere ich ihn heraus. Weil er sich selten Sachen zweimal sagen lässt, packt er mich. Dann finden wir uns in der Duschkabine wieder und die kalten Fliesen treffen auf meine erhitzte Haut.

Ich trage nur ein Top und Shorts, weil ich die Bluse mitsamt Rock und des Geruchs nach dem Gerichtssaal schnellstmöglich loswerden musste. Phoenix steht vor mir, die Hände an den Fliesen abgestützt und mit einem Blick, der mich an die Wand nagelt. Ich kann ihm nicht entkommen und will es auch gar nicht.

»Noch kannst du gehen«, sagt er plötzlich. Sein Atem geht schwer, meiner ebenso. Ich presse meinen Unterleib gegen ihn und schüttle den Kopf, weil ich ganz genau weiß, was ich will.

»Ich gehe nirgendwohin«, verspreche ich ihm. Seine Lippen wandern über meinen Hals, hinunter zu meinem Schlüsselbein und knabbern am Ansatz meines Dekolletés. Bis er innehält und ich seinen stockenden Atem höre.

»Aber ich werde gehen, Amber«, keucht er. Seine Lippen vibrieren an meiner Haut und ich umgreife sein Gesicht. Als ich ihn ansehe, schwillt mein Herz auf doppelte Größe an. Wenn ich ehrlich zu mir bin, ist mir das schon an meinem ersten Abend hier passiert. Egal, wie er sich mir gegenüber benommen hat, er hatte von Beginn an eine Wirkung auf mich, der ich mich nicht entziehen konnte. »Ich meine, ich werde gehen. Nach allem, was passiert ist, will ich hier weg. Und ich werde sie alle mitnehmen.« Von seinem Plan hat er mir schon erzählt, also schockiert es mich nicht, ihn noch mal zu hören. Ich nicke.

»Und ich werde mitkommen, wenn du es noch immer willst.« Innerlich bete ich dafür, dass er Ja sagt. Dass er nicht schon genug von mir hat und mich hier zurücklassen will, weil es ihm zu viel wird. Aber als seine Mundwinkel zucken, entspanne ich mich.

Phoenix antwortet nicht, stattdessen greift er unter den Saum seines Shirts und streift es sich ab. Achtlos landet es auf dem Boden der Dusche. Meine Augen fahren die Konturen seiner Muskeln nach und wie jedes Mal frage ich mich, wie ein Mann so schön sein kann.

Die Tattoos erinnern mich an die Hölle, die er jeden Tag durchlebt, und daran, dass ich ihm da raushelfen will. Ich weiß, dass es hart wird, und dass er vermutlich immer wieder Aussetzer wie diese haben wird, weil manche Dämonen einfach stärker sind. Doch nichts hält mich davon ab, zu kämpfen, so wie er vor dem Richter für mich gekämpft hat.

»Phoenix?« Er starrt mich sekundenlang einfach nur an, ohne sich zu regen oder etwas zu sagen. Mein Unterleib pulsiert immer noch vor Lust und es schmerzt, dass er mich nicht endlich berührt. »Willst du mich nicht erlösen?« Mir auf die Unterlippe beißend, beginne ich, mir die Shorts auszuziehen. Das Top folgt sofort, bis ich nackt vor ihm stehe. Die Lust in seinen Augen ist präsenter denn je, als er mich dabei beobachtet. Seine Hände wandern zu meiner Taille, hinunter zu meinem Becken, und als er anschließend zwei Finger in mich schiebt, werfe ich stöhnend den Kopf zurück.

Mir wird sofort glühend heiß und ein leichter Schweißfilm entsteht auf meiner Haut. Seine Finger fühlen sich warm und gut an, jede seiner Bewegungen schickt mich in Richtung Himmel. Er küsst mich, erst zaghaft, dann willenlos. Und als er sich von mir löst, während ich wimmernd dank seiner Finger komme, sieht er mich voller Verlangen und Begeisterung an. Ich fühle mich wie ein Kunstwerk unter seinen Blicken.

»Ob ich dich nicht erlösen will?«, wiederholt er meine Worte keuchend. Wie hart er ist, kann ich unter seiner Jeans spüren. Er beugt sich vor und beißt mir sanft in den Hals. »Ich will, verdammt noch mal, niemals damit aufhören.«

»Ich will die Käsepizza!« Nachdem Phoenix und ich uns geliebt haben, sitzen wir jetzt alle zusammen im

Wohnzimmer vor dem Fernseher und essen – wie eine gottverdammte, normale Familie. Die Pizzen sind zwar schon kalt, aber es ist perfekt so. Ich will nirgendwo anders und mit niemand anderem sein. Phoebe hat sich auch zu uns gesellt, weil sie es nicht ausgehalten hat, noch länger auf eine Erklärung zu warten. Dass wir gehen werden, hat ihr das Herz gebrochen, aber sie weiß auch, dass wir uns wiedersehen werden.

»Vergiss es, Kaleb. Die gehört Amber«, nimmt Phoenix seinem Bruder den Wind aus den Segeln. Ihm geht es schon viel besser als letzte Woche, seine Haut hat wieder mehr Farbe und seine Augen sind nicht mehr blutunterlaufen. Vielleicht hatte es doch etwas Gutes, dass mich die Cops abgeholt haben. Es hat etwas bewirkt.

Kaleb murmelt ein „Arschloch", woraufhin ich den Karton an mich nehme, zuklappe und zu Kaleb herüberschiebe. Seine blauen Augen sehen fragend in meine.

»Sie gehört dir. Dann musst du mir aber deine überlassen.« Verschmitzt sehe ich ihn an und es erwärmt mein Herz, als er mit einem Grinsen antwortet. Mir ist nie aufgefallen, wie wichtig er mir eigentlich ist. Dieser Abend hat uns zusammengeschweißt und wenn sich die Gelegenheit ergibt, werde ich es ihm sagen. Er soll wissen, dass er auch jemandem außerhalb der Familie wichtig ist.

»Kein Thema, Amb.« Er schiebt mir seinen Karton herüber und sein Blick ist dankbar. Ich weiß auch, dass er damit nicht nur die Pizza, sondern viel mehr meint.

Kade hat Summer auf dem Schoß, die sich Pommes in den Mund schiebt, als gäbe es kein Morgen mehr, und gespannt auf die Sendung im TV starrt. Noah liegt wie eine Schnecke eingerollt auf dem Sofa neben Hannah und lässt sich von ihr streicheln. Phoebe kann die Augen immer noch nicht von Kade lassen und ich bezweifle, dass ihre Verknalltheit eines Tages aufhört.

»Können wir uns beeilen?«, flüstert Phoenix in mein Ohr und sorgt für Schauer, die mich überlaufen wie warmer Regen in einer heißen Sommernacht. Fragend sehe ich ihn an.

»Wieso so eilig?« Wir sitzen schließlich erst seit ein paar Minuten hier bei den anderen. Als Antwort beißt er genüsslich von seiner Pizza ab und schleudert den Rest zurück in den Karton. Als er sich über die Lippen leckt, spüre ich es wieder zwischen meinen Beinen kribbeln. Ob ich je genug davon bekomme? Von diesem Nervenkitzel? Von diesem Kribbeln? Von ihm?

»Weil ich lieber etwas anderes schmecken würde«, sagt er so laut, dass er damit die Aufmerksamkeit aller auf sich zieht. Natürlich weiß jeder, was er damit meint.

»Phoenix!«, ermahnt Kade ihn, während Kaleb nur lachend den Kopf schüttelt. Hannah schnalzt mit der Zunge. Nur Summer kriegt von der Aufregung nichts mit.

»Oh Gott, ich wusste doch, dass ihr einfach nur vögeln müsst!«, johlt Phoebe und ich bedenke sie mit einem genervten Blick. Alle starren Phoenix an.

»Was denn? Sie schmeckt halt besser als diese labbrige, kalte Pizza!« Abwehrend hebt er die Hände, und als sich unsere Blicke treffen, weiß ich die Antwort auf meine Frage. Hiervon werde ich niemals genug bekommen.

AMBER

»Bist du dir sicher, dass du dir das antun willst? Nach allem, was passiert ist?« Gemeinsam mit Phoenix stehe ich vor dem Haus und sammle meinen Mut zusammen. Die gelbe Fassade hat mich damals immer glücklich gemacht, jetzt finde ich diese Farbe unfassbar verräterisch. Die braunen Fensterläden könnten dringend einen neuen Anstrich gebrauchen und auch der Rasen müsste mal wieder gemäht werden. Wie nervös ich wegen der bevorstehenden Begegnung bin, merke ich erst jetzt. Phoenix' Hand liegt auf meiner Schulter und ich klammere mich an dieses Gefühl. An die Geborgenheit, die seine Berührung für mich symbolisiert. Ich bin nicht allein, und als ich ihm gesagt habe, was ich vorhabe, stand sofort fest, dass er mich begleiten wird. Was mir Tag für Tag beweist, dass er ein Mensch ist, der wirklich liebt, wenn er es sagt.

»Ja. Ich muss«, sage ich entschlossener, als ich mich fühle. Denn meine Stimme zittert und meine Knie schlottern, als ich das Klingelschild anstarre, auf dem mein Nachname steht. Als würde mir das Anstarren irgendwas davon abnehmen.

»Soll ich mit reinkommen?«, fragt Phoenix einfühlsam, und im selben Moment merke ich, dass er auch unter Spannung steht. Ich schüttle den Kopf.

»Nein, das muss ich allein machen. Warte hier draußen auf mich.« Als Antwort gibt er mir einen Kuss auf den Hinterkopf und steigt dann die Treppen hinab, um sich auf den Weg zu seinem Wagen zu machen, mit dem wir hier sind. Einen Augenblick brauche ich noch, um mich zu sammeln und am liebsten würde ich Phoenix hinterherrennen und alles abblasen. Aber weil das meine letzte Gelegenheit ist, schiebe ich die Fußmatte zur Seite, hebe den Ersatzschlüssel auf und stecke ihn ins Schloss. Drinnen riecht es immer noch nach meinem Zuhause.

Aber seit meiner Flucht hat dieser Duft einen bitteren Nachgeschmack für mich. Unsicher schließe ich die Tür hinter mir und zucke innerlich zusammen, als ich die Küche sehe. Sofort flammen die Bilder wieder vor mir auf, mit denen ich in den letzten Tagen so stark konfrontiert wurde, weil mich ein Dutzend Cops nach diesem Abend befragt haben.

»Mom?«, rufe ich ins Nichts, und als sie schließlich auf der oberen Seite der Treppe in ihrem Morgenmantel erscheint, obwohl es schon Abend ist, tut sie mir fast leid. Sie sieht elend aus, ihre Haare sind fettig und die Ringe unter ihren Augen sind noch präsenter. Vermutlich lässt sie sich richtig gehen, jetzt, wo sie neben dem Prozess auch mich verloren hat.

»Amber«, begrüßt sie mich kühl. »Was willst du hier?« Sie steigt die Treppe hinab und krallt sich dabei mit jedem Schritt am Geländer fest. Bei ihrem Anblick würde ich am liebsten die letzten Jahre einfach ausradieren und sie wieder zu der Frau machen, die damals meine ganze Welt war. Aber in ihren kalten Augen sehe ich, dass diese Frau mit Joseph gegangen ist und auch nicht mehr zurückkommen wird.

»Ich wollte mich von dir verabschieden.« Weil mich die Konfrontation aus der Fassung bringt, pfriemle ich an dem Saum meiner Jacke, um mich abzulenken. Mom sieht an mir vorbei durch das Glasfenster in der Tür.

»Ist er auch bei dir?« Ihre Abneigung Phoenix gegenüber ist kaum zu überhören. Und wenn ich ihn fragen würde, wäre es andersherum sicher genauso.

Er hat mir erzählt, dass er sie einen Tag nach meiner Festnahme aufgesucht hat, und wie dieses Gespräch geendet hat, weiß ich auch. Hätte ich von seinem Vorhaben gewusst, hätte ich ihn davon abgehalten. »Ja, aber draußen. Hör zu … ich will es gar nicht in die Länge ziehen. Ich werde die Stadt verlassen«, lasse ich die Bombe platzen. Der Plan steht jetzt seit einigen Tagen, die ganze Familie weiß schon Bescheid und

301

bereitet sich in Windeseile auf den Umzug vor. Anfangs dachte ich, dass Phoenix nur spinnt, aber als er angefangen hat, nach einem Haus zu suchen, das wir uns gemeinsam zur Miete leisten können, wurde alles so real. Plötzlich fingen alle an, ihre Sachen in Kartons zu packen und jetzt steht der Entschluss fest.

Phoenix hat durch seinen Bruder Kontakte in der Gegend rund um Fort Myers in Florida, und so hat Kade ein Jobangebot in einem städtischen Büro und ich kann vorrübergehend in einer Bar kellnern, bis ich etwas anderes gefunden habe. Einer, in der ich mich nicht halb nackt ausziehen muss, um gutes Trinkgeld zu bekommen.

Phoenix hat durch seine Geschäfte hier genug Geld angesammelt und Kaleb war sofort Feuer und Flamme, als es hieß, dass wir nach Florida gehen. Sogar Hannah hat die Idee gefallen, auch wenn sie in Fort Myers erst einmal ohne Job dastehen wird. Die Verhandlung hat etwas in ihr verändert. Es ist, als würde sie das erste Mal klar sehen.

»Du haust also einfach ab? Das kannst du ja am besten«, zischt Mom, die sich immer noch an das Geländer krallt. Ihre Worte treffen mich erstaunlicherweise nicht so stark, wie sie es sollten. Der Verrat meiner Mutter hat so viel kaputtgemacht, dass ich mittlerweile damit abgeschlossen habe. In den letzten Wochen hatte ich schließlich genug Zeit, um mir

Gedanken darüber zu machen, wie es mit uns weitergehen soll. Die Antwort: gar nicht.

»Du hast mich verraten«, spucke ich aus. Aber die Züge meiner Mutter sind so starr, dass ich mich frage, ob sie auch nur einen Funken Reue verspürt, wenn sie mich ansieht.

»Ich habe dich nicht verraten. Ich habe nur das Richtige getan.« Mein verbittertes Lachen steckt mir in der Kehle, sodass ich fast daran ersticke.

»Das Richtige? Du hast dich entschieden. Für ihn und gegen deine Tochter. Du hast dich für einen Mann entschieden, der dir von Anfang an nur Schaden gebracht hat. Der dich beleidigt hat, wie es ihm gepasst hat. Der dir wehgetan hat, auf so viele Weisen, dass ich aufgehört habe, zu zählen.« Meine Rage baut sich immer weiter auf und so merke ich gar nicht, dass mir Tränen über die Wangen rinnen. Nicht, weil ich mich gerade von meiner eigenen Mutter verabschiede, sondern weil mir eine unsagbare Last von den Schultern fällt. Manchmal befreit es einen, Ballst abzuwerfen, auch wenn es anfangs schwer scheint.

»All die Jahre dachte ich, dass ich hier bei dir bleiben muss, weil ich deine Tochter bin. Dass ich es dir schuldig wäre. Aber weißt du was? Du hast mich schon vor fünf Jahren verloren. Das hier ist längst überfällig.« Mit diesen Worten mache ich auf dem Absatz kehrt und steuere die Tür an. Meine Mutter ringt nach Worten, vermutlich, um mir noch ein letztes Mal eins reinzudrücken. »Geh doch. Geh doch zu deiner neuen Familie und diesem ... diesem Nichtsnutz von Freund.« Sie spielt auf Phoenix an und trifft damit einen wunden Punkt. Meine Hand verweilt auf der Türklinke, während ich sie ein letztes Mal ansehe. Die Gefühle in mir sind am Brodeln und ich würde sie am liebsten anschreien.

»Phoenix ist vielleicht kein Vorzeige-Schwiegersohn, wie du ihn dir immer für mich gewünscht hast. Und er hat einen Haufen Probleme, mit denen er klarkommen muss. Und ich weiß, dass es nicht leicht wird, mit ihm zusammen zu sein und seine Narben zu heilen.« Entschlossenheit durchflutet mich. »Aber ich weiß, dass er für die Menschen, die er liebt, alles tun würde. Und das macht ihn zu einem tausendmal besseren Menschen als dich. Und er heilt meine Narben. Wir heilen uns gegenseitig.« Mom schnappt empört nach Luft, aber ich öffne die Tür und trete nach draußen. Der kühle Wind weht mir ins Gesicht und die Tränen rollen weiter. Das erste Mal seit Wochen kann ich wieder aufrecht ohne tonnenweise Dreck auf dem Herzen gehen.

»Menschen, die er liebt? Glaubst du, dieser Kriminelle liebt dich?« Ihr Hohn bestärkt mich nur in meiner Entscheidung, mit diesem Kapitel in meinem Leben abzuschließen. Ohne auf ihre Frage einzugehen, schlage ich die Tür hinter mir zu und renne zu seinem Wagen. Er steht mit dem Rücken an ihn gelehnt dort und wartet auf mich. Seine Augen verfolgen jeden meiner Schritte. Und als ich bei ihm bin und die Sorge in seinen Augen sehe, weiß ich, dass ich mit meiner Behauptung recht hatte.

»Du hast ja geweint, Baby.« Sein neu entdeckter Kosename für mich lässt mich all die Worte meiner Mutter vergessen. Sein Daumen wischt die Tränen weg und ich lächle ihn entschlossen an. Weil ich ganz genau weiß, wofür ich dieses Leben zurücklasse.

Für wen.

»Das sind Freudentränen«, wispere ich. Phoenix packt mich fester, legt seine Hand an meinen Nacken und küsst meine Stirn. In diesem Moment weiß ich, dass ich mich richtig entschieden habe.

PHOENIX

»Pass doch auf, Kaleb!« Mein Bruder balanciert einen der Umzugskartons auf seinen Armen, und dann erklingt ein lautes Scheppern, das ich vorhergesehen habe. Der Vollidiot hat ihn tatsächlich fallen lassen. Kaleb kratzt sich am Hinterkopf und verzieht das Gesicht. »Das war so nicht geplant.« Knurrend sehe ich das Geschirr an, das jetzt in zig Teilen auf dem Boden verteilt im Flur liegt. Summer stürmt tanzend an uns vorbei.

»Pass auf, Sum. Hier sind überall Scherben.« Sie bremst abrupt und kichert, als sie sieht, was Kaleb verzapft hat. Ich nehme sie auf den Arm und sehe sie fragend an.

»Tollpadch«, schimpft sie Kaleb aus und ich kann ihr nur zustimmen. »Dein Bruder ist der größte *Tollpatsch*, den ich kenne.«

Sum strahlt.

Und ihr Strahlen ist die Anstrengung der letzten Tage wert. Es gefällt ihr hier, das sieht man sofort. »Versprich mir, dass du nicht genauso wirst, wenn du groß bist.« Ihre Augen werden riesig, als sie den Kopf von links nach rechts wirbelt. »Niemals!«

Weil sie ungeduldig wird, lasse ich sie wieder herunter, sodass sie weiter durch das Haus rennen kann. Sie liebt es schon jetzt. Vor allem, dass der Garten hier doppelt so groß ist wie der vorherige, gefällt ihr. Das Haus war ein verdammter Glücksgriff. Es ist brütend heiß heute und wir haben uns den denkbar schlechtesten Zeitpunkt ausgesucht, um nach Florida zu ziehen. Aber als ich Amber mit einem Karton auf uns zulaufen sehe, vergesse ich alles. In ihren schwarzen Shorts und dem weißblau-karierten Top sieht sie zum Anbeißen aus. Wie jedes Mal, eigentlich.

»Was ist denn hier passiert? Gehören die Tassen nicht in die Schränke?« Kaleb verdreht die Augen. »Seid ihr jetzt fertig mit ›Auf-Kaleb-herumhacken‹?«, murmelt mein Bruder und starrt das Desaster am Boden an.

Kade baut derweil in Summers Zimmer das Bett auf, während Mom schon beginnt, Sachen zu dekorieren, obwohl noch nicht mal irgendwelche Möbel stehen.

Aber ich lasse sie machen, weil es guttut, sie so voller Tatendrang zu sehen. Es scheint eine Ewigkeit her zu sein, und auch wenn ich weiß, dass ihr der Schnaps fehlt, schlägt sie sich tapfer. Eine gute Sache hatte Ambers Festnahme also … »Erst, wenn du den Saustall da weggemacht hast«, ärgere ich ihn weiter, was ihn dazu animiert, sich im Haus auf die Suche nach Putzzeug zu machen. Amber stellt die Kiste ab und wischt sich den Schweiß von der Stirn. Ich nutze die Gelegenheit, mich von hinten an sie zu pressen.

»Na, ins Schwitzen gekommen?«, raune ich in ihr Haar, das sie zu einem Dutt nach oben gebunden hat. Sie kichert und presst sich dichter an mich. Auch an diesem unfassbar heißen Tag riecht sie unglaublich gut.

»Ziemlich«, stimmt sie mir zu. Mit einer Handbewegung habe ich sie umgedreht, sodass sie mich ansieht. Ich hebe sie ein Stück an und stelle sie auf die zweite Treppenstufe. Meine Lippen wandern über die Haut an ihrem Hals und sie stoppt mich nicht.

»Ein Glück, dass dieses Haus einen Pool hat.« Knabbernd arbeite ich mich an ihrem Körper vor und spüre umgehend, wie verrückt sie das macht.

Jedes Mal, wenn ich sie berühre, stockt für einen Moment ihr Atem. Und jedes Mal, wenn sie unter mir kommt, stockt meiner.

»Ein Glück«, pflichtet sie mir bei.

Ich will gerade meinen Weg weiter abwärts fortfahren, als Summer gemeinsam mit Noah an uns vorbeirennt.

Sofort lasse ich meine Lippen von Amber ab, auch wenn es mich verdammt viel Selbstbeherrschung kostet, sie nicht auf der Stelle in jedem Raum hier zum Kommen zu bringen.

Ich zwinkere ihr zu.

»Später, Baby.«

Sie grinst breit.

»Später.«

AMBER

Der Umzugstag steckt uns allen in den Knochen. Es ist bereits spät am Abend, die Sonne ist untergegangen und Summer liegt wie erschossen in ihrem Bett. Ich glaube, dass sie nach diesem Tag ohne Albträume schlafen kann. Die anderen schlafen noch auf einer Luftmatratze, bis die restlichen Möbel aufgebaut sind. Hier herrscht das reinste Chaos. Überall stehen beschriftete Kartons, manche davon schon halb ausgeräumt, andere noch zugeklebt. Man kann kaum von A nach B gehen, ohne dabei über einen Berg klettern zu müssen.

»Lass uns ins Bett gehen. Du musst ja todmüde sein.« Phoenix hat die Gelegenheit genutzt, um in den Pool zu springen, und als er mich jetzt berührt, zucke ich vor seiner Kälte zusammen. Er trägt lediglich

Badeshorts, sonst nichts. Das V, das in dem Bund der schwarzen Hose verschwindet, lässt mich kaum klar denken. Seine Wimpern sind nass und somit noch dunkler als sonst.

»Schon etwas, ja.« Gerade als ich ihn an der Hand packen und in Richtung unseres ersten gemeinsamen Schlafzimmers ziehen will, klopft es lautstark an der Haustür. Phoenix und ich tauschen Blicke aus, aber keiner von uns beiden weiß, wer das sein sollte. Er befiehlt mir, hier zu warten, und dann geht er in den Flur, um die Tür zu öffnen. Da mich meine Neugierde aber nicht einfach im Stich lässt, tapse ich leise hinter ihm her und bleibe mit gesundem Abstand zu ihm stehen. Anfangs habe ich Angst, dass es wieder Cops sein könnten, die meine Welt aus den Angeln reißen wollen.

»Du?« Weil ich nichts sehen kann, stelle ich mich auf die Treppen, um an Phoenix vorbei nach draußen zu sehen. Vor ihm steht ein breit gebauter Kerl, der zwar genauso groß wie Phoenix ist, aber weitaus mehr Muskeln hat. Sein Gesicht liegt im Schatten des Dachvorstandes, und als er sich an Phoenix vorbeidrängt und nach dem ersten Lichtschalter greift, stockt mein Atem. Der Mann ist blutverschmiert. Sein Auge ist angeschwollen, seine Lippe aufgeplatzt und an seinen Händen klebt angetrocknetes Blut. Ob es seins ist, kann man nicht erkennen.

Als der Mann mich entdeckt, versucht er sich an einem Lächeln, das in Anbetracht des ganzen Blutes etwas verstörend wirkt.

»Und du musst Amber sein?« Er scannt mich von oben bis unten, und als Phoenix sieht, dass ich ihm nachgegangen bin, sprechen seine Blicke Bände. Noch immer habe ich keinen blassen Schimmer, wer da eigentlich vor mir steht. Umso dankbarer bin ich, dass Phoenix meine stumme Frage erkannt hat und auf sie antwortet.

»Amber … das ist mein Bruder.« Besagter tritt auf mich zu, nimmt mit seiner blutigen Hand meine und sieht mir tief in die Augen. Ich habe ihn nur einmal auf einem der Fotos gesehen, aber da war er noch um einiges jünger … und sauberer. Mit weniger Wunden im Gesicht.

»Raven«, stellt er sich vor. Seine Augen sehen in diesem Licht eher grün als blau aus, seine Haare sind ebenfalls vom Blut verklebt. Er trägt einen schwarzen Hoodie, den er an den Ärmeln nach oben gekrempelt hat.

»Was willst du hier, Raven?« Phoenix scheint nicht gerade begeistert über sein Auftauchen zu sein. »Und dann auch noch so?« Er deutet auf seine Erscheinung.

»Was, wenn Summer dich so sehen würde?«

»Entspann dich, Phoe. Ich war gerade in der Gegend und wollte meine Familie willkommen heißen.« Inwiefern diese Worte ernst gemeint sind, kann ich

312

nicht sagen, schließlich kenne ich Raven nicht und seine Brüder sprechen kaum von ihm. »Du hättest dir wenigstens das Blut abwaschen können«, knurrt Phoenix. Raven legt den Kopf schief und betrachtet mich. Aber auch wenn mir seine Blicke unter die Haut gehen – im negativen Sinne –, gehört er zur Familie. Und ich habe zur Genüge gelernt, dass jeder bei den Nolans sein Päckchen zu tragen hat. Einer größere Laster als der andere.

»Hätte ich wohl. Aber ich wusste ja nicht, dass du zum Spießer mutiert bist.« Er sieht sich hier unten um. »Vielleicht sollte ich mal tagsüber vorbeikommen.« Und ohne Blut ... Wo das wohl herkommt? Phoenix scheint nicht gerade besorgt um ihn zu sein oder gar erstaunt über seinen seltsamen Auftritt.

»Solltest du. Wir wollten eh gerade ins Bett gehen.« Raven versteht diesen indirekten Rausschmiss, nickt und sieht mich noch einen Moment lang an.

»Bis zum nächsten Mal, Amber. Wir sehen uns jetzt wohl öfter.« Seine dunkle Stimme bringt mein Herz auf unangenehme Weise zum Anschwellen.

»Bis zum nächsten Mal«, antworte ich möglichst locker. Als die Tür ins Schloss fällt, sieht Phoenix mich mahnend an, weil ich ihm gefolgt bin, anstatt zu warten.

»Ich sagte doch, du sollst warten.«

»Und du weißt, dass meine Neugier stärker ist als deine Befehle«, halte ich dagegen. Phoenix zieht scharf die Luft ein und packt mich an der Taille, was mich

313

unter Schmerzen aufjaulen lässt. Panik liegt in seinem Blick, aber ich gehe nicht weiter darauf ein. »Was war das für Blut an ihm?«, frage ich ihn gerade heraus. Phoenix' Augen werden dunkel und mein Wunsch, zu erfahren, was es mit Raven auf sich hat, wird immer präsenter. Ich kann nur ein Teil der Familie werden, wenn ich alle dunklen Seiten an ihr kenne.

»Sagen wir so: Raven hat seine ganz eigene Art und Weise, mit der Vergangenheit umzugehen.« Dass er mir nicht mehr anvertrauen wird, sehe ich, also nehme ich es so hin. Eines Tages werde ich erfahren, was das alles zu bedeuten hat.

»Lass uns jetzt ins Bett gehen. Ich will dich schon seit Stunden unter mir sehen.« Mein Herz donnert wild in meiner Brust, als ich seine Hand greife und mit ihm in unser Zimmer gehe. Es ist uns egal, dass in diesem Raum nur eine alte Luftmatratze liegt. Das hier gehört uns … und das kann uns niemand nehmen. Es ist mehr, als wir je hatten.

Nein! Müde schlage ich die Augen auf. Im ersten Moment bin ich so orientierungslos, dass ich nicht weiß, wo ich bin. In meinem alten Kinderzimmer? In

Chicago bei den Nolans? Doch als ich die Umrisse von Kartons sehe, weiß ich es wieder.

Das hier ist unser neues Zuhause. Ich reibe mir den Schlaf aus den Augen, als wieder ein NEIN ertönt. Sofort stürme ich zur Tür, schalte das Licht an und entdecke Phoenix, der sich schweißgebadet hin und her windet. Sein Gesicht ist blass und seine Lippen zittern. Sofort bin ich bei ihm, schwinge ein Bein über ihn und nehme sein Gesicht in meine Hände.

»Hey, Baby.« Aber er wacht nicht auf. Sanft rüttle ich an seinen Schultern, und als er schließlich die Lider aufschlägt, hört das Zittern endlich auf. Tränen schimmern in seinen Augenwinkeln.

»Das war nur ein Traum«, versichere ich ihm. Ich kann mir denken, wovon er geträumt hat, schließlich hat er mir von seinen Albträumen erzählt, die ihn so oft nachts quälen. Doch in den letzten Tagen schlief er immer gut. Seine Augen wandern panisch über mein Gesicht.

»Nur ein Traum«, murmelt er verschlafen. Er legt seine Arme auf meine Taille, und als ich wieder zusammenzucke, wird er skeptisch. Er streift mein Top nach oben und entdeckt meine neue Errungenschaft.

»Was ist das?« Er fährt über die noch angeschwollene Haut. Ich habe den Verband vorhin abgemacht, da mich die Hitze darunter verrückt gemacht hat. »Dry me off and hold me close«, liest er vor, was seit gestern meinen Körper ziert. Es war das letzte, was ich aus Chicago mitgenommen habe.

»I need you now, I need you most«, vervollständige ich die Liedzeile aus Avril Lavignes *Head Above Water*.

»Wann hast du das gemacht?« Er scheint den Albtraum komplett vergessen zu haben und ich fühle mich gut, weil ich es schaffe, ihn abzulenken.

»Gestern.«

Seine Mundwinkel wandern nach oben.

»Und wieso?«

»Deine Liedzeilen stehen für jedes Jahr ohne Jamie …« Seine Tränen sind immer noch da und ich würde alles tun, um sie zu nehmen. Um ihm zu versichern, dass der Schmerz eines Tages nachlässt. Aber ich weiß, dass manche Schmerzen nie aufhören.

»Ja … und?« Weil er mir nicht ganz folgen kann, bohrt er weiter nach. Ich sehe nach unten zu meinem Bauch und bewundere die schwarzen Linien, die ich ab jetzt immer bei mir tragen werde. Meine Hände wandern an sein Gesicht.

»Und das ist die Liedzeile für mein erstes Jahr«, erkläre ich ihm.

»Dein erstes Jahr?«

Ich kann mir ein Schmunzeln nicht verkneifen, weil er verschlafen einfach viel zu durcheinander ist. Mit dem Daumen fahre ich über seine Lippen, bevor ich mich nach unten beuge und ihn küsse. Nur sanft, aber doch aussagekräftig genug. »Mein erstes Jahr mit dir,

Phoenix Nolan.« Als er endlich begreift, dass ich mir dieses Tattoo habe für ihn stechen lassen, dreht er mich auf den Rücken und beugt sich über mich. Seine Haare sind genauso chaotisch wie dieses Zimmer. Überall stehen die Kartons mit unseren Sachen. Sachen, die wir für unser gemeinsames Leben brauchen.

»Dann solltest du dich auf viele Tattoos einstellen«, raunt er an meinem Hals. Seine Lippen sind so weich. »Denn das werden verdammt viele Jahre mit mir, Amber Williams.«

Ende

Nachwort

An erster Stelle: Danke! Danke, dass ihr euch Zeit für das Buch genommen habt und mit mir und den Nolans in Chicago wart.

Das Buch hat mir von Beginn an unfassbar viel gegeben, ich habe mitgelitten, habe Phoenix gehasst und Amber für ihre Stärke bewundert.

Leider ist die Geschichte mit Jamie nicht sehr weit hergeholt. Ich habe meine Schwester Bianca nie kennenlernen dürfen, da ihr Ähnliches zugestoßen ist, als ich noch nicht auf der Welt war. Aber ich bin mir sicher, dass ich sie geliebt hätte, so wie Phoe Jamie auch über den Tod hinaus über alles liebt. An dieser Stelle: Mama, du bist die stärkste Frau auf dieser Welt. Du hast so viele Schicksalsschläge hinter dir und schaffst es immer noch, die strahlende Frau und liebende Mutter zu sein. Ich liebe dich.

Wer sich jetzt wundert, wieso Kalebs Drogenabsturz so schnell abgehandelt war: Es ist geplant, dass die Brüder ihre eigenen Storys bekommen. Also: Es warten noch ein paar Abenteuer der Familie Nolan auf euch ... und ich freue mich über jeden, der auch beim nächsten Mal dabei ist. ♡ Wie geht Raven mit seinen Dämonen um? Und wem hat das Blut an seinen Händen gehört?

Die Bücher sollen mehr sein, als einfach nur das Shippen von neuen Paaren. Es soll um die Familie gehen, um jeden einzelnen Charakter und die Weiterentwicklung von allen. Deshalb hoffe ich sehr, dass ihr die Nolans auch weiterhin auf ihrem Weg begleiten werdet.